NOX

À Françoise

L'univers et les personnages principaux de ce roman sont apparus pour la première fois dans une nouvelle d'Yves Grevet publiée sous le titre La fille du 995.36 *en novembre 2010 dans le magazine* Je Bouquine.

ISBN : 978-2-74-851341-7
© Syros, 2013

Yves Grevet

Tome 2
« Ailleurs »

SYROS

À la fin du tome 1...

Lucen est désormais activement recherché par la milice, qui le croit étroitement lié aux Coivistes radicaux (COIV, pour Chacun Où Il Veut) et l'accuse de faits de terrorisme. Il parvient à s'échapper avec Firmie, enceinte depuis peu, et tous deux trouvent refuge dans un appartement en 718.63, non loin du *no man's land*. Mais Lucen est arrêté au moment où il sort dans l'espoir de retrouver son ami Gerges et de lui dire toute la vérité.

Persuadé que Lucen est responsable de l'attentat qui a coûté la vie à sa mère, **Gerges** choisit de s'engager corps et âme dans la milice des Caspistes (CASP, pour Chacun À Sa Place) aux côtés de son père Grégire. Il est obnubilé par l'idée de se venger de celui qui a tant compté pour lui autrefois, et qu'il accuse en outre d'avoir cherché à séduire Snia.

Ludmilla accepte d'espionner son père et de livrer aux sœurs Broons les noms de trois prisonniers dont les services de sécurité vont organiser le transfert. Mais aucun prisonnier n'est transféré cette nuit-là et le groupe de Réunificateurs dépêché sur place est piégé par la police. Ludmilla comprend que son père s'est servi d'elle et que ses pouvoirs sont encore plus étendus qu'elle ne le croyait.

CHAPITRE

1

Après avoir salué ma gouvernante d'un bref hochement de tête, je m'empresse de l'interroger :
— Savez-vous si mon père revient bientôt ?
— Pour le week-end, Ludmilla, comme d'habitude. Enfin, je suppose.
— Il ne vous a pas appelée aujourd'hui ?
— Non, mais si vous avez besoin de lui parler rapidement, je sais qu'il peut se rendre disponible pour vous. Désirez-vous le joindre ?
— Non non, c'était juste une question comme ça. Ne le dérangez pas.

Je suis enfermée dans ma chambre, incapable de me mettre à mes devoirs. Mon père sait que je l'ai trahi. Il m'a tendu un piège en me révélant le nom des trois prisonniers à transférer pour pouvoir ensuite arrêter ceux à qui j'avais transmis l'information. Que vais-je devenir maintenant? Vais-je devoir abandonner ma vie avec mon amoureux aventureux et mes copines du pseudo-club d'échecs? Est-ce que je risque la prison ou un centre de rééducation pour mineurs? Pour combien de mois... ou d'années? Ma vie est-elle déjà fichue?

Mon père peut-il intervenir pour m'épargner ces épreuves? Le souhaitera-t-il ou voudra-t-il me punir? Quelle que soit la position qu'il adoptera vis-à-vis de moi et de sa hiérarchie, nos rapports ne seront plus jamais les mêmes. Il doutera de ma loyauté, peut-être même de mon affection pour lui.

Au dîner, je ne réussis pas à échanger le moindre propos avec Yolanda. D'habitude, même si nous nous méfions l'une de l'autre, nous parvenons à meubler un peu le silence. Elle fait deux tentatives pour engager la discussion, et finit par renoncer.

– Au fait, annonce-t-elle comme je m'apprête à quitter la table, votre père passera rapidement ce soir, mais sans doute trop tard pour que vous le rencontriez.

– Il vous a peut-être expliqué la raison de sa venue?

– Pas précisément. Il m'a seulement dit vouloir disposer de son bureau durant une heure ou deux. Il désirait que je lui prépare un Thermos de café et... enfin, d'autres détails sans importance.

— Si, dites-moi.

— Si vous y tenez... Il voulait aussi que j'enlève le fauteuil placé devant sa table de travail et que je le remplace par un tabouret en bois.

— Il va donc recevoir quelqu'un. Quelqu'un qui ne sera pas à la fête. Qu'en pensez-vous ?

Elle me dévisage sans me répondre. Elle ne se sent pas autorisée à commenter les agissements de son patron. Je me lève et lui souris, puis je retourne dans ma chambre. Je m'oblige durant deux heures à réviser mes cours. Lorsque je termine enfin, je me rends compte qu'en temps ordinaire j'aurais pu expédier cette tâche en trente ou quarante minutes. Je me mets au lit et j'éteins la lumière. Je reste aux aguets. Je ne veux pas dormir mais ne peux empêcher mon corps de succomber par moments au sommeil. La porte s'ouvre doucement. Je résiste à l'envie d'ouvrir les yeux, car je sens Yolanda qui approche. D'habitude, elle doit prendre plus de précautions, car je n'ai pas souvenir d'avoir été contrôlée ainsi la nuit. Elle reste à me contempler pendant de longues minutes avant de s'éclipser sur la pointe des pieds.

Je comprends que mon père ne va pas tarder à arriver et qu'il l'a envoyée pour s'assurer que je ne pouvais rien entendre. J'attends que les lumières du couloir et de l'escalier soient éteintes avant de me redresser. Je prends mon temps pour effectuer le parcours qui me sépare de mon poste d'espionnage. J'ai repéré les zones du parquet qui grincent et je sais les éviter. Je me glisse dans l'ancienne chambre de ma mère, m'allonge sur le sol. Enfin, je défais la lame de bois qui masque la vue plongeante sur le bureau. Je n'ai rien manqué de la conversation car mon père et son visiteur s'assoient à l'instant précis où je plaque mon œil sur l'orifice.

– Excusez tous ces mystères, Siremain, commence mon père sur un ton qui se veut amical, mais vous allez comprendre bien vite qu'il était impossible que nous ayons cette discussion dans les locaux des services de la sécurité.

Mon père fait une pause et observe un long moment son interlocuteur. L'autre, recroquevillé sur son tabouret, se contient un temps avant de lâcher d'une voix mal assurée :

– Monsieur, s'il vous plaît, pourriez-vous me dire pourquoi... pourquoi je n'ai pas été autorisé à rentrer dans ma famille depuis deux jours, pourquoi je n'ai pu appeler chez moi aujourd'hui ?

– Vous savez très bien pourquoi, réplique mon père, un peu agacé. J'en suis certain, Siremain. Mais je suis d'accord avec vous sur un point, il est fort tard et nous sommes tous les deux fatigués, alors finissons-en rapidement, s'il vous plaît. Déballez vos petits secrets tout de suite et allons nous coucher, vous voulez bien?

— Je... je ne saisis pas à quoi vous faites allusion, monsieur, je vous l'ai déjà dit.

— Très bien, je vais donc mettre les points sur les i.

Mon père ouvre un tiroir et en sort un magnétophone à bande dont il enclenche la lecture:

— *Allô, chérie? C'est moi. J'ai une mauvaise nouvelle. Je dois encore rester très tard ici et je ne...*

— *Alors, c'est toutes les nuits maintenant? C'est ça?*

— *Non, tu es injuste, chérie! C'est seulement une sur deux. Tu comprends quand même, seulement une sur deux.*

Mon père appuie sur le bouton *pause* et fixe son interlocuteur.

— Vous reconnaissez cette conversation? Quand a-t-elle eu lieu, Siremain?

— C'est l'appel que j'ai passé hier soir à mon épouse pour la prévenir que je devais rester travailler une partie de la nuit.

— Exactement. Écoutons la fin.

Le son se brouille un peu par moments et je ne perçois que partiellement la suite du dialogue. Mon père fait une nouvelle pause pour expliquer:

– Comme vous le constatez, à ce niveau la bande est un peu endommagée et l'enregistrement de moins bonne qualité. Aussi j'ai préféré retranscrire précisément la conversation et je vais vous en faire la lecture :

– *Tu avais promis à notre fille d'être là pour son anniversaire !*

– *Je sais, mais impossible de refuser : dossier trop compliqué à traiter. Tu comprends ?*

(Silence)

– *Dis aux enfants que mon supérieur a des raisons vraiment capitales. Tu comprends ?*

(Silence)

– *Pour notre Eugénie, tu dois lui redire qu'on ne... ira... Euh, excuse-moi, chérie, il faut que j'y aille. Tu comprends ?*

(Silence)

– *D'accord. À demain.*

– C'est conforme à votre souvenir ?

– Oui, enfin, je ne sais plus trop... Pour tout vous dire, certaines tournures me paraissent un peu étranges. Je ne m'imagine pas les prononçant.

– C'est classique, on ne fait jamais la démarche de s'écouter parler, c'est souvent une surprise la première fois.

– Quand même, je ne suis pas cert...

– Vous doutez de mon travail, Siremain? Vous doutez de mes compétences, de ma loyauté, de mon honnêteté peut-être?

– Non, bien sûr que non, monsieur!

– Alors, je vous repose la question: cette transcription est-elle conforme à votre souvenir?

– Oui, monsieur.

– Très bien, on va pouvoir avancer. Nos services se sont penchés longuement dessus et ils sont arrivés à la conclusion que vous échangiez avec votre épouse une conversation codée.

– Comment? Une conversation codée? s'étonne Siremain en haussant la voix. Mais c'est n'importe qu...

– S'il vous plaît, coupe mon père violemment, ne m'interrompez pas! Je vais vous faire le compte rendu de leurs découvertes. Chaque fois que vous indiquez à votre interlocutrice une phrase à décrypter, vous la ponctuez par un «tu comprends?». Votre femme, pour sa part, marque à trois reprises un silence, sans doute pour prendre le temps d'écrire.

– Monsieur, je vous en prie, arrêtez, implore l'homme accusé, je travaille avec vous depuis plus de sept ans.

Mon père brandit une feuille.

– Tenez, Siremain. Relisez la première phrase que j'ai soulignée.

L'autre hésite.

– Allez! hurle son chef.

– *Je sais, mais impossible de refuser: dossier trop compliqué à traiter.*

– Très bien. Lisez uniquement la première lettre de chaque mot. Allez, ne vous faites pas prier, c'est bientôt fini.

– J.S.M.I.D.R.D.T.C.A.T.

– Maintenant, ne conservez qu'une lettre sur deux. Comme vous l'avez spécifié à votre femme au début de l'entretien : *C'est seulement une sur deux.* Vous vous souvenez?

– J.M...

– Non! Pour celle-là, commencez par la deuxième! Vite!!!

– S.I.R.T.A.

– Sirta, c'est ça. Allez, je vous écoute pour les deux autres.

– *Dis aux enfants que mon supérieur a des raisons vraiment capitales.* D.E.M.A.R.C. : Demarc.

– Allez, Siremain! Un dernier effort, qu'on en finisse!

– *Pour notre Eugénie, tu dois lui redire qu'on ne... ira...* P.E.D.R.O.I. : Pedroi.

– Parfait. Vous voyez, Siremain, quand vous y mettez un peu du vôtre, comme cela peut être rapide. Sirta, Demarc et Pedroi, les trois terroristes dont j'avais ordonné le transfert. Grâce à votre trahison, car c'est comme cela qu'il faut bien la nommer, les Réunificateurs ont tenté de les faire libérer. Mais, Dieu merci, j'avais des soupçons depuis quelque temps et je n'avais pas donné les bons patronymes.

Le pauvre Siremain est complètement anéanti. Il masque son visage de ses mains. Son corps est pris de soubresauts. Peut-être pleure-t-il. Mon père est en train de faire avouer un homme qui n'a rien fait. Il cherche à convaincre sa hiérarchie de la culpabilité d'un innocent, sans doute pour ne pas me mettre en cause. Mon père décroche son téléphone et compose un numéro. Après un bref silence, je l'entends déclarer :

– Nous avons fini, vous pouvez venir.

Complètement abasourdie, je vois des soldats pénétrer dans le bureau pour s'emparer de Siremain. Le pauvre homme se laisse emmener docilement. Mon père se frotte les mains. Je devine un sourire à ses lèvres. Je reste prostrée de longues minutes, incapable d'esquisser le moindre geste pour me relever. J'ai peur. Je suis trop lâche.

CHAPITRE
2

Dormir, c'est comme mourir, mourir pour un moment. Je ne veux plus penser, plus me poser de questions. Lucen, mon chéri, mon amour, n'est pas revenu.

Au moment où il a quitté la maison, j'ai senti au fond de moi comme une brûlure. J'avais le sentiment que je ne le reverrais pas. J'ai essayé de le convaincre de rester, mais il était déterminé, sûr de lui, presque tranquille. Alors, je l'ai laissé partir.

À chacun de mes réveils, je guette sa présence, son odeur. En vain.

Depuis quand m'a-t-il quittée? Ici où la nox est moins dense, on perçoit mieux les écarts de luminosité entre la nuit et le jour. Plus de trente heures, je crois. Il faut que je me lève et que je boive.

J'ai des douleurs au ventre. C'est le bébé qui appelle au secours. C'est le petit de Lucen que je dois protéger jusqu'au moment où son père reviendra. Je veux y croire car il me l'a promis et il a toujours tenu parole.

Je suis allée chez Dimitr, qui habite à l'étage inférieur, pour le ravitaillement. Il me donne en même temps le journal du matin. Pourquoi me sourit-il de façon appuyée? Pense-t-il que, seule, je serai une proie facile et qu'il pourra voler mon argent ou me faire disparaître quand bon lui semblera? Qu'il se méfie. Depuis que je suis enceinte, je n'ai jamais autant tenu à la vie.

Je mâche lentement, mais la nourriture peine à franchir ma gorge, comme si mon corps avait renoncé à s'alimenter. Tout en m'efforçant de déglutir, j'essaie de m'absorber dans la lecture du journal. Je sais que Dimitr ne me l'a pas donné par hasard. Je pressens qu'on y parle de Lucen. Je sais bien que s'il n'est pas revenu, c'est qu'il lui est arrivé quelque chose. À cet instant, mes mains tremblent car je crains le pire... Lucen est en page 4. Il est vivant. Mais il a été arrêté et jugé coupable. Ils disent qu'ils le tueront après six mois dans la forêt pourrissante. Moi je suis certaine qu'il se sera enfui avant et que nous partirons tous les deux avec le bébé pour un endroit sûr. Je détaille sa photo. Il a les mains liées dans le dos. Les gars autour sont contents de leur prise. Lucen se tient droit et regarde l'objectif. Il est si beau. Ses yeux doux sont tournés vers moi. Il me dit de ne pas m'inquiéter.

Dans l'article, il est décrit comme *un adolescent calculateur cachant bien son jeu, un être sanguinaire uniquement attiré par l'argent, capable pour cela de sacrifier sa famille et de trahir ses amis les plus proches*. Rien de ce qui est écrit ici n'est vrai. Lucen est tout le contraire. Même s'il a commis quelques erreurs, je les excuse toutes. Mon amoureux est juste un humain qui essaie de survivre sans faire trop de mal aux autres. Ceux qui l'ont arrêté sont des hommes sans scrupules et sans âme, pas lui.

Je lâche le journal et je me rends compte qu'en lisant j'ai avalé presque tout le pan. Je me sens mieux. Je n'ai plus envie de vomir. Je me caresse le ventre. Là, sous ma peau, pas très loin, un petit être a besoin de moi. Il est le fruit de notre amour. Je suis sûre qu'il ressemble déjà à mon amoureux.

Cette partie-là de toi, mon Lucen, je ne l'abandonnerai jamais, je donnerai ma vie pour qu'elle ne meure pas.

Je me lave et je m'habille. Il faut maintenant que je m'organise avant le retour de Lucen. Il est hors de question que je retourne chez moi, mais ça ne va pas me manquer. Je dois à tout prix éviter mon quartier et les contrôles de la milice. Ils peuvent me suspecter d'avoir participé de près ou de loin aux activités secrètes de mon amoureux, et je ne veux pas goûter aux interrogatoires de ces brutes alcoolisées. Et puis, si je tombe entre leurs griffes, je serai convoquée par les services de l'administration familiale dès que ma grossesse se verra. Et là, si je ne me présente pas avec le père de l'enfant, je serai emmenée dans une maison pour femmes seules, celles que l'on contraint à abandonner leur bébé à la naissance en les déclarant inaptes à l'élever.

Même s'il coûte cher, je suis obligée de rester le plus longtemps possible dans cet appartement pour que mon Lucen puisse me retrouver quand il parviendra à s'échapper. D'après les calculs que nous avions faits, nous pouvions tenir sans problème quatre ou cinq mois. Toute seule, je dépenserai un peu moins. Je n'économiserai pas sur la nourriture car le bébé en souffrirait, mais je ferai attention.

Ce matin, je découvre que Dimitr a déposé de quoi manger sur la tablette près de mon lit. Il a donc pénétré dans l'appartement pendant que je dormais. Je n'aime pas savoir qu'il a une clef de chez moi. J'explore tous les recoins pour vérifier qu'il ne s'est pas dissimulé quelque part pour me surveiller, puis je vais inspecter la cachette où est rangé l'argent. Tout est là. Je décide sur-le-champ d'aller lui parler :

– Je ne veux pas que tu entres chez moi pendant mon sommeil ou en mon absence.

– J'ai frappé et tu dormais. Je n'ai pas voulu tout laisser devant la porte à cause des rats... Hier, j'ai vu que tu étais très fatiguée, j'ai pensé te rendre service en...

– Ne recommence pas, ça me met mal à l'aise.

– D'accord. Tu crois que je veux profiter du fait que ton ami a disparu? Tu as peur de moi, c'est ça?

– Non.

Je remonte l'escalier. Ses yeux ne me quittent pas. Avant d'être trop loin, je me retourne et lui lance d'un ton ferme :

– Dimitr, ne crois pas que je sois une faible femme.

Cette mise au point n'a rien résolu. Il a toujours les clefs et je ne pense pas l'avoir impressionné. Vers la fin de la journée, il frappe à ma porte. Je me couvre les épaules et le décolleté avec un châle épais. Cet accoutrement semble l'amuser.

– Une certaine Sionne a demandé à te rencontrer.

– Où est-elle?

– À l'entrée de l'immeuble. Je peux la faire monter?

– Oui.

– Si tu as besoin de quoi que ce soit, même la nuit, tu peux faire appel à moi.

– D'accord.

Sionne débarque quelques minutes plus tard. C'est une amie d'enfance et la femme de Maurce, un proche de Lucen. Elle me serre un long moment dans ses bras. Très vite, sans que je puisse lutter, des larmes jaillissent de mes yeux. Nous nous asseyons sur le lit. J'ai appuyé ma tête sur sa poitrine. Elle me caresse doucement les cheveux.

– Je suis venue voir si tu n'avais pas besoin de moi. C'est drôlement chic où tu habites, Maurce m'avait prévenue. Le loyer doit être hors de prix, tu vas vite être à court d'argent, ma grande. Tu as combien de fric?

– Presque trente écus d'or.

– Oh, la vache! Vous avez braqué une banque de la ville haute?

– Je ne sais pas au juste ce que Lucen a fait pour ça. Mais tu vois que j'ai de quoi survivre quelques mois. Après, on verra. Il faut que je tienne jusqu'à son retour, c'est tout.

– Firmie, tu dois envisager le pire. Maurce dit qu'aucun homme n'est jamais revenu de la forêt pourrissante.

– Je suis certaine que Lucen reviendra. En attendant, j'aimerais que tu passes me voir parfois parce que, ici toute seule, je risque de devenir folle.

– Tant que je pourrai faire l'effort, je viendrai, dit-elle en posant ses mains sur son ventre. J'en suis au cinquième mois.

– Je peux voir ?

Elle relève sa chemise pour me montrer son ventre. Elle me prend la main et la plaque sur sa peau qui est d'une grande douceur. Elle me guide vers une zone où je ressens comme des vibrations. C'est son bébé qui se manifeste. Je lui souris. J'ai hâte d'en être au même stade.

– Ce Dimitr, c'est un furtif, bien sûr. Il n'est pas un peu bizarre ?

– Si. Il est entré chez moi pendant que je dormais pour me déposer à manger. Il regarde mes seins avec insistance quand il s'adresse à moi.

– Tu as peur ? Tu veux que j'en parle à Maurice ?

– Ne t'inquiète pas. J'ai de quoi me défendre. Regarde.

Je sors d'un tiroir des aiguilles à tricoter dont les pointes sont aiguisées.

– Elles peuvent faire pas mal de dégâts si on sait s'en servir. C'est mon père qui me les a offertes quand j'avais douze ans et que je circulais tard dans le quartier du port pour rapporter des ballots de laine. J'en glissais toujours plusieurs dans une de mes chaussettes. Heureusement, je n'ai jamais eu l'occasion de les utiliser.

Cette nuit, j'ai coincé ma clef dans la serrure et j'ai poussé un fauteuil devant la porte. Je ne trouve le sommeil que vers trois heures du matin. Je suis réveillée un peu plus tard par un couinement étouffé. Je rampe dans le noir jusqu'à la porte, mais rien n'a bougé de ce côté-là. Cela vient de la bouche d'aération de la salle de bains qui est garnie d'une large grille. J'attrape ma frontale et braque la lumière dessus. Je demande, un peu affolée :

– Qui êtes-vous ? Que voulez-vous ?... Allez-vous-en !

Tout s'arrête. C'était le son d'une scie à métaux ou peut-être d'une lime. Je me rapproche pour évaluer la situation mais je ne remarque rien d'anormal. Je prendrai le temps d'examiner ça en détail quand j'aurai un peu dormi.

Le matin, je découvre que le verrou qui maintient la grille fermée a été attaqué sur plus d'un tiers. Je descends chez mon logeur, à la recherche d'une explication. Mon récit ne le fait pas sourire. Il me suit sans attendre pour vérifier ce que j'avance. Son comportement me surprend. J'étais persuadée qu'il n'était pas étranger à cet acte et je venais dans l'intention de le confondre. Je suis sur mes gardes et j'ai, en m'habillant, glissé une aiguille affûtée dans ma manche gauche. Soit il joue vraiment bien la comédie, soit il est réellement inquiet. Son visage se crispe quand il constate la véracité de mes paroles. Sans un regard pour moi, il quitte la pièce en courant et me crie :

– Boucle tout en attendant mon retour.

Qui pourrait m'en vouloir ? Qui sait que je suis là ? Qui peut connaître l'importance de ma fortune ? Où irai-je si cet endroit n'est plus sûr ?

Dimitr ne tarde pas à revenir avec un homme dont les yeux ont été bandés. Ce dernier transporte un lourd sac de toile contenant des objets métalliques, probablement des outils. Le furtif me fait signe de ne pas parler et de quitter mon appartement pendant l'intervention. Il me lance une clef que j'attrape au vol. D'un froncement de sourcils et en lui montrant la clef, je lui fais comprendre que je voudrais savoir ce qu'elle ouvre. Il pointe son pouce vers le haut. Je traverse le palier et repère une porte marquée à la craie du mot *terrasse*. J'introduis la clef. C'est bien la bonne. Après deux volées de marches, j'accède au toit. Une douce lumière m'inonde, filtrée par une brume légère. On y voit à plus de trente mètres. Pour moi, c'est la première fois. Je distingue même les fenêtres de la maison de l'autre côté de la rue. Le premier étage est largement éclairé. J'aperçois des miroirs et des cadres dorés, comme dans les palais au cinéma. L'inquiétude me gagne au bout d'à peine quelques minutes. Et si Dimitr en profitait pour fouiller ma chambre? Sans doute tomberait-il sur ma cagnotte. N'a-t-il pas inventé cette diversion dans ce but?

Je décide de redescendre sur la pointe des pieds pour les surveiller. Ils sont tous les deux affairés sur la porte d'entrée. Ils fixent des attaches pour la renforcer avec des barres métalliques. Ils s'éclairent à la bougie. C'est en comptant les bâtons de cire utilisés qu'ils évalueront le coût de la main-d'œuvre. Ce n'est pas un procédé très fiable car beaucoup d'artisans achètent des bougies pauvres en paraffine qui se consument plus vite. Ils font beaucoup de bruit, surtout quand ils utilisent la foreuse. Je les observe sans bouger jusqu'à la fin. L'ouvrier s'en va et Dimitr m'appelle doucement comme s'il avait repéré ma présence depuis un moment déjà.

– Entrons, j'ai à te parler. Comme tu le vois, déclare-t-il en pointant la porte, tu vas pouvoir aisément te barricader. Quand tu auras placé les barres, même pour moi il sera impossible de pénétrer chez toi. Quant à la grille de la salle de bains, nous l'avons carrément soudée. Tu es satisfaite ?

– Oui, merci. Tu as une idée de qui pourrait m'en vouloir ?

– Plein de gens sont à la recherche du magot de Lucen. Depuis hier, la milice fait circuler le bruit que sa future veuve conserve la fortune immense qu'il a gagnée en tant qu'« artificier mercenaire » des terroristes. Tu peux donc t'imaginer que beaucoup de voyous sont sur ta trace, de même que certains groupuscules qui pensent que cet argent leur revient et doit servir à la lutte armée. Ce que je dois découvrir d'abord, c'est qui les a renseignés. Ont-ils suivi ta copine ? Ont-ils soudoyé un de mes employés, comme les petits Moincents qui font tourner les roues à électricité de l'immeuble ? Je ne vais pas tarder à savoir qui est derrière tout ça et je te promets de faire le ménage. Je n'en ai peut-être pas l'air, mais je suis très efficace pour le nettoyage. En attendant, ne bouge sous aucun prétexte et convenons d'un code de reconnaissance que j'utiliserai pour frapper à la porte.

Je referme derrière lui, place les lourdes barres de protection. Je suis bouclée comme une prisonnière, interdite de sortie, complètement dépendante d'un furtif en qui je n'ai aucune confiance.

Lucen, quand reviendras-tu ? Lucen, reviendras-tu ?

CHAPITRE 3

J'arrive à destination dans un état second. Mon crâne est douloureux. Je suis tiré du véhicule sans ménagement. On me pousse violemment en avant et je percute un homme massif qui me saisit par le col. Il m'assène des coups de matraque sur les épaules et le dos. Je me recroqueville le plus possible. Ils sont maintenant plusieurs à participer au tabassage. Mes forces m'abandonnent. Je vais peut-être mourir comme ça.

Les coups s'arrêtent. Mon corps n'est plus qu'une masse souffrante, mais je suis vivant.

On m'assoit sur une chaise et on me lie les mains derrière le dos. Ma tête pend vers l'avant. On reste là pendant de longues minutes.

Quelle force m'a poussé à quitter ma cachette ce matin? Ne savais-je pas au fond de moi que j'avais peu de chances de revenir? Firmie le pressentait aussi et elle me l'avait dit à plusieurs reprises.

Il fallait pourtant que j'agisse, que j'essaie d'arranger notre situation au plus vite, et cela nécessitait que je prenne quelques risques. Je refusais l'idée que nous vivions comme des bêtes traquées pendant des mois, à la merci d'une trahison. Je me suis dit cette nuit que, même dans l'hypothèse où mon escapade se révélerait fatale, je mettrais fin à la chasse à l'homme et j'aurais des chances qu'ils épargnent Firmie et notre futur bébé. J'espère que je ne me suis pas trompé et que mon sacrifice ne sera pas vain.

Ils ne vont pas m'exécuter tout de suite, ils ont trop besoin d'esclaves pour alimenter en gaz la ville haute. Je trouverai un moyen de m'échapper et de retrouver Firmie. Je veux m'accrocher à cet espoir. Tout ne peut pas s'arrêter pour moi si vite.

Des hommes en civil pénètrent dans la pièce et passent devant moi. Les deux miliciens qui m'encadrent me soulèvent de mon siège et me traînent à leur suite. C'est la première fois que j'entre dans un tribunal. À mesure que je progresse vers la cage qui m'est réservée, la luminosité augmente et je découvre le décor. Les pédaleurs, des condamnés à des peines légères réquisitionnés pour l'occasion, ont trouvé leur rythme. Trois hommes me font face. Celui du milieu se coiffe d'une toque noire. Il lit ensuite d'une voix monocorde un texte écrit dans un grand cahier. Il n'a pas un regard pour moi. Je me maintiens difficilement debout en crispant mes mains sur les barreaux.

– Accusé, commence-t-il, au vu des preuves accumulées et sans contestation possible, je vous déclare coupable de crimes de sang en association avec une organisation terroriste. Vous êtes condamné à mourir par pendaison. Avant votre exécution, vous effectuerez une peine de six mois de travaux forcés dans la forêt pourrissante. Jugement a été rendu.

J'essaie de me faire entendre, alors que les juges se lèvent déjà :

– Monsieur, s'il vous plaît, pouvez-vous m'écouter ? Je n'ai jamais appartenu à une organisation terroriste...

Un milicien ouvre la cage et me plaque une main sur la bouche. Je n'ai pas la force de me débattre. J'entends la porte se refermer. C'est fini.

Je suis allongé à l'arrière d'un pick-up, les jambes et les bras entravés, et un sac de grosse toile me couvre la tête. La route est défoncée et mon corps pourrait se décoller du plancher si un homme n'avait posé dessus ses deux pieds bottés. Il appuie parfois sur un de mes hématomes. Des cris de douleur sortent de ma bouche malgré moi.

Après une demi-heure de route, le véhicule s'arrête. On me décharge sur le bas-côté comme n'importe quelle marchandise. Le bruit du moteur s'éloigne rapidement. Je ne peux me relever. J'essaie de crier mais aucun son ne sort. Mes forces m'abandonnent et je m'endors.

Je suis réveillé par les effluves d'un mauvais alcool qu'on me fait respirer. Je suis allongé sur le dos. Mes liens ont été défaits. J'essaie de m'asseoir mais je suis trop faible. Je découvre petit à petit que je suis entouré d'hommes. Des sacs troués au niveau des yeux dissimulent leurs visages. Un feu de bois crépite à quelques mètres en produisant plus de fumée que de flammes. Un homme se penche sur moi.

– Taf nous a demandé de veiller sur toi, commence-t-il d'une voix éraillée.

– Vous connaissez Taf?

– Qui ne connaît pas Taf? C'est une sorte de légende parmi les militants coivistes. Il a fait quelques séjours ici autrefois.

– Et là, vous savez où il est? Je ne l'ai pas vu depuis des semaines.

– Il doit se faire discret en ce moment, mais tu vois qu'il veille sur toi. Il n'est pas homme à lâcher ses amis.

Ici, nous t'enseignerons tout ce que tu dois savoir pour survivre. Après, il faudra espérer que ton corps s'habitue à ces nouvelles conditions de vie. On sera fixés là-dessus dans quelques jours.

– Comment?

– Si tu n'es pas mort dans les prochaines soixante-douze heures, tu as une chance de séjourner un moment parmi nous. Pour l'instant, on va se contenter de te donner un peu à boire et à manger. Ensuite, tu resteras allongé un maximum, les gaz sont moins denses au ras du sol. Essaie de dormir, ton corps a besoin de récupérer.

– Tu t'appelles comment?

– Hans.

– Ce n'est pas un nom de la ville basse, ça?

– Mon origine n'a pas d'importance. Ici, nous sommes tous des parias.

Je mâche de la viande séchée et j'avale en grimaçant une eau terreuse. Je suis couvert de plusieurs épaisseurs de tissu. Mes paupières se ferment toutes seules.

Ce matin, je tiens debout. J'ai dormi sur une natte tressée posée sur une plate-forme de bois à l'air libre. Hans m'enfile d'autorité un sac de jute sur la tête. Il ajuste mes yeux aux trous et fixe ensuite une cordelette autour de mon front pour empêcher le sac de glisser. Il sort une fiole de sa poche et verse quelques gouttes d'alcool de foin à la hauteur de mes narines. C'est la technique qu'utilisent les dockers sur le port.

– Ne respire pas trop fort. À la longue, ça pourrait t'embrouiller le cerveau.

Il m'entraîne sur un chemin à peine dessiné parmi de hautes herbes couleur rouille. Nous progressons doucement. Mon guide tient une torche enflammée à la main. Sur ce sol boueux et inégal, les chenillettes sont inopérantes.

Ce sont les grognements des chiens qui m'indiquent que nous sommes arrivés sur la zone de travail. Une odeur puissante transperce les tissus imbibés censés filtrer l'air. Une file de personnes stationnent devant la large porte métallique d'un imposant bâtiment cylindrique. Je ne distingue aucune fenêtre sur la façade de béton noircie par la moisissure. Nous remontons la queue jusqu'à un poste de garde. Les gardiens sont tous équipés d'un masque à gaz et d'une combinaison intégrale noire. Nous nous présentons au planton qui échange quelques gestes avec Hans puis décroche son téléphone pour lâcher une phrase. Je n'en perçois pas le sens car le masque modifie beaucoup les sons. Le paria me glisse à l'oreille ce conseil :

– Laisse-toi faire. Ne résiste pas, sinon ça durera plus longtemps et tu souffriras davantage.

Je me tourne vers lui pour en savoir plus, mais au même moment une porte s'ouvre devant moi et un homme apparaît. Il me saisit par la manche pour m'entraîner dans une pièce éclairée seulement par une bougie. Il m'assoit dans un fauteuil muni d'un pédalier comme au cinéma. Sans attendre, je cale mes pieds et commence à mouliner. Je l'entends fouiller sur un établi pour réunir du matériel. Il revient avec une sorte de gros stylo muni à une extrémité d'une pointe et à l'autre bout d'un fil électrique qu'il branche au fauteuil. Il me prend le bras droit. Je comprends vite, même si je ne l'ai jamais vu faire, que je vais être tatoué. Syvain, mon ami expert en rats, portait un tatouage dans le cou et il m'avait expliqué comment cela se pratiquait. Le sien datait du jour où il avait intégré une bande d'enfants des bas-fonds à l'âge de huit ans. Je respire profondément. Il appuie très fort et ma peau fume un peu. Tout mon corps tremble. Il a fini. Il colle un pansement sur mon bras puis s'éloigne pour ranger ses outils. Je l'entends vociférer quand il s'approche de moi, peut-être parce qu'il juge que je ne me lève pas assez vite. Il m'envoie une bourrade qui me propulse vers la porte. Hans m'attend juste derrière.

– Tu as fait le plus dur. Maintenant, tu vas te faire enregistrer.

Je passe près d'une heure, tête nue, dans un petit baraquement isolé. On me prend mes empreintes, on me photographie de face et de profil, et on vérifie tous les points de mon dossier. Les gardes ne parlent pas et se contentent d'écouter mes réponses à la liste de questions collée sur la table. Plusieurs hommes entrent soudain derrière nous. Les gars sursautent et se lèvent pour se figer au garde-à-vous. Je fais de même sans oser tourner la tête. Un des visiteurs s'approche de moi pour m'observer de près. Il est énorme. Sa tête paraît particulièrement démesurée. Il parcourt ensuite mon dossier puis repart comme il est venu. Les gars patientent quelques minutes, à l'affût du moindre bruit, avant de reprendre leur activité, comme s'ils voulaient s'assurer qu'il n'était pas resté dans le coin pour les piéger. Hans m'attend sur les marches de l'entrée.

– Alors, tu as vu Rihard?

– C'est un monstre.

– Tu n'es pas loin de la vérité. Allons, retournons à notre campement.

– Je ne vais pas travailler aujourd'hui?

– Dans le silo, avec ceux qui attendaient? Non, seulement un jour sur trois, sinon l'organisme ne résisterait pas.

– Je croyais qu'ils se moquaient de la mortalité des parias.

– Pas complètement, ils ne veulent pas gâcher la main-d'œuvre trop vite. Et puis, ils tiennent à ce que certains d'entre nous restent vivants jusqu'au jour de leur exécution.

— Et c'est mon cas.
— En effet.

Je retrouve quelques silhouettes aperçues la veille qui se font chauffer de l'eau avec des herbes. Hans fait les présentations. Comme je ne distingue que leurs yeux, je ne suis pas certain de les reconnaître plus tard. Il y a Julen, Dlan et Pul. Les gars se contentent de hocher la tête à l'énoncé de leur prénom. À y regarder de plus près, chacun arbore un sac différent. Beaucoup ont cerné les trous des yeux par des coutures en laine, sans doute pour éviter que le tissu ne s'effiloche. Pour Pul, cela ressemble à des sourcils disproportionnés. Julen a dessiné à l'encre un trait épais à l'emplacement de sa bouche. Nous relevons la toile pour avaler un breuvage au goût amer. Je remarque à cette occasion que tous portent une barbe plus ou moins fournie. Hans explique :
— Ici, on effectue des cycles de trois jours. Le premier jour, on travaille dans le silo, le deuxième, on collecte des déchets à l'extérieur pour l'alimenter et le troisième, on récupère et on s'occupe de notre ravitaillement. En clair, on pêche, on pose des pièges et on ramasse des herbes et des champignons. Certains restent garder le camp et font sécher la viande.
— Il paraît que tu es rafistoleur ? demande Julen. C'est utile comme métier.

– Pas pour ici, fais-je remarquer, il n'y a pas de matériaux à assembler ni d'objets à répar...

– On a la mine.

– Tais-toi, Julen, gronde Hans, on verra plus tard si on peut tout lui dire.

– Je comprends, dis-je, j'espère bientôt vous prouver que vous pouvez me faire confiance.

Nous partons ensuite, Julen, Pul et moi, sur des sentiers bordés de marécages. Je ne me laisse pas distancer car ils n'utilisent aucun éclairage. Ils s'arrêtent parfois plusieurs minutes, le temps d'écouter au loin d'autres groupes qui circulent dans le même secteur.

– La nature n'est pas généreuse par ici, commente Julen à mon oreille, alors chacun garde ses coins de collecte secrets.

Nos pieds s'enfoncent de plus en plus dans la vase et la progression devient très pénible. Au bout d'une bonne centaine de mètres, nous accédons à un terrain plus dur. Pul craque une allumette et enflamme un tissu gras qu'il introduit dans un verre. Il pose ensuite le verre sur une planchette de bois qu'il met à flotter sur une mare à l'eau noirâtre et huileuse. Le morceau de bois se met à trembler et soudain la gueule ouverte d'un animal jaillit des profondeurs. Julen lui enfonce violemment un bâton entre les mâchoires et le tire hors de l'eau. Pul récupère la lumière et l'approche de la bête qui s'agite dans tous les sens. Il sort un poignard et lui découpe la tête. Je demande, un peu dégoûté :

— C'est quoi ?

— Ça n'a pas de nom. C'est une sorte d'anguille dégénérée, explique Pul. Mate-moi ses crocs acérés, ses épines dorsales tranchantes, ses pustules verdâtres. Sa peau est toxique, mais la chair est nourrissante.

— Et vraiment dégueulasse, conclut l'autre.

CHAPITRE
4

C'est la première nuit où je ne suis pas réveillé par les gars pour une urgence et où je parviens à dormir plus de quatre heures de suite. C'est vrai que les locaux de la milice en ont vu défiler des terroristes ces deux derniers jours et qu'il a fallu trouver l'énergie pour les faire parler. J'ai même participé à une action secrète : l'enlèvement d'un chef qui habite sur les hauteurs. Nous étions en civil et cagoulés durant toute l'opération. Le gars, on l'a chopé pendant qu'il mangeait peinard avec sa petite famille. On a laissé sur place ses deux gardes du corps, étranglés dans l'escalier. J'ai rarement senti monter à ce point l'adrénaline.

Je suis réveillé depuis une demi-heure environ. J'entends le ronflement de mon père qui dort près de moi. Nous retournerons dans notre maison dans quelques jours car elle sera de nouveau habitable. J'appréhende de rentrer chez moi car je vais être confronté au souvenir de ma mère. Je me rends compte que je n'ai pas beaucoup pensé à elle depuis son enterrement. «La vengeance d'abord, les larmes ensuite», avait dit mon père. Lucen est condamné, et sa souffrance ne fait que commencer, ses complices et commanditaires sont déjà bien abîmés et croupissent dans nos geôles en attendant leur châtiment.

Les larmes ne viennent pas. Est-ce normal que je ne ressente aucune peine? Est-il possible que ma mère et moi ayons vécu côte à côte sans rien éprouver l'un pour l'autre? J'ai tenté de me remémorer de bons moments passés auprès d'elle, des gestes tendres, des sourires complices. Je ne me souviens de rien. Ces sentiments, je les ai vus s'exprimer, mais à l'égard de mon grand frère Kéin. Il était fort, déterminé et copiait toutes les attitudes de mon père. Je voyais le regard ému de ma mère quand il enfilait son uniforme et qu'elle posait ses mains sur ses épaules pour chasser des grains de poussière imaginaires. Elle aimait le toucher, l'étreindre. Moi, comme les autres, j'admirais mon frère et je rêvais de lui ressembler un jour. Quand Kéin est mort, il y a six ans, sa place dans la maison a encore grandi. Tout là-bas rappelait sa présence – ses portraits au mur, la bougie qui devait brûler en permanence dans la niche au-dessus du garde-manger.

Moi, j'ai tout fait de travers. Je me suis construit en dehors de ma famille, dans la rue, au contact de mes copains. J'ai même parfois ressenti de la méfiance vis-à-vis de mes parents parce que j'étais sous la coupe de ces gars qui maintenant n'existent plus pour moi. Je pense aujourd'hui que ces amis d'autrefois m'ont manipulé, que je n'ai été qu'un pantin entre leurs mains. J'ai bien failli basculer du mauvais côté, à cause de Lucen surtout. Avec ses airs de gars gentil, ses attitudes de frère de substitution, il m'a bien embobiné. Il a quand même tué ma mère, ce salaud, en plaçant lui-même une bombe sous mes fenêtres. Rien que de prononcer son nom, le dégoût monte en moi. Là où il est, qu'il crève, et qu'il souffre en plus. Les gars qui l'ont arrêté et ont assisté à sa comparution devant le juge m'ont raconté ses dénégations de lâche. Même avec les preuves sous le nez, il jouait les innocents. Une honte, ce mec. Je m'en veux d'avoir cru en lui.

J'ai appris par le planton à l'entrée que Snia est revenue plusieurs fois à la charge. Pour respecter ma volonté, le gars l'a systématiquement éconduite. Ce matin, il me file une lettre qu'elle a laissée pour moi.
— Tu devrais la lire, Gerges, me conseille-t-il amicalement. J'ai l'impression qu'elle est sincère, cette petite, et qu'elle tient vraiment à toi. Elle s'est peut-être aussi laissé abuser par cette enflure de Lucen. Donne-lui sa chance.

Je ne réponds pas et je fourre la missive au fond de ma poche. Snia m'a donné de vrais moments de bonheur avant que je ne lise le rapport la concernant. J'en ai encore des frissons rien que d'y penser. Elle s'est serrée contre moi avec tendresse, et ses yeux, j'en étais certain à l'époque, ne me mentaient pas. J'ai adoré cet après-midi où nous sommes allés au cinéma. D'abord sur le chemin, quand elle me tenait la main, puis plus tard, quand elle m'a embrassé sur la bouche en prenant le prétexte que je l'avais protégée de voyous venus en découdre en pleine rue. Le plus beau a été la séance elle-même. J'aurais trouvé la force de pédaler tout seul toute la nuit pour faire durer cette rencontre. Ce n'était pas seulement son corps que je désirais à ce moment mais tout son être, sa respiration au creux de mon cou, ses cheveux qui me chatouillaient le menton et qui sentaient si bon, le son de sa voix dans mon oreille.

Ces souvenirs sont rétrospectivement comme des blessures à vif que je titille avec la pointe d'un couteau. Je dois les chasser de ma tête et passer à autre chose. Franços m'a parlé de sa sœur qui cherche un compagnon sobre et prêt à tout pour défendre la cause. Elle l'accompagnait un matin. Ses formes sont aussi avenantes que celles des prostituées du port. Mais son regard est franc et honnête. C'est une fille comme ça qu'il me faut. Elle me fera de beaux enfants. Je vais me mettre sur les rangs.

Au moment où je sors la lettre de Snia pour la déchirer, mon père m'invite à le rejoindre dans la salle de réunion. Je rempoche la missive.

Tous les gars ne sont pas là, seulement ceux en qui mon père a toute confiance. Cela exclut principalement les ivrognes et les immatures. Ces deux espèces de miliciens ont une fâcheuse tendance à se vanter de leurs exploits à l'extérieur. Parfois c'est utile, et mon père se sert d'eux pour faire «fuiter» des informations. La plupart du temps, cela peut compromettre les opérations.

Dès que la porte est fermée, mon père commence :

– Nous avons trop de prisonniers. Il va nous être difficile de monter des dossiers sur chacun. Vous connaissez les juges, faute de preuves évidentes, ils risquent d'en relâcher quelques-uns. Le tabassage d'un de leurs greffiers, il y a six mois, nous a garanti un temps leur soutien mais, aujourd'hui, ils ne nous suivront plus. Il n'y a pas trente-six solutions : ceux pour lesquels il y a un doute, nous devons nous en occuper nous-mêmes.

Les hochements de tête attestent que personne ne va contester le chef.

– On fait croire à une évasion, suggère Franços, on les flingue discrètement et on dissimule les corps dans la carrière.

– Bonne idée, consent mon paternel, sauf que ce procédé laisserait croire à la population qu'il est facile de s'enfuir de notre prison. Et ça, ce n'est pas bon pour nous. Essayons autre chose.

– Les piquouses, avance Clude, ça avait bien marché il y a trois ans. Et même s'ils n'y passent pas tout de suite, ils ne survivront pas longtemps après, s'ils sont libérés. Et comme ça, le message sera plus clair.

– Brillant, mon gars! admire notre chef. Tu emmènes Gerges avec toi à l'hosto dès cette nuit.

Je n'aime pas cet hôpital. Il a gardé l'odeur de la mort de mon frère, le souvenir des larmes de ma mère. Je me revois repartant avec mes parents vers la maison. Mon père martelait le carrelage avec ses grosses chaussures pour libérer un peu de sa colère. Je ne me souviens plus de moi à ce moment-là. J'étais peut-être déjà devenu transparent.

Clude sait où il va. Il affiche sur son visage une détermination qui impressionne. Dès le hall d'entrée, nous croisons plusieurs regards intrigués par notre présence à cette heure tardive, mais personne n'ose nous interroger. Nous pénétrons bientôt dans un vestiaire pour enfiler des blouses par-dessus nos vêtements. Mon collègue sort de sa poche des badges qu'il nous accroche sur la poitrine.

— À partir de maintenant, marchons à une vitesse normale et, si quelqu'un nous interpelle, tu me laisses parler.

Nous prenons l'escalier pour accéder au troisième étage. Nous nous engageons dans un long couloir désert. Il me freine de la main au moment de passer devant le local ouvert des infirmières. Elles ont le dos tourné et discutent tout bas près d'une bonbonne d'eau chaude. Nous parvenons devant une porte entièrement recouverte d'une fine plaque métallique. Clude sort une clef de sa poche et l'introduit dans la serrure, elle fonctionne très bien.

— L'hôpital a fait changer la serrure après notre cambriolage, mais c'est Grégire qui a choisi le serrurier. Refermons bien derrière nous.

Mon copain semble être dans son élément. Il me fait enfiler comme lui des gants stériles et m'avertit :

— À partir de maintenant, tous nos gestes doivent être lents, assurés, précis.

Il utilise deux fines tiges en fer pour forcer l'ouverture d'une petite armoire réfrigérée. Il observe ensuite une à une les étiquettes qui marquent les flacons. Tous contiennent un liquide rouge foncé, sans doute du sang. Il en sélectionne quatre qu'il pose sur un bureau. Il tire de sa poche une seringue avec laquelle il prélève un échantillon de chaque, puis il mélange le tout dans une fiole vide ramassée dans une poubelle. Il jette ensuite la seringue et ses gants avant d'en enfiler d'autres. Il fouille dans les tiroirs pour trouver un gros élastique qu'il serre autour de son biceps.

– Attrape une seringue emballée et sors-la. Voilà. Tu vas me piquer, je vais te montrer où.

Il se tape sur l'avant-bras jusqu'à faire rougir sa peau. Il me désigne une veine. Je n'ai jamais fait ça, mais je n'hésite pas. Je pompe son sang jusqu'à ce qu'il m'indique d'un hochement de tête que ça suffit. Il complète alors avec son sang chacun des quatre flacons avant de les remettre à leur place exacte.

Nous ressortons de l'hôpital discrètement. Nous ne sommes restés sur place qu'une vingtaine de minutes tout au plus. Je l'interroge :

– Tu t'y connais ? Comment as-tu fait ton choix ?

– Pas vraiment. Je sais que c'est là qu'ils rangent leurs échantillons de sang infecté par les virus les plus foudroyants. Cela peut leur servir à élaborer des vaccins en cas d'épidémie. Il y a des petites têtes de mort rouges dessinées sur les étiquettes, j'ai choisi les flacons où il y en avait le plus. Avec ce super-concentré de saloperies, on va faire des merveilles.

CHAPITRE
5

Siremain s'est suicidé dans sa cellule quelques heures après son passage à la maison. Je l'apprends par le journal que je suis désormais autorisée à lire. Il a laissé à sa femme et sa fille une lettre d'adieu où il se repent de ses crimes et s'excuse de les abandonner. Viennent ensuite les témoignages de ses collègues. Certains le dépeignent comme un employé modèle et sympathique, un «bon père de famille», incapable d'une telle trahison. D'autres ne se montrent pas surpris par la découverte de sa faute et le décrivent comme un individu attiré par l'argent et au caractère instable. «Je me doutais qu'il tramait quelque chose et j'avais toujours un œil sur lui», déclare l'un d'eux. Qu'a promis mon père à ce dernier pour qu'il salisse ainsi son ancien compagnon?

De quelles autres monstruosités s'est-il rendu coupable avant celle-là ?

À la suite de cette affaire, ma vie change. Les sœurs Broons me font comprendre que je ne suis plus la bienvenue au club d'échecs. J'ai l'impression d'être punie alors que je n'ai fait qu'obéir à leurs ordres. Elles décident tout de même que je dois garder François comme petit ami, sans doute pour qu'il continue à rapporter les confidences que je pourrais lui faire. Après tout, mon père demeure quelqu'un de très important à leurs yeux. Je réalise bientôt que cette mise à l'écart du groupe m'a plutôt soulagée. Je peux maintenant mener une vie normale sans risquer de générer des drames autour de moi. Quand je suis entrée chez les Réunificateurs, j'imaginais œuvrer pour le bien de tous mais, la seule fois où je me suis vraiment engagée, j'ai causé le suicide d'un homme, le désespoir et la ruine de sa famille. Je ne suis peut-être pas faite pour cela, je ne suis pas assez concernée personnellement, pas suffisamment convaincue, et mon manque de courage confine à la lâcheté.

Ma relation avec François s'intensifie de jour en jour. J'éprouve pour lui des sentiments inédits et troublants. Je sens que, de son côté, c'est pareil. Un soir, au moment de se séparer, François me déclare qu'avant d'aller plus loin nous devons avoir une vraie discussion.

Le samedi suivant, nous nous installons dans ma chambre face à face, comme pour disputer une partie d'échecs. J'ai pris soin de recouvrir mon miroir avec un grand foulard pour éviter que Yolanda n'assiste à la scène.

– Si nous devenons amants, commence-t-il en chuchotant, nous franchirons un nouveau stade. Pour moi, c'est très important. Cela signifie que nous nous engageons vraiment l'un envers l'autre.

– Je sais, dis-je fermement, et j'y suis prête.

– Mais sommes-nous réellement en mesure de nous prêter serment alors que nous avons juré de faire passer nos intérêts personnels après ceux de notre groupe?

– Notre relation n'interfère en rien avec notre engagement. Nous ne trahissons personne en nous aimant.

– Mais si les autres nous obligeaient à rompre?

– Je ne vois pas ce qui pourrait leur en donner le droit.

Il me regarde gravement avant d'esquisser un sourire et de me tendre les mains. Nous nous étreignons longuement. Je n'ai jamais ressenti un bonheur plus intense.

Durant les semaines qui suivent, j'ai l'impression de vivre dans un rêve. Sa douceur, sa passion et sa tendresse me comblent. Entre ses bras, certains après-midi, j'arrive même à oublier tout le mal que j'ai causé. Mon amoureux essaie à plusieurs reprises de me convaincre, mais en vain, que je ne suis pas qu'une sale lâche. En ne suppliant pas mon père d'épargner Siremain, j'ai, d'après lui, agi avec pragmatisme. Il est intimement persuadé que jamais mon père ne m'aurait cédé. Peut-être a-t-il raison mais je refuse de l'admettre pour l'instant. «Tu te complais dans le remords», me déclare-t-il un jour. C'est vrai que je veux souffrir car, après tout, je l'ai bien mérité.

Mon père passe de moins en moins souvent durant les week-ends mais, lorsqu'il est présent, rien dans son attitude ne laisse penser qu'il éprouve de la peine ni de la déception à mon égard. Il me sourit beaucoup, me demande même parfois des nouvelles de François. De mon côté, je suis toujours mal à l'aise quand il est là. J'aimerais qu'il mette cartes sur table, qu'il m'explique clairement ce qu'il a découvert sur moi et le rôle qu'il m'a fait jouer. Je n'ose provoquer cette mise au point. Sans doute une partie de moi espère-t-elle encore, contre toute logique, qu'il ne s'est rien passé de grave et que j'ai mal interprété les faits.

Un soir pourtant, ce qu'il me fait comprendre me bouleverse profondément. C'est à la fin du dîner, un dimanche, qu'il m'annonce :

— Je t'ai rapporté un document que je voudrais que tu lises. Il est tiré du dossier d'un jeune de ton âge qui vit dans la ville basse.

— Pourquoi veux-tu que je m'y intéresse?

– Parce qu'il est temps que tu comprennes un peu mieux le monde qui t'entoure. Tu as une vision trop romantique de la société. Pour toi, tout se résume à une opposition entre les gentils pauvres opprimés et les méchants riches attachés à leurs privilèges. Les choses sont beaucoup plus complexes dans la réalité. De plus, il se trouve que j'étais présent aux obsèques de la victime de l'attentat. J'ai rangé les feuilles que tu peux consulter dans une enveloppe marron sur laquelle ton prénom est écrit en rouge. Tu la récupéreras dans mon bureau avant de monter dans ta chambre. Tu es d'accord ?

– Oui, dis-je sobrement.

Heureusement que je ne l'ai pas ouverte devant lui, car je n'aurais pu cacher mon trouble.

Dossier personnel de Lucen, dix-sept ans, fils d'Arand, rafistoleur en 410.

Je lâche les feuilles et me laisse tomber sur mon lit. Il ne peut s'agir d'un hasard. Alors, il sait pour ça aussi ! Comment a-t-il fait ? Depuis combien de temps me joue-t-il la comédie ? Je prends de longues inspirations avant d'entamer ma lecture.

J'apprends avec horreur que Lucen a été arrêté et condamné à être pendu. Toutes les preuves de sa participation à un attentat meurtrier sont détaillées, et sa culpabilité ne semble pas faire le moindre doute. Comment un garçon si gentil a-t-il pu, de sang-froid, exécuter une mère de famille, qui plus est celle de son meilleur ami? On fait aussi mention d'une importante somme d'argent qu'il a touchée pour perpétrer ce crime. Cela laisse penser qu'il n'a agi que par intérêt. L'expression «mercenaire du terrorisme» revient plusieurs fois. Une note en bas de page évoque une certaine Firmie, sa complice, sans doute déjà enceinte de ses œuvres et activement recherchée par la police car elle détient les sommes volées par Lucen.

Mon père entre sans frapper dans ma chambre vers vingt-deux heures pour récupérer son enveloppe.

– J'aimerais, précise-t-il, que tu n'en parles à personne. Ces documents sont classés «secret sécurité» et ne sont pas censés être lus en dehors de nos locaux.

– Je n'en parlerai pas, Papa.

– J'en suis certain. Je sais depuis toujours que je peux te faire confiance.

– Ce Lucen a été exécuté?

– Non, pas encore. Dans la ville basse, toutes les peines de mort sont assorties d'une condamnation préalable à six mois de travaux forcés dans la forêt pourrissante. Bonne nuit, Ludmilla, et n'éteins pas trop tard.

François ne me raconte jamais les missions auxquelles il participe. Il me l'a proposé une fois, mais je préfère ne rien savoir pour ne pas risquer de le trahir un jour.

Peut-être aussi pour ne pas m'inquiéter rétrospectivement des dangers qu'il a eu à affronter. Je découvre un soir dans le journal un court article relatant le lâcher de tracts le jour anniversaire de la mort du frère Broons. Le journaliste évoque un «happening étudiant», en prenant soin de gommer tout caractère politique, le réduisant à une «action pour se faire remarquer». J'apprends plus tard que la police, toujours très présente dans ces lieux fréquentés, avait formellement interdit aux gens de ramasser les feuilles qui jonchaient le sol et que les services de la voirie étaient immédiatement passés faire le ménage. Une demi-heure plus tard, la vie reprenait comme si de rien n'était. Tous ces efforts et ces risques pour rien...

Grisella est ravie d'apprendre mon départ du club d'échecs. D'abord, cela me rapproche d'elle et cela conforte sa conviction que je n'y suis allée que pour séduire François. Je me garde bien de la détromper. Ma copine a fini par se trouver elle-même un copain, mais en dehors du lycée. C'est un certain Eugène qui fréquente la fac de droit de temps en temps. Il arbore au revers de sa veste le badge d'un groupuscule extrémiste caspiste. Grisella me laisse entendre qu'elle participe régulièrement à des réunions en sa compagnie.

– C'est le leader du groupe. Il est très intelligent. Il a un charisme incroyable. Quand il parle, tout le monde se tait. Il y a comme de l'électricité dans l'air, c'est très impressionnant.

– Et tes parents sont d'accord pour te laisser y aller?

– Oui. Ils respectent mes opinions. Surtout, ajoute-t-elle en souriant, que ce sont aussi les leurs. Mais ils ne m'autorisent pas à me joindre aux manifestations qui dégénèrent parfois en bagarres de rue.

– Et ton copain y va, lui?

– Casser du Réu, il adore ça.

Comme je la regarde un peu interloquée, elle croit bon de préciser:

– Des Réunificateurs, quoi! Tu sais ce que c'est, quand même? Des gens qui veulent notre disparition, qui veulent qu'on se mélange avec les porcs qui vivent dans la nox.

– J'avais compris.

Mes rapports avec Yolanda s'améliorent brusquement après la découverte de son petit secret. Une nuit où un mal de gorge m'empêche de dormir, je descends à la cuisine me préparer un thé au miel. Soudain, j'entends un bruit provenant de l'entrée. Quelqu'un introduit une clef dans la serrure de la porte. Sur le coup, je crois à un cambriolage ou, pire, à une tentative d'enlèvement. Complètement paralysée par la peur, je reste pétrifiée. Il faudrait pourtant que je crie, que je donne l'alerte, que je prévienne ma gouvernante qui saurait quoi faire. Rien ne sort de ma bouche qu'un feulement à peine audible. Quand je reconnais Yolanda, je m'effondre évanouie.

Le lendemain, je me réveille dans mon lit. Elle m'a donc portée jusque-là cette nuit. Pendant le petit déjeuner, je la sens nerveuse, sur la défensive. Je comprends qu'elle a peur.

— Jamais je ne vous dénoncerai à mon père, Yolanda, commencé-je.

— Et pourquoi? répond-elle sur un ton un peu agressif.

— Parce que je ne fais jamais ça. Mais...

— Je me doutais bien qu'il y avait un «mais»...

— Jouons cartes sur table, Yolanda. Vous m'espionnez pour le compte de mon père parce que vous y êtes forcée. Pourtant, je sais que vous ne racontez pas tout, par exemple, vous ne lui avez rien dit des rapports... intimes que j'ai avec François. Si mon père était au courant, je suis certaine qu'il aurait mis fin à notre relation.

À la mine gênée que me renvoie mon interlocutrice, je réalise que je me suis fait des idées.

— Ah... il sait, alors? dis-je, un peu secouée. Bon, passons... De mon côté, j'ai fouillé dans vos affaires un jour où j'étais en colère après vous et je sais que vous avez un enfant.

Yolanda me fixe, immobile. Elle contrôle sa respiration mais ses yeux clignent malgré elle. Je reprends:

– J'imagine que vous lui rendez visite la nuit, mais je ne vois pas en quoi cela regarde mon père.

Après un long silence, elle chuchote :

– Que voulez-vous en échange ?

– Pour l'instant, rien. J'ai bien deviné ?

– Oui, mon fils a été placé dans un orphelinat du quartier. Il a quatre ans. Si je lui obéis, votre père m'a promis que je pourrai le récupérer un jour. Je n'arrive pas à me passer de mon enfant. Presque toutes les nuits, je me glisse dans son dortoir et je m'allonge près de lui. Je lui parle à l'oreille pour qu'il ne m'oublie pas, je m'imprègne de son odeur, je lui caresse les cheveux quand son sommeil est agité. Je veille sur lui, je m'assure qu'il va bien. Imaginez mon désespoir les week-ends où vous m'avez séquestrée.

– Mais vous n'avez jamais été surprise par une surveillante ?

– Non. J'ai soudoyé quelques membres du personnel et, jusqu'à maintenant, ils ont tous tenu leur langue.

– Yolanda, pouvons-nous nous faire confiance ?

– De mon côté, je ne peux pas m'y engager, ce ne serait pas honnête. Je dois d'abord penser à mon fils, vous comprenez. La seule promesse que je peux vous faire, c'est de vous avertir à l'avance des informations que je pourrai être amenée à révéler à votre père.

– C'est tout ?

– Malheureusement, je n'ai rien d'autre à vous offrir. Cela vous permettra juste de gagner un peu de temps pour trouver une excuse plausible à lui faire avaler ou pour fuir si la situation devenait désespérée. Mais vous savez aussi que votre père finit toujours par connaître la vérité. Ce n'est pas un père pour lequel on peut avoir des secrets.

CHAPITRE

6

Je suis bien lourde maintenant. J'entame mon septième mois de grossesse. Lucen n'est pas encore revenu. J'ai géré au mieux notre argent mais la situation devient jour après jour plus préoccupante. Il ne me reste que trois écus d'or, de quoi tenir au mieux deux semaines. Que vais-je devenir ? Et notre bébé ?

Ma vie est monotone. Je m'occupe un peu en faisant le ménage et la lessive. Je dors beaucoup. Je joue avec le bébé qui m'envoie des signes depuis l'intérieur. Mon ventre se déforme parfois de façon étrange. Je me sens bizarre et en même temps merveilleusement bien. Je lui parle souvent de son père, mais aussi de tous les projets que nous avons pour lui quand nous quitterons la ville basse. Je lui chante des mélodies avec des paroles que j'improvise car je n'ai jamais su les vraies. Je lui dis que, dans le monde où il va vivre, il lui faudra du courage parce que, même si nous serons toujours là pour le protéger, les dangers sont partout. Je lui répète sans cesse que je l'aime, même quand je suppose qu'il dort. Je l'imagine qui me sourit. J'ai hâte de le tenir dans mes bras mais je ne voudrais pas que, ce jour-là, mon Lucen ne soit pas avec nous. Dimitr me dépose à heure fixe de quoi manger pour la journée. Nos rapports restent distants. Il m'a fait comprendre que ses services cesseraient à la seconde où je n'aurais plus rien, que je ne serais jamais rien d'autre qu'une cliente. J'essaie de ne pas trop penser à ce qui arrivera quand je serai sans le sou. Je n'ai plus de nouvelles de Sionne depuis plus de trois mois, j'espère que son accouchement s'est bien passé et que le bébé était viable. Souvent, dans la ville basse, les mamans ne sortent leur enfant qu'à la fin de la première année. Elle suivra sans doute cette recommandation ancestrale, les bébés attrapent moins de maladies de cette façon ou du moins ne sont affectés que plus tard, quand leur corps résiste mieux. Il n'y a pas eu de nouvelles tentatives d'intrusion. Une semaine après cette fameuse nuit, Dimitr m'a laissé entendre à mots couverts qu'il avait réglé le problème.

Je passe du temps sur la terrasse à marcher de long en large, comme le ferait un prisonnier pendant ses promenades. Quand la nox n'est pas trop dense, ce qui arrive une ou deux fois par mois, je regarde vivre les gens de la maison d'en face. Au rez-de-chaussée, ils ont leur boutique d'objets que j'imagine très chers. Au premier, c'est un appartement avec une vaste pièce inutile, pleine de canapés et de fauteuils couverts d'étoffes de couleur. Les lumières y sont allumées même quand personne ne s'y trouve. L'abondance de dorures renvoie vers l'extérieur un scintillement doux, comme lorsque le soleil se lève le matin dans les films. Avec Lucen, on s'est promis de le voir en vrai un jour. J'ai réussi à trois reprises à distinguer les silhouettes des occupants de l'appartement. Il y a les deux parents, une servante et la fille de la maison. Cette dernière ne fait rien de ses journées, pourtant elle pourrait au moins sortir et voir du monde. Elle n'est pas recherchée, enceinte et sans mari comme moi. Elle se traîne au milieu des coussins, grignote des gâteaux, lit un peu, écrit parfois sur des cahiers. Que trouve-t-elle à raconter? J'aimerais qu'elle colle un jour son visage à la vitre, que je puisse voir sa tête. Elle est un peu comme moi, prisonnière et désœuvrée. Dans une autre vie, nous aurions pu devenir amies.

Ce matin, Dimitr a insisté pour entrer et me parler. Je m'assois sur le lit et lui sur une chaise.
– Combien de temps comptes-tu encore rester? demande-t-il d'un ton neutre.

– J'attends le retour de Lucen, dis-je sans réfléchir.

– Peut-être encore longtemps, alors... Peut-être même toute ta vie. Ta fortune est donc inépuisable, c'est ça?

Il fallait bien qu'on finisse par aborder ce sujet. Je respire profondément avant de lui révéler l'état préoccupant de mes finances.

– Je m'en doutais un peu. Et que vas-tu faire?

– Je ne sais pas. Si Lucen n'est pas revenu, je repartirai plus bas, j'irai chez des amis...

– Il y a une autre solution, Firmie. Tu as la chance d'être très jolie et d'avoir une constitution solide. Tu pourrais facilement négocier ton bébé pour un bon prix. Je connais des gens qui ne veulent pas passer par les filières officielles et tiennent à choisir eux-mêmes l'enfant qu'ils élèveront. Tu devrais y réfléchir.

Je suis sous le choc. De quoi parle-t-il? J'ai le souffle coupé et je ne peux plus prononcer un mot. J'essaie de l'écouter comme s'il s'adressait à quelqu'un d'autre. J'aimerais lui couper la parole, lui gueuler dessus que ce qu'il me raconte me dégoûte et me remplit de haine, que je pourrais tuer si l'on me prenait mon enfant. Il s'est arrêté pour me regarder. Il croit que je suis surprise et peut-être même flattée par sa proposition, et que je ne sais pas comment réagir. Tant de filles de la ville basse accueilleraient cette offre avec joie. Un peu d'argent de gagné... et ça n'empêche pas de faire un deuxième enfant juste après.

— Je pourrais négocier pour toi un contrat avantageux, reprend-il. Je ferais venir quelqu'un pour t'aider à accoucher et je te laisserais profiter de l'appartement jusqu'à la fin du sevrage. Tu repartirais même avec un petit pécule pour refaire ta vie ensuite. Qu'en penses-tu?

Je reste muette. Je sens bien qu'il faudrait que je dise «oui» ne serait-ce que pour gagner du temps, mais aucun mot ne sort.

— Tu n'as pas vraiment le choix, tu le sais bien, Firmie. Dans une semaine, si tu es d'accord, je te ferai signer des papiers. Réfléchis quand même avant de prendre ta décision parce que tu ne pourras pas revenir en arrière. Alors, on fait comme ça?

Je parviens juste à hocher la tête. Je veux seulement qu'il s'en aille.

Jamais. Jamais je n'abandonnerai l'enfant que je porte en moi. Mais en attendant, pour le bien de tous les deux, je vais accepter le marché de Dimitr. Je serai bien nourrie et le bébé aussi. Je ferai durer le sevrage au maximum et, ensuite, je m'enfuirai avec mon enfant. D'ici là, je ne vais plus rien dépenser pour avoir encore quelques sous au moment de partir.

Ce matin, j'ai pleuré en me réveillant sans trop comprendre pourquoi. J'ai repoussé les échéances et gagné un peu de répit. Je devrais être rassurée. Mais non. La tristesse me gagne inexorablement. Et si mon amoureux ne revenait pas? Cette idée me hante depuis des jours et je n'arrive pas à l'effacer. Elle s'est insinuée en moi comme un poison. Elle remplit mes silences, perturbe mes nuits. Et si Lucen était mort?

Je viens de signer les papiers de Dimitr. Il veut me prendre en photo. Il me demande d'appliquer une poudre colorante sur mes pommettes pour paraître moins fatiguée. Il dégage les cheveux de mon front. Je n'aime pas qu'il me manipule ainsi, mais je prends sur moi. Je suis censée avoir l'air joyeuse sur les clichés. Je souris machinalement.

— Il faudrait que tu fasses des efforts, Firmie! lâche-t-il d'un ton sec. Sinon, je te balance à la rue.

— Ne t'énerve pas, Dimitr, donne-moi juste deux minutes.

— Et c'est important qu'on voie bien tes dents aussi.

Je place les mains sur mon visage et je pense très fort à mon Lucen. Nous sommes tous les trois réunis. L'enfant s'est endormi dans mes bras. Nous admirons un paysage de cinéma avec des arbres qui bougent dans le vent. Lucen s'est serré contre moi... Je souris de bonheur. J'écarte doucement les mains et redresse la tête. Dimitr déclenche son appareil en arborant un air satisfait:

— Tu vois, quand tu veux.

Il repart sans rien ajouter. Je retourne me coucher. Si je dors, je retrouverai peut-être mon amoureux dans mes rêves.

Je suis sur la terrasse depuis presque vingt minutes. Je contemple la fille endormie sur un canapé. Plus je la regarde, plus j'ai le sentiment de l'avoir déjà vue. Je ne suis montée si haut dans la ville qu'une seule fois avant de venir chez Dimitr avec Lucen. C'était pour rencontrer cette fille enceinte que ses parents étaient prêts à offrir à un garçon d'une condition inférieure juste pour sauver les apparences. Mihelle, c'est son prénom. Je suis pratiquement certaine que c'est elle. Comment ai-je fait pour ne pas m'apercevoir plus tôt que j'étais logée en face de chez elle ? Le jour où je suis entrée ici pour ne jamais en ressortir, nous étions sous pression, obnubilés par la peur de nous faire prendre et pas vraiment disponibles pour repérer les lieux. Nos chemins se sont déjà croisés, alors ? Elle a failli épouser celui dont je porte l'enfant. Se pourrait-il que le destin me lance un signe ? Est-elle placée là à ce moment de ma vie pour m'aider ? Je m'en veux d'être aussi puérile. Quel intérêt pourrait-elle trouver à me tendre la main, à moi qui l'ai privée d'une chance de garder son enfant ? Peut-être pense-t-elle à moi avec haine ? Moi je suis certaine que si j'avais perdu Lucen, je me serais laissée mourir.

Elle s'est réveillée et se plante contre la vitre. Elle lève les yeux. J'ai l'impression qu'elle va me voir. Je la fixe à mon tour et esquisse un geste de la main. Elle reste un temps immobile avant de me répondre de la même façon.

CHAPITRE
7

— Lucen? Lucen, tu as récupéré? Le vieux veut te voir.

Je viens de dormir un peu. Je me suis senti mal au retour de la pêche. Je saignais du nez et j'avais l'impression d'étouffer. Pris de panique, j'ai commencé à défaire le sac imbibé d'alcool qui recouvre ma bouche et mon nez. Mes nouveaux amis m'ont plaqué à terre pour que je me calme et que j'inspire l'air au ras du sol. Après quelques minutes, ma vue s'est brouillée.

– Oui, ça va mieux.

Nous marchons très lentement, sans doute à cause de moi. Je pénètre bientôt dans une maison de tôle. Des films en plastique qui s'effilochent au vent sont fixés sur les ouvertures. L'homme est allongé et sa voix est faible :

– Alors, c'est toi, Lucen? commence-t-il. Taf m'a dit que tu pouvais te montrer précieux. Est-ce que tu as déjà toussé depuis ton réveil?

– Non, mais j'ai saigné du nez.

– C'est rien, prononce-t-il difficilement avant de succomber lui-même à une violente quinte de toux. Les autres t'ont parlé de moi?

– Non.

– Je suis là depuis de longues années. Je ne peux plus travailler dans le silo, mais Rihard a décidé que je ne quitterais pas vivant la forêt pourrissante, alors, chaque fois que je suis sur le point d'être libéré, il se débrouille pour me coller un délit sur le dos qui prolonge mon séjour. Je me suis fait une raison. Au fond, je pense qu'il est l'outil de mon destin. J'imagine qu'il est écrit quelque part que je dois mourir ici.

– Et vous n'avez pas tenté de vous échapper?

– Personne n'y est jamais parvenu, mais je reste persuadé qu'il doit exister un moyen. Peut-être que c'est toi qui le trouveras. Je sais que, comme tous les autres condamnés à mort, tu y penses parce que tu n'as plus rien à perdre.

Le soir, autour du feu où rôtit la bête capturée quelques heures plus tôt, mes camarades sont silencieux. Je me demande si j'en suis la cause.

– C'est parce que je suis là que vous ne vous parlez pas ? Vous voulez que je m'écarte du groupe ?

Hans semble gêné par ma question, et les autres baissent la tête. Julen intervient :

– On voudrait être sûrs que tu ne raconteras pas nos conversations. On n'a rien contre toi, mais tu débarques, tu as peur de tout et tu es très vulnérable et...

– Tu dois être patient, ajoute Dlan, comme on a tous su l'être. Tu comprends ?

– Oui.

Après une courte hésitation, je me lance :

– C'est moi qui vais parler alors. Vous en ferez ce que vous voudrez. Le vieux tousse beaucoup et je connais un moyen de le soulager. J'ai découvert par hasard un peu avant ma capture l'endroit où la milice stocke ses médicaments antitussifs. Je ne sais pas si vous avez un moyen de communiquer avec ceux de la ville mais je vous donnerai tous les renseignements.

– Écris ce que tu sais sur ce papier, me propose Hans.

Ce matin, on me conseille de ne pas boire d'eau chaude aux herbes. Julen, qui m'accompagne, m'explique :

– Il vaut mieux que tu n'aies rien à vomir. Tu pourrais t'étouffer.

Nous nous plaçons dans la queue. Nous sommes une quarantaine. Personne ne discute. Certains réajustent les protections de leurs camarades. La porte s'ouvre et les premiers disparaissent dans l'immense cylindre de béton. Au moment de franchir le seuil, on doit montrer son tatouage aux gardes. Le soldat arrache mon pansement sans ménagement. C'est une série de huit chiffres. Il coche mon numéro sur une liste. Je suis placé en dernier. Après quelques mètres, nous débouchons sur un espace circulaire d'un diamètre de cinquante mètres environ pour une hauteur de vingt. Il est encombré par de grands tas de matières végétales en décomposition. Chacun armé d'une fourche, nous entamons ces monticules pour remplir notre brouette. Nous la conduisons ensuite vers le centre du silo et la vidons dans un trou de plusieurs mètres de large. Les gars ne vont pas vite. Ils savent qu'ils devront tenir dix heures sans rien boire ni manger. Ici les dangers sont nombreux : glisser dans la fosse s'avérerait fatal, se blesser avec un outil dans ce milieu où pullulent les microbes et les virus déclencherait une infection. L'odeur que je perçois est à peine filtrée par l'alcool. C'est celle du lisier de porc mélangé à des végétaux décomposés. Je l'ai déjà sentie chez un copain de classe qui élevait des truies dans sa cave. Au bout d'une heure à peine, de violents maux de tête m'assaillent et ne me laissent aucun répit jusqu'au soir. Mes yeux me brûlent et se remplissent de larmes. Lorsque je termine et vais reposer ma brouette, Julen vient me relever car j'ai posé un genou à terre et je n'ai plus la force de me redresser. Je parviens grâce à lui jusqu'à la sortie. Là, j'ai la surprise de voir les autres qui m'attendent.

– Laisse-toi aller, déclare Hans, on va te porter.

Les gars me font boire et me laissent dormir. Dans la nuit, quand j'ouvre un œil, je trouve près de moi une boîte avec de la nourriture. Je me jette dessus comme un Moincent.

Le deuxième jour de travail est consacré à la collecte, à l'acheminement et au stockage sous d'épaisses bâches de plastique des végétaux et des déjections d'animaux d'élevage. L'odeur est plus supportable à l'air libre et j'explore des lieux qui me sont inconnus. Lorsqu'on s'approche des grillages, la présence des gardes est renforcée. Ils n'hésitent pas à envoyer leurs chiens mordre ceux qui s'écartent du périmètre défini pour la journée. Ce matin, je suis avec Pul. Il m'enseigne toutes les ruses pour m'économiser, comme de stopper net le travail pour m'offrir un microsommeil, cramponné à ma fourche, quand les gardes tournent le dos. Il me conseille aussi de m'appuyer sur mon outil à chaque pas comme sur une canne afin de ralentir mes déplacements et soulager mes muscles dorsaux. Grâce à ses recommandations, je termine ma journée en meilleur état que la veille.

Le temps passe et je m'installe dans la routine. Je pense à Firmie tous les matins au réveil. Comme par habitude, je tends le bras pour la toucher mais je ne brasse que de l'air. La nuit, parfois aussi, je rêve qu'il lui arrive des malheurs et je me réveille en sursaut et en larmes. Je me calme difficilement, mon impuissance à la secourir me cause une douleur intense.

Je ne m'habituerai jamais aux heures de travail dans le silo. Les symptômes ressentis le premier jour reviennent chaque fois. Je ne sais jamais le matin au moment de partir si je survivrai à la journée. Mais jusqu'à maintenant, je tiens le coup. Depuis mon arrivée, il y a presque un mois, j'ai vu deux gars s'écrouler devant moi. Un des deux y est resté, mort d'une crise cardiaque. Les parias se montrent amicaux : ils m'enseignent ce que je dois savoir sur les plantes à consommer et me montrent les coins où on peut traquer des rats musqués de bonne taille. Je préfère leur chair à celle de l'anguille dégénérée. Mes copains m'ont aussi enseigné le fonctionnement de l'usine à biomasse. Les matières en décomposition sont entraînées par une roue à vis vers une cuve appelée « digesteur », située sous le silo. Là, elles sont chauffées et malaxées. Une partie des gaz produits actionne un générateur et fournit de l'électricité, l'autre est stockée sous forme de gaz pour le chauffage et le remplissage des dirigeables. Hans me révèle qu'il y a eu dans le passé plusieurs explosions accidentelles, et de nombreux parias y ont laissé leur peau. Même si je me sens chaque jour plus proche d'eux, mes camarades attendent que je dorme pour commencer à discuter vraiment. Combien de temps cela va-t-il encore durer?

Le vieux m'a de nouveau convoqué. Il va mieux et me reçoit debout. Au moment où je m'approche pour le saluer, il me serre longuement dans ses bras. Je comprends que je dois ce brusque témoignage d'amitié aux indications que j'ai fournies pour récupérer les antitussifs de la milice.

– Merci. Comment as-tu fait cette découverte?

– J'ai surpris par hasard une discussion entre miliciens.

– Depuis des années, des bruits couraient au sujet de ces médicaments. Mais personne n'avait jamais apporté la preuve de leur existence. Grâce à tes renseignements, je vais avoir un peu de répit. Maintenant, j'ai une dette envers toi, Lucen. Et ça tombe bien, je sais comment m'en acquitter. Je vais t'aider à t'enfuir. Ce sera le dernier grand défi de ma vie et un pied de nez à mon tortionnaire.

– Pourquoi ne pas vous évader avec moi?

– Je suis déjà trop vieux et je manque de souffle. Et puis personne ne m'attend de l'autre côté. Toi, c'est différent, tu as une femme et bientôt un bébé, si je suis bien renseigné. Et puis tu es jeune. Tu n'as pas l'âge de baisser les bras.

— Merci.

— Ce n'est pas encore gagné. Alors, voilà ce que j'ai décidé : tu viendras me voir une fois par semaine et nous élaborerons progressivement et patiemment tous les détails du plan. Pour l'instant, je bute sur l'obstacle principal : comment franchir les clôtures électrifiées ? Cherche des solutions, je t'indiquerai celles qui ont déjà été tentées. Il faut en trouver une nouvelle qui puisse surprendre Rihard. Pour le reste de ta cavale, je me fais moins de souci car je connais beaucoup de monde à l'extérieur.

Le soir de cette rencontre, les gars m'invitent à rester avec eux une partie de la nuit autour du feu. J'en déduis que Taf leur a parlé.

— Tu dois avoir quelques questions qui te brûlent les lèvres, petit ?

— Et comment !

J'apprends qu'ils communiquent avec le dehors grâce aux « arbres à courrier ». Le système fonctionne bien, mais il n'est utilisé que dans les cas de force majeure et seulement entre amis ayant surmonté ensemble les épreuves de leur séjour en forêt. Pour le vieux, c'est Hans qui s'en est occupé. Il avait un contrat avec un type, Bran, libéré depuis quelques semaines. Il avait choisi avec le gars avant son départ, deux arbres, un de chaque côté de la clôture électrifiée, qui ne soient pas trop remarquables, ni les plus grands ni les plus déformés. Le gars dehors s'engage à passer relever le courrier au moins une fois par mois pendant les trois mois qui suivent sa sortie. Il fouille rapidement à la base du tronc et repart avec ou sans message. La difficulté, qu'on soit à l'intérieur ou à l'extérieur du camp, c'est de retrouver les arbres en question. Il faut donc au préalable prendre un maximum de points de repère. Hans a envoyé son papier lesté d'une pierre avec une fronde en prenant soin de bien viser. Pour l'affaire du vieux, ça a parfaitement marché.

Julen m'annonce qu'il accepterait volontiers de faire un pacte des «arbres à courrier» avec moi. Il doit sortir dans moins de six mois.

— C'est très gentil à toi, vieux, mais à cette date je serai mort depuis un moment déjà.

— Ah oui! Pardon, Lucen, j'avais oublié.

CHAPITRE
8

La nuit suivante, Clude, Franços et moi enfilons des gants et des blouses à usage unique, et nous descendons au deuxième sous-sol des locaux de la milice. La nourriture a été fortement droguée pour éviter qu'un des prisonniers ne se réveille pendant l'injection ou qu'un insomniaque ne donne l'alerte. Nous prenons le temps d'inspecter toutes les cellules avant de nous mettre à l'œuvre. Chacun de nous est armé d'une seringue pleine et doit s'occuper d'une petite dizaine de terroristes. Nous avons convenu de cibler des parties du corps inaccessibles à la vue de l'individu. Moi j'ai choisi le cou, en bordure des cheveux. Nous sommes tous les trois très concentrés et, hormis les respirations et autres grognements des prisonniers, il règne un silence parfait.

Les gars seront libérés dans la journée du lendemain. Pour bien faire, il ne faudrait pas que les symptômes soient visibles avant leur sortie.

– Qu'est-ce que vous nous avez fait, sales pervers? hurle un vieux en venant récupérer ses affaires avant sa libération. Pourquoi tout le monde avait mal au crâne au réveil?

– Si tu ne veux pas qu'on change d'avis sur toi, Heni, hurle François, tu fermes ta grande gueule!

Je ne peux m'empêcher d'observer la nuque de ceux que j'ai personnellement infectés. Mis à part un prisonnier qui se gratte frénétiquement à cet endroit, les autres ne semblent pas touchés pour le moment.

Quand nous nous retrouvons seuls dans le bureau, je demande à notre expert si ce qu'on a injecté ne risque pas de déclencher une épidémie.

– Ce que tu dois comprendre, m'explique-t-il, c'est que plus la mort est foudroyante, moins les autres ont le temps d'être infectés. C'est logique. Et si, par hasard, ça pouvait tuer en passant quelques membres de leur famille, ce serait plutôt une bonne chose, tu ne crois pas?

– C'est sûr.

– Gerges, je t'ai trouvé d'un grand sang-froid dans des moments où beaucoup auraient eu tendance à s'affoler. Aussi je n'arrive pas à comprendre comment tu as pu paniquer à ce point la nuit où Alai et Didir ont égorgé le vieil Alponce.

– Je n'aime pas qu'on m'en parle. J'ai changé depuis.

– Sans doute, sans doute, admet-il en faisant une légère grimace qui me montre qu'il n'est pas convaincu.

Avec quelques collègues miliciens, je déménage les sacs contenant mes affaires et celles de mon père jusqu'à notre maison. Arrivé sur place, je parcours avec une torche la façade pour m'assurer que les travaux ont bien été réalisés. À l'intérieur, beaucoup de meubles ont été remplacés par ce que mon père nomme des «prises de guerre» chez nos prisonniers. Clude me donne rendez-vous à vingt heures pour notre ronde. À peine les gars se sont-ils éloignés que j'entends frapper à la porte. J'allume une bougie et ouvre prudemment. Une frêle silhouette se faufile à l'intérieur en me frôlant. C'est Snia. Le contact de son corps me fait frissonner. Elle va s'asseoir dans un fauteuil. Ses mains sont crispées sur les accoudoirs. Elle ne se laissera pas jeter dehors facilement. Je lui sors sa lettre et la jette sur ses genoux.

– Tu ne l'as même pas ouverte! dit-elle, les larmes aux yeux.

– Elle traîne au fond de ma poche depuis plusieurs jours. Je n'avais pas l'intention de la lire, mais je n'ai pas pris le temps de la jeter. Tu dois comprendre que nous n'avons plus rien à faire ensemble. Lucen était suivi en permanence par la milice et je sais tout. Tu ferais mieux de partir tout de suite.

– Nous devons parler d'abord.

– De quoi? De ce que tu complotais avec Lucen dans mon dos? Il embrasse bien, j'espère? Tu devrais déjà être contente que je n'aie pas demandé ton arrestation.

– Arrête, s'il te plaît! Qu'est-ce que tu racontes? Moi et Lucen? C'est n'importe quoi!

– J'ai vu une photo de vous amoureusement enlacés, un soir où je croupissais dans mon grenier. Vous étiez enfin tranquilles, c'est ça? Alors, qu'est-ce que tu vas trouver à inventer?

Son regard fixé sur moi me trouble. Elle se tait et réfléchit. Elle respire profondément et commence d'une voix assurée:

– Un soir, Katine m'a fait part des problèmes de son frère. Ton copain avait besoin de gagner de l'argent, beaucoup et le plus vite possible. J'ai un cousin qui trafique près du port et qui est toujours à la recherche de gars sans casier judiciaire mais sur qui on peut compter. J'ai servi d'intermédiaire. J'ai su ensuite que Lucen avait fait l'affaire. Comme tu travailles dans les forces de l'ordre, je me voyais mal t'en parler.

– Tu aurais dû.

– Je... je ne voulais pas que tu saches que j'ai du sang de furtif dans les veines, ça en fait fuir certains.

– Tu connais la nature du travail que ton cousin lui a proposé?

– Non, je ne voulais pas m'en mêler davantage.

– Et ce furtif, il a des rapports avec des terroristes?

– Je ne sais pas, Gerges. *A priori* non, il ne travaille que pour l'argent, mais...

– Mais?

– Si les terroristes le payent, j'imagine qu'il les considère comme des clients ordinaires.

Nous restons un moment sans rien dire. Je ne dois pas me faire avoir. J'articule chaque mot lorsque je lui demande:

– Mais tu l'as bien embrassé?

– Non. Il m'a prise dans ses bras pour me consoler, comme le ferait un frère. Je me souviens très bien de ce moment. Il est venu m'annoncer que tu étais vivant et hors de danger, et que ton père te retenait enfermé dans ton grenier. Et moi... moi, j'avais cru toute la journée que tu étais mort torturé par des terro...

Elle pleure et ne peut finir sa phrase. Je me lève et lui saisis les mains. Elle se dégage et sort en courant de chez moi.

Mon père est très remonté ce matin parce que la réserve de médicaments de la milice a été cambriolée pendant la nuit.

– C'est un endroit secret, connu de nous seuls. Qui y est allé la dernière fois?

– Moi, dis-je, avec Sege et Marcl. Je me souviens, c'était le matin de l'enterrement de maman, tu avais tenu à ce que j'y aille pour me changer les idées.

– Vous n'avez été abordés par personne, pas senti que quelqu'un vous espionnait?

– Je me souviens, précise Marcl, que la nox était particulièrement dense. Sur le chemin, on avait laissé Gerges marcher devant en espérant que l'autre salaud de Lucen essaierait de l'aborder et qu'on pourrait le choper.

– Ça pourrait être lui qui nous aurait suivis, suggère Sege, et qui aurait compris quand...

– Quand quoi? gueule mon père.

– C'est moi, avoue Marcl. J'ai sorti une vanne du genre: «Heureusement que tout le monde n'est pas au courant, sinon on serait plus nombreux dans la mil...»

Sans se lever de sa chaise, mon père lui décoche une énorme baffe.

– Vous êtes vraiment cons! lâche-t-il sèchement.

– Ton fils n'a rien dit ce matin-là, Grégire, lui n'avait pas envie de plaisanter, déclare Marcl en se tenant le menton.

— Mais comment Lucen aurait-il pu faire passer l'information depuis la forêt pourrissante?

— Il y en a qui en sortent, figure-toi, m'explique mon père. On va enquêter auprès de ceux qui ont été fraîchement libérés. Ce qui me fait peur, c'est que la rumeur puisse se répandre et qu'on ait des émeutes...

— On n'en est pas encore là, chef, tempère Clude. Il s'agit peut-être d'un cambriolage fait au hasard, et, si ça se trouve, les mecs qui ont piqué le carton ne savent pas exactement ce qu'il contient. Après tout, les médicaments sont conditionnés sans emballage dans des sacs transparents comme des sachets de drogue.

Je mange avec mon père en tête à tête à la maison. C'est la toute première fois que ça nous arrive. Nous avons acheté des portions de ragoût dans la rue. Une question me brûle les lèvres mais, avec lui, je ne sais jamais si c'est le bon moment pour la poser. Nos regards se croisent.

— Tu as un truc à me demander, toi! Vas-y.

— Papa, tu trouves normal qu'on dispose d'un médicament qui prévient et guérit la toux des pauvres et qu'on ne le distribue pas plus largement?

— Normal? Normal pour qui? Tu es du bon côté et c'est le principal. Ne te pose pas trop de questions. Cela ne sert à rien. On n'a pas de pouvoir sur ce qui se passe ici. Ce sont ceux d'en haut qui décident.

– Et quel est leur intérêt à eux que les pauvres meurent massivement?

– C'est facile à comprendre, non? C'est une façon de limiter l'augmentation des populations des villes basses. Imagine si nous étions deux fois plus, les frontières exploseraient.

– Mais nous, dans tout ça?

– Nous, on vivra plus longtemps que les autres et tes enfants aussi. Notre famille, rappelle-toi, c'est ce qui compte avant tout.

Mon père a donné pour consigne à ses hommes de s'habiller en civil et d'aller écouter les conversations dans les bistrots, si possible accompagnés d'une fille. On doit savoir si les gens ont entendu parler des pilules volées dans notre réserve secrète. François insiste pour que j'y aille avec sa sœur qui, d'après lui, ne demande que ça. Je décline sa proposition. En fait, je crains d'être surpris par Snia avec une autre. J'ai surtout très envie de la revoir, même si je ne suis pas certain que ce soit réciproque. Je me dirige vers le domicile de mon ex-promise. Elle me reçoit froidement mais ne me rejette pas. Je lui explique que j'ai besoin d'elle pour me servir de couverture. Elle semble apprécier ma franchise et accepte de me suivre. Dans les rues étroites et encombrées, nos corps se frôlent et, tout naturellement, je finis par lui saisir la main. Elle se laisse faire. Nous nous attablons dans un premier café et je lui expose la façon de procéder :

– On discute normalement et...

– Comme des amoureux ?

– Oui.

Elle pose ses coudes sur la table et me tend ses mains. Je les prends. Je suis troublé et peine à reprendre le fil de ma phrase :

– Et... et... lorsque je cligne des yeux, nous arrêtons de parler et j'écoute. D'accord ?

– D'accord. Et qu'est-ce que tu dois écouter exactement ?

– Tu verras.

– Tu ne peux pas me le dire, c'est ça ?

Je cligne des yeux car je reconnais un membre de la famille d'un de mes «patients». La discussion prend quelques détours avant d'aborder un sujet qui me concerne directement.

– Oui, d'une mort fulgurante. Une fièvre hémorragique, qu'ils ont dit. Sa femme et son gosse ont les symptômes. Ils sont à l'isolement à l'hosto. Y a des chances qu'ils crèvent aussi de cette saloperie.

– Et où il aurait chopé ça ?

– On ne sait pas. Mon frère n'a même pas eu le temps d'être interrogé par le médecin. Ah, je te jure, on est peu de chose.

— Tu le connaissais ? m'interroge Snia au creux de l'oreille.

— C'est un ancien client de la milice. Bon débarras.

Mon père va être rassuré car, durant toute la journée, aucune des conversations que j'ai pu saisir n'a porté sur nos pilules dans les trois bistrots où nous nous sommes attablés. Pour ce qui est de ma relation avec Snia, nous avons mis les choses au clair en nous excusant mutuellement de n'avoir pas réagi comme il le fallait. Nous allons officiellement annoncer à nos parents que nous sommes de nouveau engagés l'un envers l'autre et demander à bénéficier du logement des parents de Snia un prochain dimanche pour faire les premiers tests.

— J'en ai très envie, précise-t-elle.

— Moi aussi.

— J'ai oublié de te dire. Lucen a déposé une lettre pour toi dans ma boîte juste avant d'être arrêté et...

— Jette-la. Je ne veux plus qu'on me parle de ce type ! dis-je sans réussir à contenir ma rage.

— Tu la jetteras toi-même, moi je ne m'en sens pas le droit.

CHAPITRE 9

— Il faut qu'on parle, Ludmilla.

C'est la voix douce mais ferme de Léna Broons. Je ne l'ai pas repérée quand elle s'est collée derrière moi dans la file de la cantine. Je sens qu'elle glisse un papier dans la poche de mon gilet. Je ne me retourne pas. Je sais qu'elle est déjà repartie. Que peut-elle avoir à me dire ? Croit-elle pouvoir encore m'utiliser ? Je suis fermement décidée à n'accepter aucun ordre de sa part. La dernière fois, cela a failli me coûter la prison. Mais je suis tout de même très curieuse de savoir ce qui la pousse à me contacter.

– Alors, ma chérie, comment Grisella que je retrouve avant le cours de maths, toi, tu n'as pas apprécié le «délicieux» repas de la cantine, ou alors c'est ton copain qui t'a fait des misères?

– Pourquoi dis-tu ça?

– Tu n'as pas l'air dans ton assiette.

– Si si, je t'assure, tout va bien.

– Au fait, je me demandais si François n'aurait pas envie d'assister à une réunion organisée par Eugène. La politique l'intéresse, non? Et puis tu pourrais l'accompagner.

– Je ne sais pas trop, mais je te promets de lui en parler.

La seule motivation que François aurait à assister à un tel rassemblement serait d'y semer le désordre. Naturellement, je ne lui en dis rien.

Je parviens enfin à lire le message de Léna sur le chemin du retour. Je suis au bras de François à qui je tends la feuille:

Demain 10 h, toilettes étage 1, 1re cab

Je suis surpris de voir mon amoureux la mettre dans sa bouche discrètement. Je l'interroge, un peu dégoûtée:

– Tu vas la manger?

Il prend le temps de déglutir et répond doucement:

– C'est le moyen le plus sûr et le plus rapide. Je sais que tout le monde n'y arrive pas. Léna par exemple a recours aux toilettes ou à une fille du groupe qui passe à sa portée.

– Sympa pour la fille !

– C'est ça quand on est chef... Sinon, je l'ai quelquefois vue réduire un message en minuscules morceaux avant de les cacher dans un mouchoir usagé.

– Tu sais pourquoi Léna veut s'entretenir avec moi ?

– Non, j'espère seulement qu'elle ne va pas nous donner l'ordre de nous séparer.

– Nous en avons déjà parlé, François. On ne lui obéirait pas. C'est ce qu'on a décidé tous les deux.

– Bien sûr, mais...

– Mais quoi ? dis-je sans pouvoir masquer mon inquiétude.

– Notre vie serait plus compliquée ensuite, il faudrait se cacher.

Il me sourit pour me rassurer mais ses hésitations me troublent.

Yolanda me regarde entrer. Elle esquisse un sourire et me propose :

– Vous voulez que je vous fasse quelques crêpes ?

– Pourquoi ?

– Quand j'étais petite et que je n'avais pas le moral, ma mère m'en préparait. Alors, vous en voulez ?

– Oui, dis-je, merci.

Je m'assois et la regarde s'activer. J'aimerais en savoir plus sur elle. Je me lance :

– Vous êtes originaire de la ville haute?

– Oui.

– Et quand vous aviez mon âge, votre vie ressemblait à celle que j'ai aujourd'hui?

– Oui, à peu près. Mais j'étais plus entourée. J'avais mes deux parents, un grand frère aussi. Je voulais devenir styliste, créer des vêtements et des accessoires.

– Que s'est-il passé?

– Une autre fois peut-être...

Je n'insiste pas. Elle m'a tourné le dos et s'affaire devant la gazinière.

À dix heures deux précisément, la porte de la première cabine s'est ouverte et Léna m'a laissé sa place sans m'adresser le moindre regard. Assise sur l'abattant des toilettes, je lis et relis les deux pages qui me sont destinées.

Sur la première feuille, le texte est tapé à la machine:

Informations sur Siremain

Il est maintenant établi que Siremain a eu des activités subversives au cours des six derniers mois de son existence. Il était une des sources en provenance du Bureau de la sécurité pour le réseau n°6. On vient de retrouver la trace de ses échanges dans les carnets personnels de

M. T., un ancien chef du réseau, mort il y a deux mois d'une crise cardiaque pendant une opération. C'est ce dernier qui lui servait d'officier traitant.

D'après les analyses graphologiques et le témoignage de la veuve, les carnets sont authentiques et l'écriture correspond à celle de M. T.

L'hypothèse selon laquelle le chef de la sécurité aurait fabriqué de toutes pièces des preuves pour confondre son employé modèle et préserver sa fille n'est plus envisagée.

Ma respiration s'accélère soudain. Je commence à réaliser que mon père n'a jamais rien su de mes activités illégales. Je comprends mieux que son attitude à mon égard n'ait pas changé ces derniers mois. Et puis il ne m'apparaît plus comme un monstre froid capable de sacrifier un innocent pour me protéger. Je suis complètement soulagée. Je commence la deuxième feuille, celle-ci manuscrite :

Nouvelle mission : Eugène T. (l'amant de ta copine Grisella)

Eugène T. est un théoricien fanatique des Caspistes et le chef d'un groupe criminel. Les services de la police et de la sécurité le manipulent parfois à son insu et le maintiennent sous surveillance. Il se sait menacé et change sans cesse de domicile. Tu dois réunir un maximum d'éléments sur lui et les communiquer à François.

P.S.: Déchire soigneusement les deux messages et jette les morceaux dans les toilettes. Ne cherche jamais à m'adresser la parole en public. Nous devons rester très prudentes.

Quand j'interroge François sur cette mission, il me répond comme un bon petit soldat :

— Nous n'avons pas à nous poser la question. Ce sont les chefs qui décident.

À bien y réfléchir, je prends conscience que nous, simples militants tout au bas de l'échelle, en sommes réduits à faire des suppositions. Ce à quoi consent François :

— Peut-être veulent-ils l'espionner pour connaître à l'avance ses futurs méfaits et en prévenir les conséquences. Veulent-ils préparer une attaque contre lui en vue de lui faire peur, ou même de le tuer pour l'empêcher définitivement de nuire ?

Je fais part à Yolanda de mon intention de me rendre à une réunion caspiste. Je la vois qui grimace. Visiblement, elle ne s'attendait pas à cela venant de moi. Je lui explique :

— J'y vais pour faire plaisir à Grisella qui s'est entichée de son leader et qui me...

— Eugène T.

– Oui, vous le connaissez? C'est juste une fois comme ça, pour voir. Je serai accompagnée par François. Si vous voulez nous suivre de loin, je sais que cela vous rassure...

– Je crois que vous ne vous rendez pas bien compte de ce que cela implique, Ludmilla. Si quelqu'un dans l'entourage d'Eugène T. sait qui est votre père, vous deviendrez la cible d'un attentat ou d'un enlèvement. Monsieur n'acceptera jamais.

– Ne lui en parlez pas! Au nom de notre amitié! S'il vous plaît, secret contre secret!

– Ludmilla, je ne peux pas le lui cacher. Le risque est trop grand pour vous et, si votre père l'apprend, il m'enverra en prison loin d'ici et je ne reverrai jamais mon fils. Je vais être obligée de prévenir votre père sans plus attendre.

– Non, laissez tomber, je n'irai pas. Ne l'appelez pas! Si vous le faites, je lui raconte tout!

Je cours m'enfermer dans ma chambre. Je suis folle de rage. Je ne céderai pas.

François a longuement réfléchi à la situation. Même s'il ne m'en parle pas, je devine qu'il a aussi consulté les sœurs Broons. Il commence par me dire que j'ai très bien réagi en faisant mine de renoncer et en menaçant Yolanda pour qu'elle se taise. Ensuite, il m'explique que nous allons enfermer ma gouvernante dans sa chambre le temps de notre escapade. Quand nous la libérerons à notre retour, elle n'aura aucune raison d'aller nous dénoncer à mon père car il pourrait lui reprocher son manque de vigilance et la punir.

Je vais tout de même modifier mon apparence en m'habillant de façon modeste et en cachant ma chevelure. Des policiers en civil seront peut-être là pour identifier et ficher les spectateurs. J'insisterai aussi auprès de Grisella pour ne rencontrer son ami qu'en petit comité.

Comme d'habitude, François passe son après-midi du samedi à la maison. Nous sommes très excités par notre expédition du soir. Au début, c'est presque un jeu de suivre les déplacements de Yolanda pour guetter le moment où elle rentrera dans sa chambre, mais bien vite nous commençons à nous angoisser. En effet, je me rends compte qu'elle n'y va jamais durant la journée. Elle est sans cesse occupée au rez-de-chaussée ou dans les étages. Ou peut-être se méfie-t-elle de nous. François pense avoir trouvé la solution:

– Il faut l'enfermer dans les toilettes. Il n'y a aucune fenêtre et...

– ... elle ne sera pas obligée de se retenir, dis-je en souriant. Quand même, toute la soirée là-dedans! Je pourrais peut-être lui glisser un journal...

– Ludmilla, c'est sérieux, restons concentrés. En revanche, on ne pourra pas l'enfermer à clef parce qu'il n'y a pas de serrure à cette porte. Il faudra coincer la poignée avec le dossier d'une chaise.

La pauvre Yolanda se fait piéger quelques minutes plus tard. Curieusement, elle ne s'énerve pas. Elle tente seulement de me raisonner:

– Ne faites pas ça, Ludmilla. N'y allez pas sans moi. Si vous me laissez sortir, je vous escorterai et je ne dirai rien à votre père. Ludmilla, vous m'entendez?

– C'est trop tard, dis-je en refermant la porte d'entrée.

L'assistance est plutôt masculine. Moins de cent personnes sont présentes. Quelques rares familles ont fait le déplacement. Nous sommes assis au quatrième rang au bout de la rangée, «pour fuir en cas de danger», d'après mon ange gardien. Plusieurs orateurs se succèdent sur l'estrade. Le discours est toujours le même: «Notre civilisation est en danger mais heureusement nous sommes là pour sauver le monde.» Eugène doit passer le dernier. Il se fait attendre. Pendant près de cinq interminables minutes, l'assistance scande son nom en rythme avant qu'il ne daigne apparaître. «Fascinant», avait dit Grisella. Je dirais «effrayant». Le ton qu'il emploie tranche sur celui des autres. Il n'éructe pas, il séduit, il sourit, il est parfois presque lyrique. Curieusement, je m'attendais à le détester ou même à me moquer de lui, mais je ne peux pas. De plus, il semble nous fixer chacun dans les yeux à tout moment, comme s'il s'adressait à nous personnellement. J'en éprouve presque de l'émotion, même si elle est teintée de peur. Ce n'est qu'à la fin que je me tourne pour regarder François. Il a visiblement été impressionné lui aussi. Il me glisse à l'oreille :

– Ce gars-là est très fort. Sa capacité de nuisance est immense.

Grisella s'approche de nous. Elle hésite à nous parler :

– J'ai failli ne pas te reconnaître. Pourquoi caches-tu tes cheveux ? Tu as l'air d'une servante.

– J'ai toujours mon père sur le dos. Je ne voudrais pas être repérée par un de ses hommes. Nous n'allons d'ailleurs pas tarder à rentrer.

– Mais je veux absolument vous présenter à Eugène !

– Si l'on pouvait se retrouver dans un endroit moins fréquenté, je serais plus rassurée.

– Alors rendez-vous chez moi.

Elle tire de son sac un trousseau de clefs qu'elle me tend :

– Nous ne serons pas longs à vous rejoindre.

**CHAPITRE
10**

Je suis assise sur mon lit. Des frissons parcourent mon corps. C'est un bruit très proche qui m'a tirée de mon sommeil. Bébé s'agite dans mon ventre. Lui aussi est réveillé. J'appuie sur l'interrupteur, mais ça ne fonctionne pas. Je suppose que le Moincent d'astreinte s'est endormi. Je branche ma lampe torche. Il y a du verre par terre. L'ampoule du plafonnier s'allume soudain. J'ai juste le temps d'apercevoir sur le sol une boule de papier jauni, lorsqu'on frappe à la porte.

— C'est Dimitr. Ouvre.

— Attends, j'arrive, dis-je.

Je me baisse pour ramasser le papier et le fourre sous les draps.

— Ça va? Tu n'as rien? demande mon logeur.

Il s'approche de la fenêtre pour évaluer les dégâts. Ensuite il s'agenouille et regarde sous le lit. Il tend son bras afin de récupérer un objet qu'il me présente.

– C'est le caillou qui a fait exploser la vitre. Tu n'as rien trouvé d'autre?

– Comme quoi?

– Je ne sais pas, une lettre de menaces ou un truc comme ça. Plusieurs maisons du quartier ont été touchées. Certains accusent les parias qui étaient de tournée cette nuit, mais pour l'instant rien ne prouve que ce soit eux.

– Et tu en penses quoi?

– Franchement, cela m'étonnerait. Ce n'est pas dans leurs habitudes. Crier, faire peur, oui. Mais casser, jusqu'à maintenant, jamais. D'ici une heure, je vais envoyer quelqu'un pour remplacer la vitre. Pendant le temps de la réparation et du nettoyage, enferme-toi dans la salle de bains.

– Je pourrais aller sur la terrasse.

– Je ne préfère pas. C'est peut-être ce qu'ils veulent.

– Qui?

Dimitr a tourné les talons. Il ne répondra pas. Je replace les barres derrière lui et retourne sur mon lit pour examiner le papier. C'est l'écriture de Lucen. Mon cœur s'emballe et mes yeux se brouillent. Je dois prendre plusieurs inspirations profondes pour parvenir à me concentrer.

Je suis vivant et je t'aime. Tiens bon encore quelques mois. Mon ami Julen passera te voir bientôt. Désinfecte-le.
Lucen

J'ai eu raison de croire en lui envers et contre tout. Je me caresse le ventre et murmure au bébé :
– Papa sera bientôt là avec nous.

Plusieurs jours ont passé et je n'ai encore reçu aucun signe de ce Julen. Connaissant Dimitr, j'imagine qu'il a placé des hommes à lui pour me surveiller. À deux reprises, un matin, il a fait allusion au bébé en employant l'expression «trésor à protéger». C'est vrai que, depuis quelques semaines, c'est lui seul qui m'entretient et il ne veut pas perdre de l'argent dans l'affaire. Peut-on emprunter les escaliers de l'immeuble sans se faire remarquer ? Je n'en suis pas si sûre. L'ami de Lucen sera-t-il contraint de renoncer ? Je vais sur la terrasse quotidiennement mais je n'y reste jamais longtemps. J'ai trop peur que le messager ne me trouve pas à l'appartement pendant mon escapade. Je me suis volontairement entaillé le pied avec un tesson de verre oublié par le nettoyeur. Dimitr, après avoir vérifié l'étendue de la coupure, m'a immédiatement fourni de l'alcool, du coton hydrophile et des pansements. Il ne veut surtout pas que j'attrape une maladie avant mon accouchement. Je suis donc maintenant parée pour accueillir ce Julen.

Depuis la terrasse, j'observe les fenêtres de l'appartement de Mihelle. Je ne l'ai pas revue depuis notre échange de signes, mais ce soir je ne distingue qu'un faible halo de lumière venant de chez elle, car la nox est très dense, comme au niveau du port. C'est rare ici. Je ne vais pas tarder à redescendre. Je perçois bientôt une présence près de moi. Ce n'est pas Lucen ni même son copain Julen. L'odeur est trop douce, comme celle d'un savon cher.

— Je suis la fille d'en face, commence-t-elle doucement. Je m'appelle Mihelle.

— Je sais, moi je suis Firmie, la femme de Lucen. On s'est vues une fois.

— Je me rappelle maintenant. Je ne t'avais pas reconnue. Tu es prisonnière ici, c'est ça?

— Oui.

Je lui raconte toute mon histoire. Je lui livre mes secrets sans réfléchir. Ce n'est sans doute pas prudent, mais je les garde en moi depuis tellement de temps que je ne me contrôle plus. Elle m'écoute en silence.

— Quand tu t'enfuiras, je pourrai t'aider.

— Pourquoi le ferais-tu? On ne se connaît pas.

— Parce que tu le mérites. Moi je n'ai pas eu ton courage.

— Comment as-tu fait pour venir jusqu'ici sans te faire repérer de Dimitr?

– Dimitr ? Je ne devais pas te l'avouer, mais il est au courant. Figure-toi que je l'ai payé pour avoir le droit de monter. Il ne savait pas qu'on se connaissait. Moi non plus d'ailleurs. Il m'a fait promettre de tout lui raconter. Il pense que tu as besoin d'une confidente, que peut-être tu lui caches quelque chose. Il avait raison.

Je me baisse pour atteindre une de mes aiguilles aiguisées cachées dans ma chaussette. Je la plaque le long de ma cuisse.

– Et tu vas le faire ?

– Bien sûr que non. Tu me prends pour qui ? Je ne dois rien à ce marchand sans scrupules. Au passage, méfie-toi de lui comme de la peste. Je reviendrai, si tu veux bien.

– Tu me parleras de toi ?

– Je crois que tu seras déçue. Je ne suis pas très intéressante. J'allais oublier, j'ai rencontré un certain Julen qui passera te voir cette nuit, il te demande de ne pas fermer ta porte. Je te préviens, il est effrayant, on dirait qu'il sort de l'enfer.

Je ne contrôle plus mon sommeil. J'ai l'impression d'être calée sur le rythme du bébé. Je ressens de soudains coups de fatigue et m'endors à n'importe quel moment de la journée. J'aimerais entendre arriver Julen et ne pas me faire surprendre. J'ai peur. Je ne peux m'empêcher de penser que quelqu'un pourrait profiter de cette porte ouverte pour venir me tuer, m'arrêter ou me prendre tout ce que j'ai. Je suis dans un fauteuil, aux aguets depuis plusieurs heures. J'ai éteint la lumière. Mes yeux se ferment et je ne peux pas lutter.

Un homme me secoue doucement. Son odeur est âcre, presque insupportable.

– Je suis Julen, dit-il d'une voix enrouée, un ami de Lucen. Je peux allumer?

– Oui.

– C'est beau ici, déclare-t-il en inspectant la pièce. J'ai peur de salir. Il y a de l'eau qui sort du mur? Comme dans les films? Tu sens bon comme les filles de la haute, toi.

Julen a le visage ravagé par des pustules. Il s'adresse à moi en baissant la tête pour cacher autant que possible son visage. Je lui propose:

– Tu veux te laver un peu d'abord? Tu pourras ensuite désinfecter tes boutons. J'ai un flacon d'alcool.

– Je ne te fais pas peur? T'as raison, précise-t-il doucement. Tu ne risques rien. Je dois tant à Lucen que je pourrais mourir pour lui s'il me le demandait. Pour le bain, je voudrais bien, mais faudrait pas que tu me regardes.

– D'accord.

Julen se déshabille doucement. Ses sous-vêtements collent à sa peau constellée de plaies suppurantes, et je l'entends gémir tandis que je fais chauffer un peu d'eau pour le thé. Il se trempe dans l'eau savonneuse. Il respire très fort pour contrôler la douleur qui l'assaille. Il s'apaise bientôt et je me tourne vers lui. Il n'a que la tête hors de l'eau. Il grimace.

— Le plus dur est passé. Mon corps a cessé de brûler. Je commence à me sentir mieux. Merci, Firmie. Approche-toi. Je vais te donner des nouvelles.

Julen semble réciter un texte appris par cœur car jamais il ne s'interrompt et ses phrases sont bien construites. Il en ressort que Lucen s'est adapté à son nouvel environnement. Grâce à lui, la vie de ceux qu'il fréquente s'est améliorée et il est très aimé et respecté. Parce qu'il a rendu des services au chef du camp, son exécution a été différée de six mois. Il va ainsi avoir du temps pour préparer son évasion. Presque personne n'est encore au courant de son plan, mais ceux qui savent croient en lui. Ce sera le premier à réussir. Quand je lui demande des précisions sur le temps qu'il me faudra patienter avant de revoir Lucen, il bredouille :

— Lucen... savait que tu poserais cette... question. Il ne peut pas donner de date encore... Sans doute pas avant quatre mois.

Je prends ma tête dans mes mains et j'accuse le coup. Il ne sera donc pas là pour l'arrivée du bébé. J'avale un peu d'air puis me redresse. Après tout, ce n'est pas si grave. Du moment qu'on finit par se retrouver tous les trois.

Il me bombarde ensuite de questions extrêmement précises sur l'état de mes finances, mon alimentation, la durée de mon sommeil, mes sensations physiques, d'éventuelles douleurs. Il répète à haute voix les réponses pour lui-même. Il sort du bain et je tamponne doucement son dos pour le sécher avant d'y appliquer de l'alcool. Je lui donne un vieux tee-shirt propre et l'aide à se vêtir. Son corps est décharné et sa peau fine semble presque transparente au niveau des jointures. Il a oublié toute pudeur et je m'occupe de lui comme je le ferais d'un vieux parent.

– Adieu, lance-t-il en partant. Lucen aura le message dans les prochains jours. Merci, Firmie. Je mourrais aussi pour toi s'il le fallait.

Cette nuit, j'ai bien dormi. Maintenant que j'en sais un peu plus, je me sens beaucoup mieux. Dimitr remarque une odeur bizarre en venant porter le ravitaillement. Il m'accuse de me négliger, de ne pas vider ma poubelle et peut-être même de respirer de l'alcool à 90° dont l'odeur imprègne les murs. Il s'énerve quand il trouve le flacon, car le niveau a beaucoup baissé. Il est persuadé que je veux saborder sa transaction. Il ne me permet pas de répondre et continue à hurler et à me menacer des pires sévices si je perdais l'enfant ou s'il ne naissait pas en bonne santé. «On ne m'arnaque pas, moi!» répète-t-il trois fois. Il ne part pas tout de suite et reste planté près de la fenêtre un long moment, peut-être pour se calmer. Il m'annonce que ses clients vont envoyer leur médecin pour m'examiner cet après-midi. Il me précise qu'il sera là pour vérifier que je ne dis ni ne fais rien de travers. Il sort en claquant la porte.

Je plaque mes mains sur la vitre et fixe l'appartement de Mihelle. J'espère qu'ainsi elle se réveillera, se tournera vers moi et comprendra que j'ai besoin d'elle. Mes larmes coulent sans discontinuer depuis bientôt une heure, depuis que les deux salauds sont partis. Pour eux, je l'ai compris, je ne suis rien. Pas une fois le médecin ne m'a regardée dans les yeux, pas une seule fois il ne s'est adressé directement à moi ni ne s'est inquiété de savoir si ses palpations m'étaient douloureuses. Et Dimitr qui voulait tout voir de près et qui se disait fier d'avoir mis la main sur une bonne reproductrice. Je me sentais totalement humiliée et, en me rhabillant, j'ai éclaté en sanglots.

— Un peu fatiguée peut-être, a lancé le médecin en rangeant son matériel.

— Va te coucher! m'a ordonné l'autre juste après.

Si j'avais eu mes épingles près de moi, j'aurais transpercé ces deux-là, à l'œil ou au cœur, et je me serais enfuie. Je pleure sur ma lâcheté.

J'entends frapper doucement à la porte. Je m'approche comme un robot qui n'a pas la capacité de réfléchir.

– C'est Mihelle. J'ai la permission pour cinq minutes. Tu veux me laisser entrer?

CHAPITRE 11

Le lendemain, les gars me révèlent ce qu'ils appellent la «mine». C'est un endroit connu des seuls membres du groupe, renfermant un amas d'objets et de matériaux d'autrefois, protégés par une couche de terre et de végétation. Mes copains supposent que c'était à l'époque une gigantesque poubelle. Les gens enfouissaient dans le sol des produits dont ils ne se servaient plus, mais sans essayer de les réparer ni de les recycler. Dlan m'entraîne à une dizaine de mètres du campement. Julen se lève pour faire le guet. Mon guide s'accroupit et débarrasse le sol des herbes sèches qui cachent une plaque de tôle. Il la soulève : des bouteilles en plastique, des tubes de métal, des boîtes renfermant des vis et du petit outillage, des tuyaux souples, des livres...

– On se disait, déclare Dlan, qu'en tant que rafistoleur tu verrais sans doute quoi faire de tout ça.

Comme promis, je vais chez le vieux très régulièrement. Chaque fois, j'arrive certain de l'originalité de mon idée et je repars un peu plus désespéré. Les gars ont, semble-t-il, déjà tout essayé : abattre un arbre sur la clôture pour s'en servir de pont naturel, provoquer un court-circuit pour mettre hors d'état le système électrique...

– Il ne faut pas d'action d'éclat, explique le vieux. Rihard déclenche le plan d'urgence, tous les hommes et les chiens sont lâchés en même temps, et la police de la ville a le temps de venir en renfort. Il y a plus de vingt kilomètres à parcourir d'ici aux faubourgs.

– Il faut donc partir en douceur et qu'on ne découvre l'évasion que le lendemain matin, c'est ça ?

– Exactement.

Un autre soir, je propose de dériver le courant de la clôture et de percer une brèche.

La réponse du vieux ne se fait pas attendre :

– Deux problèmes à résoudre, Lucen : trouver le matériel pour le faire, on a déjà cherché et on pense qu'il est stocké à l'extérieur, et en plus le double grillage fait l'objet d'une surveillance très régulière, même la nuit.

Nous profitons des journées de ravitaillement pour explorer plus avant la mine. Un jour, Pul découvre plusieurs rouleaux d'adhésif. Je suis étonné de constater qu'avec le temps ce matériau n'a pas perdu ses propriétés. Depuis des semaines, j'ai en tête une idée d'objet qui nous permettrait de mieux respirer, mais l'élément essentiel pour en assembler les différentes parties me manquait.

– Du ruban adhésif! Pul, tu es un dieu!

L'autre me regarde comme si j'avais perdu la raison. Nous rentrons au campement et je prélève dans la réserve secrète une bouteille en plastique et un tuyau souple que je coupe sur un mètre quatre-vingts. Je fends avec un couteau le flacon sur presque toute sa longueur. Je découpe la base et m'en débarrasse. Je fixe le tuyau au goulot grâce à l'adhésif. J'enfile le masque ainsi fabriqué et laisse pendre le tuyau au ras du sol. Ma voix est déformée et de la buée s'accumule sur le plastique quand j'explique:

– On le cache sous nos chiffons, on passe le tuyau dans le pantalon jusqu'à la chaussure et on peut respirer l'air le moins chargé qui se trouve au ras du sol.

Je l'enlève pour continuer à parler plus facilement:

– Bien sûr, je dois l'améliorer pour qu'il soit plus confortable et plus performant. Mais quand même, les gars, c'est pas une super-idée, ça?

Aux mines réjouies affichées par mes copains, je comprends que je ne suis pas le seul à m'enthousiasmer.

Une idée m'obsède. Que devient Firmie ? A-t-elle toujours de l'argent ? A-t-elle été obligée de retourner chez ses parents ? Porte-t-elle encore notre bébé ? J'enrage de n'avoir pas trouvé la moindre solution pour lui venir en aide. Inexorablement, la date de mon exécution se rapproche. Je passe du temps avec le vieux mais, malheureusement, rien de concret ne sort de nos cogitations. J'avais l'espoir de pouvoir participer à une des maraudes des parias, quand ils viennent la nuit ramasser les cadavres en hurlant et se rappeler au bon souvenir des habitants de la ville basse. Mais, en tant que condamné à mort, jamais je n'y serai autorisé.

Grâce aux masques, nous respirons un peu moins de gaz toxiques. Mes amis s'opposent formellement à ce que nous diffusions le principe aux autres. Ils craignent que l'information ne finisse par arriver aux oreilles des gardiens et que nos protections ne nous soient confisquées. Nous vivons donc dans la crainte de nous évanouir, ce qui arrive à presque tout le monde quand on travaille à nourrir le digesteur, et que notre équipement ne soit découvert. Pour l'instant, aucun d'entre nous n'a flanché. Espérons que ça durera. Pour me remercier de mon invention, les gars s'épuisent durant plusieurs nuits dans un projet de tunnel voué d'avance à l'échec à cause de la nature du sol. Tous laissent tomber progressivement. Moi je n'arrive pas à renoncer et, malgré les éboulements à répétition, je me relève seul certains soirs pour aller creuser la roche pourrie.

Ce matin, je suis convoqué au «repaire de Rihard». Aucun de mes copains n'y est jamais allé, même pas le vieux. C'est un endroit secret au cœur de la forêt. Il doit me rester moins d'un mois avant la date fatidique. Le chef veut sans doute m'annoncer personnellement le jour retenu pour mon exécution. Je marche en direction du nord sur les pas d'un garde, un second me suit de près. Le canon de son fusil me frôle le dos quand je ralentis. Après plus d'un kilomètre sur un large chemin empierré, les gars s'arrêtent pour me bander les yeux. Ils me font tourner sur moi-même pour me désorienter. Puis nous coupons à travers la forêt. Je suis tiré par la manche de façon brutale. Ils sont pressés. Deux cents mètres plus loin, ils stoppent et j'entends le bruit d'une plaque métallique qu'on manipule. On me pousse en avant. C'est l'accès à un escalier qui s'enfonce dans le sol. L'endroit est très humide et les marches sont glissantes. On me colle la main droite sur une rampe. Vingt-sept pas plus bas, j'entends une lourde porte s'ouvrir. On m'enlève mon bandeau. Les gars retirent leur masque à gaz. J'en avais oublié qu'ils pouvaient avoir une tête en dessous.

L'air qu'on respire ici n'a presque pas d'odeur, en tout cas pas celle de pourri qui règne à l'extérieur. Je me remplis les poumons. Je suis conduit vers une douche comme celle que j'avais expérimentée chez Ludmilla. Cela va me changer du lavage vite fait sans savon que j'effectue au retour du silo avec la réserve d'eau de pluie de notre groupe. Chez nous, il faut délicatement écarter la couche huileuse qui se forme à la surface pour récupérer un liquide un peu trouble qui nous sert aussi de boisson. Lorsque je sors, on me fait enfiler une chemise et un pantalon marron, et mes vêtements sont jetés en tas dans un coin. Le vestiaire abrite une grande quantité de masques à gaz et de combinaisons intégrales. Un gars me vaporise une lotion à base d'alcool sur les mains et les cheveux. Un autre garde me guide jusqu'à un bureau et m'installe sur une chaise. J'attends presque une heure. Je n'ai pas peur. Que pourrait-il m'arriver de pire que ma condamnation? Je perçois de l'agitation dans le couloir, un type entre en trombe et me tire violemment par le col pour me faire lever. Je suis au garde-à-vous. Rihard se place devant moi et m'invite d'un geste bref à m'asseoir.

— Lucen, c'est ça? commence-t-il.
— Oui.
— Oui, chef! hurle un gars placé derrière en m'envoyant son poing dans le haut du dos.

Je reprends mon souffle et répète :

– Oui, chef...

– Tu es ami avec mon porte-bonheur, celui que vous appelez le vieux. Nous sommes arrivés dans le camp le même jour et maintenant ça me rassure de savoir qu'il est toujours là. Bon, ce n'est pas pour cela que je t'ai fait venir. Un de mes hommes t'a reconnu. Tu serais un expert pour organiser des combats de rats. S'est-il trompé ? Dans ton dossier, on met plutôt en avant ton goût pour les explosifs.

– C'est vrai, chef. J'ai été l'assistant de Syvain au *Milord* et ailleurs.

– Celui qui s'autoproclame le « roi des rats » ?

– Oui, chef.

– Nos hangars et nos caves sont infestés de gros rongeurs qui s'en prennent à nos réserves de nourriture. Je veux que tu les attrapes tous, jusqu'au dernier, et que tu les parques ailleurs. Ils nous serviront pour nos amusements. Tu formeras deux de mes gars à la capture, à l'élevage et à l'entraînement des rats. Si je suis content de toi, j'ai le pouvoir de t'offrir quelques mois de vie en plus dans mon enfer.

Comme je ne réponds pas dans la seconde, il dégaine un pistolet et colle l'extrémité du canon sur mon front.

– Si tu n'es pas preneur, j'abrège tout de suite tes souffrances.

J'entends le déclic qui m'indique qu'il vient d'armer son engin. Je bredouille :
— Je... suis d'accord, chef.
— Je m'en doutais.

Lorsque je raconte au vieux ma journée, je vois son visage s'animer. Il n'est pas seulement soulagé que j'échappe pour un temps à mon châtiment, il entrevoit une nouvelle piste pour mon plan d'évasion :
— Curieusement, le bunker de Rihard n'est pas vraiment gardé, pourtant il renferme un stock de combinaisons de soldats et de masques à gaz. Si tu arrives à en repérer l'entrée, tu pourras voler un équipement et le revêtir pour sortir incognito par la porte principale. Bien entendu, il faudrait déterminer le moment propice, trouver un soldat avec ta corpulence dont tu pourrais imiter les gestes et la démarche... Ce n'est pas encore gagné.

Pendant ma mission, je suis dispensé de silo et de collecte. Je fais la connaissance des deux gars que Rihard a désignés pour me seconder. Quand ils seront formés, ils prendront les commandes de l'affaire. À cette occasion, j'en apprends plus sur le projet de leur patron. Il ne veut que des combats de rats entre eux car les chiens reviennent trop cher. Il ne désire pas seulement permettre à ses hommes de se divertir mais veut aussi en profiter pour contrôler les paris et récupérer une partie de leur paye.

Les deux hommes affectés ne sont pas très motivés. L'un d'eux, nommé Olvier, a carrément peur des rats. Il n'a rien osé dire car il sait trop bien comment son chef réagit quand on le contrarie. J'entreprends une inspection des lieux de chasse. Je dresse une liste du matériel nécessaire à la construction des enclos et à la capture des bêtes. Je leur demande aussi de me laisser embaucher mes amis pour que les travaux avancent plus vite. Comme ils veulent satisfaire leur chef dans les délais les plus brefs, ils m'accordent sans problème cette aide. Hans et les autres sont très contents d'échapper pour quelques journées au moins au travail dans le silo.

Nous passons plusieurs semaines à construire des enclos avec des planches épaisses et du grillage, et nous piégeons les colonies de rongeurs. Je confie la construction de l'arène à Pul qui dans une autre vie a été charpentier dans la ville basse. Quand il s'agit de sélectionner nos champions, je me rends compte que notre cheptel compte peu de dominants capables de s'imposer comme de vrais combattants. On affamera les rats avant les combats pour les rendre plus agressifs. Je ne suis pas convaincu que cette façon de faire donnera longtemps des résultats et je pense que bientôt Rihard sera obligé d'aller chercher de vrais combattants en ville. Dans ce cas de figure, je pourrai servir de guide à ses hommes. Ce sera peut-être pour moi une occasion de m'enfuir et de retrouver Firmie. Je dois m'accrocher à cet espoir.

La première soirée de réjouissances est un succès, et Rihard s'est déplacé en personne. Tous les gardes qui ne sont pas de surveillance à ce moment-là sont obligés d'assister au spectacle. Certains se forcent à parier pour ne pas décevoir leur chef. Je remarque le regard satisfait du patron, tranquillement accoudé au bar. Il me fait signe d'approcher.

– Six mois, Lucen, tu viens de gagner six mois de vie.

Un soir où je reviens particulièrement tard d'une des séances de combats de rats, je surprends Julen en pleine toilette. Son visage et son corps sont couverts de plaies mal cicatrisées.

– Je préfère que tu ne regardes pas, lance-t-il d'une voix triste.

– Je tourne la tête, Julen. Tu as ça depuis longtemps?

– Non, quelques semaines, mais ça s'aggrave. Je suis en train de pourrir, mon vieux.

– Rien n'est prévu pour soigner les malades?

– Qu'est-ce que t'imagines? On est là pour crever, non?

– Tu pars quand d'ici?

— Deux semaines. D'ailleurs, il faudra qu'on s'occupe de nos arbres à courrier. Je pourrai aller voir ta femme. Réfléchis bien à ce que tu veux que je lui raconte.

Julen nous fait ses adieux. Il a appris par cœur tous les messages qu'il doit porter de la part de chacun. Les soirs précédents, il nous a demandé de les lui faire réciter. Je veux qu'il rassure Firmie et qu'il lui dise que je serai avec elle d'ici une centaine de jours. Je donne ce chiffre au hasard car je crois de moins en moins à un miracle, mais je ne veux pas la désespérer. Je confie à mon compagnon un court message écrit de ma main pour Firmie afin qu'elle le reconnaisse comme un de mes amis et le laisse entrer chez elle.

Je suis de nouveau convoqué chez Rihard. Ainsi que je l'avais espéré, il se plaint du manque de combativité de ses derniers rats. Sa recette a été minable. Il me demande si ses gars sont en cause et doivent être durement châtiés ou si le temps est venu de me faire disparaître de la surface de la terre pour incompétence. Je lui explique qu'il doit envoyer ses hommes dans les égouts de la ville pour trouver de vrais dominants.

— Je leur ai enseigné comment les repérer au sein d'une colonie, mais ils ne connaissent rien à la topographie des égouts et risquent de ne pas chercher aux bons endroits.

— Tu pourrais leur faire un plan? Certains sont capables de lire, tu sais.

— Bien sûr, chef, mais...

— Mais quoi? hurle-t-il soudain. Tu préférerais les accompagner, hein, c'est ça?... Et leur fausser compagnie dans ce lieu que tu connais par cœur! Ose me dire en face que tu n'y as pas pensé!

— J'y ai pensé, chef, mais je sais aussi qu'aucun paria n'a jamais réussi à vous échapper. Toutefois on ne peut pas empêcher un homme dans ma situation de garder un mince espoir de s'en sortir.

— Tu es moins con que les autres. Tu vas les emmener dans les égouts mais tu seras enchaîné, et deux soldats seront du voyage avec l'unique consigne de te flinguer si tu fais un pas de travers ou si tu communiques avec des copains à toi. T'as compris?

— Oui, chef.

— Si tu fais du bon travail et que mon petit commerce redevient florissant, je t'accorderai quelques mois de vie supplémentaires.

CHAPITRE
12

Ce soir, avant le départ des rondes, mon père fait le point sur l'efficacité de la méthode proposée par Clude pour éliminer sans procès nos ennemis. Il est passé à l'hôpital et a fouillé dans les registres.

– Clude, c'est pratiquement un sans-faute. Vingt-huit des vingt-neuf salauds traités par nos soins ont quitté pour toujours notre bonne cité. À cela, il faut ajouter presque autant de personnes décédées par contagion, le plus souvent des proches mais aussi, et ça c'était difficile à éviter, trois membres du personnel de l'hôpital.

– Pour le vingt-neuvième, on pourrait organiser un petit accident de la circulation, propose Clude. J'aime bien quand le travail est fait jusqu'au bout.

— C'est tout à ton honneur, mais je crois qu'il ne faut pas en rajouter. Certains ont déjà fait le rapprochement et j'ai reçu quelques lettres de menace. Jusqu'à maintenant, c'est parfait : ils savent que c'est nous mais ne peuvent rien prouver.

Je demande à parler à mon père en privé quelques minutes :

— Tiens, c'est une lettre que Lucen avait déposée pour moi dans la boîte de Snia avant son arrestation. Je ne sais pas si ça peut t'intéresser...

— Elle n'est pas décachetée. Toi, ça ne t'intéresse pas, visiblement.

— J'ai fait un trait sur mon passé.

Je le regarde parcourir les mots de mon ancien ami. Il ne marque aucune réaction. Quand il a fini, il chiffonne la feuille, la dépose dans un cendrier avant de l'enflammer avec son briquet. Il se tourne vers moi et prend une voix gémissante :

— « C'est pas moi ! C'est pas moi ! » Du Lucen tout craché. Pas d'excuses ni de remords. Tu as bien raison, mon fils, ce gars ne vaut pas le prix de la corde qui le pendra.

Snia vient me chercher au poste de police presque chaque soir. Nous allons chez moi pour nous embrasser et prendre un peu d'avance sur nos rendez-vous légaux.

Nous sommes très attirés physiquement l'un par l'autre et il nous est difficile de nous «décrocher» quand vient l'heure de rentrer pour elle. Nos parents sont visiblement satisfaits que notre relation ait repris. Quand j'ai révélé à mon père que Snia avait du sang furtif, cela a semblé l'amuser: «Comme si je n'étais pas au courant!» a-t-il déclaré en souriant. Ma copine m'a dit que sa mère ne voulait pas qu'elle tombe enceinte trop vite, parce qu'elle a juste quatorze ans. Snia doit aller chez une tante qui lui enseignera différentes méthodes pour qu'on puisse s'exercer sans risque. J'ai hâte que ça commence.

Je suis de garde tout seul au commissariat pour la matinée. Les autres sont réquisitionnés pour une battue dans les docks. Ils traquent des clandestins débarqués cette nuit d'un bateau étranger. Je n'ai presque rien à faire, hormis trier le courrier et classer les dernières plaintes dans les archives. À ma grande surprise, un paquet m'est directement destiné. C'est un carton d'une vingtaine de centimètres de long pour sept ou huit de large et de haut. J'évalue le poids à deux ou trois cents grammes. Je le regarde sous tous les angles et le manipule avec délicatesse. La consigne est très stricte. On ne doit pas ouvrir les paquets seuls et, en cas de doute, une équipe spéciale vient s'en occuper. Je le pose donc sur le coin de mon bureau et essaie de m'absorber dans la lecture de la revue sur les armes de guerre qui traînait sur celui d'Arhur. Si je n'avais pas eu peur de me faire surprendre par les autres, j'aurais pu demander à Snia de me tenir compagnie.

Une femme aux cheveux très clairs, malgré la crasse qui les recouvre, débarque en hurlant dans le commissariat. Elle essaie de parler mais ses mots sont déformés par ses pleurs et des spasmes qui l'empêchent de respirer normalement. Je ne parviens à distinguer que des syllabes : «Na hi... Na hi.» Je la fais asseoir et lui tends un mouchoir pour qu'elle essuie ses larmes et se calme. Il lui faut de longues minutes avant de pouvoir tenir un discours cohérent. Il en ressort que sa fille Nahalie, âgée de huit mois, a disparu pendant la nuit. Quelqu'un a pénétré chez elle et l'a enlevée, elle en est sûre. Je relève ses coordonnées et lui promets d'enquêter au plus vite. Elle reste un long moment vissée à sa chaise, attendant que je l'invite expressément à partir. Je n'ai pas eu le courage de le lui dire tout de suite, mais nous avons peu de chances de retrouver son enfant. Des réseaux très organisés originaires d'autres villes viennent régulièrement «faire leur marché» de gamins afin d'alimenter les orphelinats des villes hautes. Un fois le forfait commis, ils quittent immédiatement la ville basse. À ma connaissance, la police n'a jamais réussi à ce jour à démanteler une de ces filières et à rendre leur progéniture aux parents.

Les autres reviennent un peu plus tard. La chasse a été bonne et les cages sont bien remplies. On va avoir des interrogatoires à mener tout le reste de la journée. Mon père passe me voir en coup de vent pour s'assurer qu'il ne s'est rien passé d'important durant son absence. Je lui parle de la disparition de l'enfant. Pour toute réponse, il se contente de lever les yeux au ciel en signe d'impuissance. Je lui montre ensuite mon colis. Il le soupèse et le secoue légèrement.

– Fais-le renifler par notre chien qui détecte les produits explosifs. S'il ne sent rien, tu pourras l'ouvrir, enfin si tu veux, parce que ça m'étonnerait que ce soit un cadeau. En attendant, on a du boulot.

Je profite d'une pause en fin d'après-midi pour me rendre au service des explosifs. Le chien tourne autour du paquet puis le renifle sans aboyer.

– C'est négatif, confirme le technicien.

Je regagne mon bureau et découpe soigneusement l'emballage de carton. À l'intérieur se trouve un sac en plastique fermé par une ficelle. Je défais le nœud et une odeur infecte me saisit à la gorge. Je referme le carton et, le tenant à bout de bras, je vais à la poubelle extérieure pour m'en débarrasser.

– C'était quoi? demande Clude.

– Une tête de rat couverte d'insectes. Y a vraiment des malades!

– Moi, je n'ouvre jamais. C'est rare que les gens ici aient envie de nous faire plaisir, tu ne crois pas?

Je retourne au boulot m'occuper de mon lot de clandestins jusqu'à la fin de mon service. Je retrouve ensuite Snia qui me fait remarquer que je me gratte l'avant-bras.

– On a fait du clandestin tout l'après-midi, ils ont dû me refiler une de leurs puces.

Quand je me réveille le lendemain, je suis fiévreux et j'ai des douleurs au ventre. Je décide d'aller tout de même travailler car il nous reste encore beaucoup de personnes à interroger avant que la police des frontières ne vienne récupérer notre cargaison humaine. C'est mon père qui le premier prend conscience de mon état:

– Tu as une tête de déterré ce matin. Tu es un peu rouge.

– Je crois que j'ai de la fièvre.

– Alors, rentre à la maison tout de suite, je passerai te voir dans la journée.

Je ne réplique rien car je me sens vraiment fatigué et mes intestins me font souffrir. Je me traîne jusqu'à chez moi et me vautre sur mon lit.

Je me réveille en sueur. Les murs tanguent et se referment sur moi comme s'ils voulaient m'étouffer et me broyer. Mon corps devient mou, flasque, presque liquide, et se répand sur le sol. Un courant m'aspire inexorablement. Mes jambes se sont déjà détachées. Je suis paralysé et sens une douleur infinie prendre possession de mon organisme. Mon ventre se déchire. Je vais bientôt disparaître sans laisser la moindre trace...

Mon père me secoue violemment. Il veut sauver la partie haute de mon corps. Alors il la serre contre lui pour la poser dans une grande boîte en bois. Il faut qu'il la referme vite... vite... avant je ne me remette à couler. Ma tête se déforme sous l'action de vers noirs qui glissent sous ma peau. J'essaie de crier pour qu'on me les retire mais ma bouche est scellée.

Je suis dans une chambre blanche et des inconnus s'approchent de moi et me manipulent. Ils parlent fort. Une boule dure et brûlante a poussé sous mon bras. Je voudrais l'arracher. Deux femmes me tiennent les mains pendant qu'une autre perce ma chair avec un scalpel. Mon père est là. Il est d'accord et ne fait rien pour arrêter mon supplice.

Je suis bien. Je voudrais toucher toutes les parties de mon corps pour vérifier qu'aucune ne manque, que mon cauchemar est fini, mais je suis si fatigué qu'aucun de mes membres ne répond aux ordres de mon cerveau. Mon aisselle gauche me fait un peu souffrir. Je dors encore beaucoup. Mon père passe souvent, Snia parfois aussi. Tous les deux ont le même geste, ils me caressent la tête en essayant de me sourire. Je les entends me chuchoter des mots gentils mais je ne peux leur répondre. Je n'en ai pas la force. Parfois des larmes emplissent mes yeux et la lumière devient insupportable, alors je les ferme pour longtemps.

Trois jours. J'ai passé trois jours à délirer, à hurler, à baver, m'a raconté mon amie. Ensuite, j'ai plongé une semaine dans un coma en partie causé par les sédatifs.

J'ai eu la peste, la même qui a ravagé des millions d'hommes au cours de l'histoire. J'ai été infecté par une puce de rat. J'ai été victime d'un «empoisonnement volontaire», pire, d'un «attentat bactériologique», comme le précise mon père. Il me raconte la journée terrible qu'il a vécue. Il venait à peine de m'intimer l'ordre de rentrer, ce matin-là, quand il a trouvé sur son bureau un message disant que l'heure de la vengeance avait sonné et que son fils connaîtrait le haut mal. Il s'est alors précipité hors du commissariat. Il m'a trouvé fiévreux et en proie à des hallucinations. Il m'a hissé sur son dos et a hélé un brouetteur qui m'a transporté jusqu'à l'hôpital. J'avais tous les symptômes de la peste, mais les médecins se refusaient à confirmer le diagnostic avant d'avoir procédé à des examens complémentaires, ce mal n'ayant jamais touché la ville basse auparavant. Ensuite, une forte dose d'antibiotiques et l'ablation d'un énorme bubon sous mon bras gauche ont eu raison de cette saloperie.

Aujourd'hui qu'il est complètement soulagé, mon père reprend son rôle d'enquêteur :

— Personne, à part toi, n'a vu l'intérieur du colis. Tu ne te souviens de rien d'autre que d'une tête de rat couverte d'insectes ?

— Ça s'est passé si vite... Ça puait tellement que je n'ai pensé qu'à refermer la boîte et à m'en débarrasser. Pourtant, en y repensant, il y avait du bleu.

— Comment ça, du bleu ?

— De la peinture bleue sur le crâne du rat. C'est bizarre comme idée, non ? C'est possible que je l'aie rêvé. J'ai du mal à faire le tri entre ce que j'ai réellement vécu et mes hallucinations.

— C'est intéressant, affirme mon paternel. Ceux qui organisent des combats de rats contre rats marquent les bêtes en colorant leur tête. Comme ces combats sont interdits, il faudra enquêter dans les réseaux clandestins.

Snia vient me tenir compagnie. Elle me parle de ce qu'elle étudie à l'école. Plus tard, elle fera du commerce comme ses parents. Elle veut ouvrir une boutique de bijoux ou une pâtisserie vers 700. Elle me parle de ses copines que je ne connais pas. Quand elle évoque Katine, la sœur de Lucen, je ne peux m'empêcher de faire la grimace. Elle le remarque mais continue. Elle tient à me faire comprendre que les malheurs de son amie la touchent beaucoup. Ce qu'elle me décrit me rappelle terriblement ce que j'ai vécu à la mort de mon frère : un père muré dans le silence et qui s'abrutit dans le travail, une mère qui pleure sans arrêt sur ses erreurs passées. Elle m'explique que ce qui leur est insupportable, c'est qu'ils en viennent à espérer la mort de Lucen, afin de récupérer son corps et de commencer leur travail de deuil. Katine se sent punie pour un crime qu'elle n'a pas commis. Je pourrais presque compatir. Alors je ne l'écoute plus. Je regarde mon amie et concentre toute mon activité cérébrale sur elle, sur son corps qui s'agite, son visage qui s'anime et sur tout le désir physique que j'éprouve pour elle. Elle seule compte à présent et je rejette Lucen et sa famille à jamais.

L'infirmière qui me fait mon pansement a l'âge de ma mère et m'appelle «mon petit». Chaque matin, quand elle passe, j'en apprends un peu plus sur sa vie et celle de l'hôpital. Un jour, des larmes dans la voix, elle me raconte les jours terribles qu'elle a traversés quand, il y a quelque temps, un mystérieux virus a emporté sa sœur et sa meilleure amie qui travaillaient aux urgences. Depuis, rien n'est plus pareil et la vie lui pèse. Elle se demande pourquoi ce n'est pas elle que la mort est venue cueillir cette nuit-là. Je la regarde sans rien dire.

– Je ne sais pas ce qui m'a pris, s'excuse-t-elle, je vais vous gâcher votre matinée avec mes histoires horribles. Vous ne méritez pas ça, vous avez l'air si gentil.

Elle se force à me sourire avant de quitter ma chambre. Si elle savait...

CHAPITRE 13

— Alors, comme ça, vous êtes la meilleure amie de Grisella ? demande-t-il en me fixant dans les yeux.

De près, il est moins impressionnant. Il est plus petit que François. Son nez est un peu long et ses sourcils sont trop épais. Son regard me met mal à l'aise. Machinalement, je baisse la tête.

– Oui. Je vous présente mon ami François.

– Bonsoir.

– Bonsoir.

Les deux gars s'observent comme pour évaluer qui aurait le dessus en cas de bagarre.

– Venez dans le salon, appelle Grisella, j'ai servi quelques boissons.

– Je vous en prie, lance Eugène, passez devant moi, je vous suis.

Il s'efface en écartant les bras mais en profite au passage pour me pincer doucement la taille. J'en ai des frissons et me rapproche instinctivement de François. Nous nous installons dans le canapé, tandis que les deux autres prennent des fauteuils. Eugène est bien décidé à mener le jeu :

– Ludmilla, Grisella m'a dit beaucoup de bien de vous et je vois qu'elle ne m'a pas menti. Vous avez belle allure. Des cheveux blonds bien épais, le teint clair. Une vraie jeune fille des hauteurs. Et ce qui ne gâche rien, vous êtes d'une famille aisée, paraît-il.

– Grisella a un peu exagéré, je pense, dis-je, de plus en plus gênée.

– Enfin, des lignes de crédits illimités dans les boutiques de luxe, une gouvernante... Tout cela n'est pas rien. Et quelle est la profession de votre père, au juste ?

Je me tourne vers François qui se lève en annonçant :

– Nous allons y aller maintenant. Il est tard. Excusez-nous.

– Déjà ? Vous venez à peine d'arriver, s'étonne Eugène. Je vous fais fuir avec mes questions ?

– C'est-à-dire... dis-je en bredouillant, que... que je dois faire attention à l'horaire parce que...

– Ah oui, tu ne sais pas, chéri, explique Grisella, volant à mon secours, qu'ils sont venus te voir en cachette de leurs parents. Enfin, surtout Ludmilla.

– Tout de même, insiste-t-il sur un ton plus sec, c'est un peu précipité. Dois-je comprendre que je vous ai déçus?

– Non, pas du tout, non, c'était très... très intéressant, dis-je en battant en retraite. À demain, Grisella.

– Quel sale con! commente François dès que nous touchons le trottoir. Tu lui as fait de l'effet. Il n'en avait que pour toi. Ta chevelure, ton allure, on aurait dit qu'il décrivait... une jument.

À cette remarque, je sens monter un grand fou rire et je plaque mes mains sur ma bouche pour ne pas me faire remarquer dans la rue. Mon euphorie semble communicative car François rit à gorge déployée. Je jette un regard à la fenêtre du salon de Grisella. Eugène nous contemple, le visage déformé par la colère.

Plus nous progressons en direction de mon quartier, qui est très résidentiel, moins nous croisons de passants. Au moment où la rue dessine un virage vers la gauche, nous sommes abordés par une jeune femme qui dissimule ses traits sous un foulard épais. Pourtant sa silhouette et sa gestuelle me semblent familières.

– Vous êtes suivis par trois hommes depuis une dizaine de minutes...

– Yolanda, c'est vous ? Oh, Yolanda, excusez-moi.

– Ne m'interrompez pas. L'agression aura lieu dans une centaine de mètres, quand vous vous engagerez dans la rue des Cerisiers. François, vous êtes armé ?

– Non.

– Vous savez vous battre ?

– Uniquement à mains nues.

– Quelques instants avant l'attaque, défaites votre blouson et enroulez-le autour de votre avant-bras gauche. Vous vous en servirez comme d'un bouclier. Utilisez vos pieds pour frapper. Et n'hésitez pas à cogner fort, ce soir vous jouez sans doute votre vie. Moi je vais me cacher pour les laisser passer et je les prendrai à revers. Ludmilla, ne pensez qu'à vous mettre à l'abri.

Elle s'est écartée pour se glisser entre deux voitures en stationnement. Je ne peux m'empêcher de me retourner et j'aperçois alors trois silhouettes qui avancent à grandes enjambées pour nous rattraper. François me serre contre lui, ce qui nous ralentit et renforce ma terreur.

Nos suiveurs ne sont plus qu'à une vingtaine de mètres de nous. On perçoit la respiration bruyante de l'un d'eux. François se détache de moi et déboutonne son blouson. Tout en se retournant, il l'enlève et le fait tourner autour de son poignet. Les trois hommes ralentissent.

Celui du centre est souriant. Presque simultanément, les deux autres sortent un objet brillant de leur poche, un couteau, et actionnent le mécanisme qui fait jaillir la lame. L'homme au centre s'est arrêté pour assister au spectacle. Où est cachée Yolanda et qu'attend-elle pour intervenir?

François me repousse un peu vers l'arrière et se jette bras gauche en avant vers notre agresseur de droite qui fait de larges mouvements avec son arme. Je recule doucement mais mes jambes flageolent. Un cri sur le côté. C'est l'un des hommes qui vient de recevoir par surprise un violent coup de bâton sur l'arrière de ses genoux. Le second coup percute son crâne et ses cheveux se poissent de sang alors que son corps s'affaisse sur le sol. Yolanda fait déjà face au chef qui a saisi le couvercle métallique d'une poubelle et le lance sur elle. Elle détourne l'objet d'un geste sec puis fonce pied en avant sur celui qui la défie. Elle atteint son bas-ventre et, avant qu'il ne puisse reculer ou se protéger, elle lui décoche un second coup de pied entre les jambes. Une aspiration rauque sort de la gorge de l'homme qui se plie de douleur. Le genou de Yolanda percute son front. Il s'écroule, assommé. Je me tourne vers François qui, quelques dizaines de mètres plus loin, tente de maîtriser son agresseur. Un couteau gît à leurs pieds. Yolanda le rejoint. Elle ramasse l'arme et d'un geste bref transperce l'homme au niveau de la cuisse. Sa victime se laisse glisser par terre et plaque sa main sur la plaie pour endiguer le flot de sang qui s'en échappe.

— François, reculez-vous, vous risquez de vous tacher. Allez vous occuper de Ludmilla, elle est complètement tétanisée. Ramenez-la chez elle. Je termine et je vous rattrape.

Mon amoureux me relève et pose son blouson sali sur mes épaules. Nous pressons le pas pour rentrer.

De retour dans la cuisine, nous nous remettons de nos émotions en buvant un thé. Je n'ai pas pu décrocher un mot sur le chemin. François se fait soigner par ma gouvernante une coupure peu profonde au niveau du coude gauche. Yolanda nous sermonne :

— Ne refaites jamais ça ! Sans moi, vous y passiez, François, et vous, Ludmilla, vous seriez leur otage.

— Qu'est-ce qui vous fait dire qu'ils voulaient l'enlever ? interroge mon ami.

— L'un d'eux avait une corde et de l'adhésif. Je pense que leur planque est toute proche car ils n'avaient pas prévu de véhicule. La cave d'un sympathisant, sans doute.

— Vous savez qui ils sont ?

— Deux d'entre eux portaient un tatouage très reconnaissable sur le poignet gauche, celui des extrémistes caspistes. Je parie que ces types appartenaient à la garde rapprochée de votre ami Eugène. Je ne sais pas ce que vous lui avez fait, mais il ne vous apprécie pas beaucoup. Il a peut-être compris que vous n'étiez pas très sincères avec lui... politiquement, je veux dire.

François fait mine de ne pas comprendre, alors elle poursuit en le regardant droit dans les yeux :

– Si j'avais eu besoin d'une confirmation de vos convictions ce soir, jeune homme, je l'aurais eue. Vous vous bagarrez comme un sympathisant... coiviste.

– C'est-à-dire ? demande-t-il sans se démonter.

– Vous vous battez pour vous défendre, en prenant soin de ne pas trop endommager votre adversaire.

– Pas vous. Vous êtes issue d'un groupe terroriste, c'est ça ?

– Non, moi je n'agis pas par idéal. Moi, c'est mon métier.

Le lundi au lycée, après un récit très expurgé de nos exploits, je subis les remontrances de Léna.

– Ta mission a totalement échoué, Ludmilla. Nous voulions que tu en apprennes un maximum sur Eugène, que tu gagnes sa confiance, et toi tu réussis la prouesse de t'en faire un ennemi dès le premier soir en te moquant de lui. Je pensais que tu pourrais encore nous servir mais je me suis trompée.

Je déteste l'idée de me faire gronder comme une gamine. Qu'elle y aille, elle, affronter le monstre ! Je ne lui réponds pas. Je me contente de lui renvoyer un visage impassible. Si elle s'attend à des excuses, elle va être déçue. La seule chose que je craigne d'elle, c'est qu'elle me sépare de François.

Et heureusement, elle ne le fait pas, preuve que je les intéresse encore. Je me sens de nouveau très esseulée durant la journée, car Grisella m'évite. Que lui a raconté Eugène sur moi? Sans doute pas qu'il me voulait du mal au point de m'envoyer ses sbires armés de couteaux. J'ai maintenant la conviction que Yolanda a achevé nos trois poursuivants pour qu'ils ne puissent pas rapporter à leur maître que j'étais accompagnée par une tueuse professionnelle. Je m'ennuie durant les cours. Cela me renvoie à mes années précédentes, où j'avais l'impression d'être une pestiférée. Je passe beaucoup de temps à observer les autres, ceux que je connais d'abord, comme Grisella qui papillonne de groupe en groupe. Elle a finalement réussi à se faire admettre par le clan des «filles en vue». Elle en fréquente aussi un autre: celui des anti-Réunificateurs. Je ne m'étais pas rendu compte de son existence auparavant. En tant que «copine du leader», elle y fait figure de vedette. Je surveille aussi mes ex-amis du club d'échecs. Je repère leurs petits papiers pliés qui passent de main en poche, les membres qui s'appellent du regard et se suivent de loin jusqu'à des recoins secrets. François me rejoint à chaque récré. Nous restons quelques minutes ensemble, silencieux. Mais je le sens souvent préoccupé et un peu absent. Un soir, je lui demande sans détour :

– Tu voudrais qu'on arrête, tous les deux ?
– Non, je t'aime et je ferai tout pour qu'on reste ensemble. Mais, chuchote-t-il en m'enlaçant, les autres aiment de moins en moins que nous nous affichions tous les deux.

Sur le chemin du lycée, comme chaque matin, j'aperçois au loin les sœurs Broons. Je marche plus vite qu'elles qui discutent mais je me garde bien de les rattraper. Je ne veux pas qu'elles aient le sentiment que je quémande leur amitié. Aujourd'hui, je remarque que Léna a un comportement étrange. Elle se déporte sur la droite et effleure négligemment les carrosseries des voitures garées sur le côté. Je la vois qui saisit un papier qui dépassait de la vitre d'une portière. Quand je parviens à mon tour à hauteur de la voiture, je découvre un homme plongé dans la lecture de son journal. L'aînée vient de confier son sac à sa cadette. Elle tire un mouchoir de sa poche. Peut-être va-t-elle le remplir des débris de son message. Elle reprend son sac. Je suis à moins de cinq mètres d'elle quand elle pénètre dans l'établissement. Avant d'entrer dans le hall, elle se débarrasse de son mouchoir en le fourrant au fond d'une poubelle. Comme personne ne me regarde à cet instant, je n'hésite pas à y plonger la main pour le récupérer.

Je suis seule dans ma chambre et j'ai étalé les soixante-quatre morceaux chiffonnés sur mon bureau. Je prends mon temps et le message apparaît peu à peu :

Décision : exécution père de Ludmilla.

Besoin du groupe mardi 20 h pour diversion.

CHAPITRE
14

Depuis une dizaine de jours, je ne quitte plus mon lit. L'enfant pousse pour sortir, mais il faut attendre le terme pour augmenter ses chances de survie. Je fais des crises d'angoisse. Je suis fatiguée. Je pleure souvent. Pourtant, je suis entourée car Dimitr laisse maintenant Mihelle venir me voir quand elle veut. Il a compris que j'en avais besoin et que c'était profitable au bébé et donc à ses affaires. J'ai revu Sionne une fois. Elle n'avait pas sa fille, Adrenne, avec elle car celle-ci est souvent malade. Elle ne voulait pas qu'elle me transmette un microbe ou un virus avant mon accouchement. Elle ne m'a pas parlé de sa vie avec Maurce, mais je l'ai sentie préoccupée.

Je me sens de plus en plus proche de Mihelle. Je connais presque tout de son histoire. Le jour où elle me l'a racontée, sa voix était un peu différente, moins assurée, c'était presque la voix d'une enfant :

— Mes parents m'ont toujours préservée de la dureté du monde, et la vie a été facile pour moi. J'ai vécu jusqu'à il y a six mois avec l'impression que rien ne m'était interdit, que tout m'était possible. Depuis, tu le vois, je suis revenue à la réalité. Je vis plus ou moins recluse chez moi. Avant notre rencontre, je ne fréquentais plus personne. J'ai renoncé à tout, j'attends juste que ma vie passe et s'achève sans trop de malheurs. En ce moment, je lis jusqu'à l'épuisement pour me remplir des histoires des autres, pour oublier la mienne surtout.

Elle s'est arrêtée et a semblé hésiter à continuer. Je lui ai pris la main pour l'encourager.

— Enfant, j'ai souvent joué près du *no man's land*. C'était la sortie du dimanche avec mes parents, mais on ne s'approchait jamais des grilles de la frontière. Moi j'avais l'esprit aventureux et j'y retournais en cachette. Perchée sur un arbre, j'essayais d'apercevoir ceux de l'autre côté qui s'amusaient entre eux. Ils me ressemblaient et pourtant on m'interdisait de les rejoindre.

« Il y a un peu plus d'un an, une copine m'a entraînée une nuit à une "soirée spéciale" dans les bois, un peu au-dessus de chez moi. J'ai découvert que régulièrement des jeunes d'en haut venaient s'amuser de l'autre côté des grillages, consommer de l'alcool bon marché et séduire des filles fascinées par leurs privilèges. J'ai assez vite été conquise par un garçon très différent des autres et qui m'a témoigné une réelle affection. Nous nous sommes revus de nombreuses fois. On se parlait à travers les grilles entre deux passages de la patrouille, ou bien il se glissait sous la clôture quand nous avions un peu de temps. L'idée nous est venue assez vite que je devais fuir de chez moi et le rejoindre définitivement de l'autre côté. Je te vois sourire, Firmie, et tu as bien raison. Comment cela aurait-il été possible ? J'avais treize ans et demi, et lui à peine trois de plus. Je sais qu'on était naïfs, voire carrément bêtes, mais à ce moment-là je croyais qu'on pouvait choisir sa vie, que l'argent permettait de tout acheter, et plein d'autres bêtises. J'ai beaucoup vieilli depuis, tu t'en doutes. Un soir d'été, j'ai donc quitté le domicile familial en emportant une partie des économies de mes parents. Laurent m'a fait faire de faux papiers, m'a trouvé une "tante éloignée" pour m'héberger et me nourrir. Notre folle aventure a duré presque deux semaines. Un matin, des policiers sont venus me chercher et m'ont ramenée chez mes parents. Ces derniers ont payé pour m'éviter la prison. J'ai bientôt découvert que j'étais enceinte. Fin du rêve. Mes parents ont d'abord voulu me faire avorter, puis, devant mon refus, me trouver un gentil mari pas trop regardant. Finalement, j'ai perdu le bébé au quatrième mois, quelques semaines après avoir rencontré ton Lucen.

— Et tu n'as jamais cherché à renouer le contact avec Laurent?

— Mes parents m'ont fait enfermer, soigner, comme ils disent. Moi je dirais plutôt droguer. Depuis, je me suis calmée et j'ai appris à renoncer.

— Et tu y penses encore?

— Non, il ne faut pas.

Il est là, cramponné à mon sein, à moitié endormi. Il est si beau, si doux, si parfait et si fragile. Le bonheur de l'avoir ainsi contre moi compense largement la douleur ressentie cette nuit-là. J'ai douté pourtant à plusieurs reprises d'être capable d'aller jusqu'au bout. J'étais épuisée physiquement et désespérée. Le médecin accoucheur me hurlait que je ne faisais pas les efforts nécessaires pour libérer mon enfant. Heureusement, Mihelle était là, m'encourageait, respirait à mon rythme. Depuis, je profite de chaque instant comme si cela devait être le dernier. Une fois par semaine, le médecin vient examiner le bébé, le mesurer et le peser. Mon logeur en profite pour faire des photos qu'il expédie à ses clients. Ces derniers ont attribué le prénom Malcolm à mon enfant. Je fais semblant de l'utiliser quand il y a du monde, mais son vrai prénom, c'est Igo. Nous passons de longs moments en tête à tête, à nous regarder dans les yeux et à nous sourire. Je chuchote à son oreille. Il sait tout de l'histoire de sa famille. J'ai quand même essayé d'enjoliver les moments les plus durs de notre existence. Je lui parle de son père qui reviendra bientôt.

Cinq mois viennent de s'écouler, cinq mois paisibles et joyeux, hors de la réalité. Mon petit amour devient de plus en plus vigoureux. Il aime jouer avec mon nez, mes oreilles ou mes cheveux. Toute à ma joie d'être mère, j'en étais presque arrivée à oublier le contrat que j'ai signé. Dimitr n'a jamais cessé d'y penser et, lors de la dernière visite du médecin, il était là pour me le rappeler. Il a demandé quand il pourrait enfin «livrer le colis». L'autre a eu une réponse évasive: «Dans quelques semaines, un mois tout au plus, ça vous ira?» Je sens que le docteur pourrait se laisser convaincre de laisser partir mon enfant plus tôt. Je vis depuis dans l'angoisse qu'on me le retire avant que j'aie eu le temps de m'échapper. Je n'ai encore élaboré aucun plan de fuite. Je vivais dans l'espoir que Lucen revienne pour tout organiser.

Mihelle a entendu Dimitr parler avec le médecin dans les escaliers. Il prendra l'enfant dans cinq jours. Depuis qu'elle m'a donné cette information, elle n'est pas revenue. Je pense que mon logeur doit se méfier d'elle et l'empêcher de venir me voir. Il a trop peur que sa transaction ne capote au dernier moment. Je me suis rendu compte que j'étais dorénavant enfermée de l'extérieur dans l'appartement. Je suis prise au piège. Même si je suis attentive à me montrer souriante avec Igo, je le sens agité et il pleure plus souvent, comme si lui aussi se sentait en danger. Lorsqu'il dort, je lutte pour ne pas sombrer dans le désespoir. Pourtant, je ne peux contenir mes larmes et je ne parviens pas à avaler la moindre nourriture. Quand je me force à manger, mon corps réagit malgré moi et rejette tout. Il faut que Lucen vienne vite me sortir de là, sinon j'ai peur de ne pas tenir.

CHAPITRE
15

Comme prévu, quelques jours plus tard, je monte dans une voiture en direction de la ville basse. Le véhicule semble hermétique car on ne sent pas l'air vicié de l'extérieur. Les gars se sont débarrassés de leur combinaison étanche et de leur masque à gaz dans un baraquement, près du planton qui contrôle les entrées et les sorties. Ils ont revêtu des uniformes marron foncé. Deux d'entre eux sont armés de fusils. Ils discutent sans trop s'occuper de moi. Un garde qui vient à peine d'être embauché se présente aux autres. Tous le plaignent d'avoir rejoint la forêt pourrissante et expriment l'envie de faire prochainement un autre travail.

– Surtout pour s'éloigner de qui vous savez, précise l'un d'entre eux.

Ses collègues hochent la tête en signe d'approbation.

– Hé, le nouveau, t'es déjà allé au «club» la nuit?

– Non, on ne m'en a jamais parlé. C'est quoi?

– Regarde à gauche de la route, à environ cinq cents mètres, le vieux chalet abandonné. Eh bien, figure-toi que, le samedi soir, des filles de la ville viennent pour rencontrer des gardiens, on peut picoler en leur compagnie et même faire d'autres trucs, si tu vois ce que je veux dire...

– Mais le planton vous laisse sortir?

– Si tu as de quoi le payer, il n'est pas regardant. Mais attention aux horaires, si tu n'es pas revenu avant la relève, tu es considéré comme déserteur et tu risques de graves sanctions.

– Et Rihard, il est au courant?

– T'as pas encore compris comment ça fonctionne ici, toi! Officiellement, bien sûr que non. Mais en fait il tolère ces virées si elles restent secrètes et il récupère au passage une grosse commission sur la recette. Tu piges?

Nous sommes dans les égouts. Le cliquetis de la chaîne qui me relie à un des gars se répercute sur les parois. Nous ne marchons pas vite car mes gardiens ont peur dans ce milieu qu'ils ne connaissent pas. Je leur fais suivre un parcours, et Joeph prend des notes et fait même quelques dessins. Les cris des rats qui se battent font sursauter mes accompagnateurs. La chasse est bonne et nous ne croisons aucun humain jusqu'au retour dans ce tuyau plus large qu'on appelle le grand collecteur. À l'approche de la sortie, les gars sont soudain plus détendus. Moi je perçois des présences qui se rapprochent.

— Stop! hurle une voix derrière nous. Ne vous retournez pas. On vous a en joue et on n'hésitera pas à tirer. Qui êtes-vous?

C'est la voix de Grégire.

— Nous sommes des gardes du pénitencier de la forêt. Si vous vous attaquez à nous, Rihard vous le fera payer.

— Ce vieux Rihard, un très bon ami, un peu direct parfois, c'est son tempérament sanguin, il n'y peut rien.

Maintenant, les miliciens nous entourent. À la vue de leurs uniformes, mes gardiens ont retrouvé le sourire.

— Mais c'est ce pourri de Lucen! hurle Grégire, d'un ton venimeux. Il serait peut-être temps d'exécuter la sentence. Vous ne croyez pas, les gars? Crever dans les égouts avec ses frères les rats, ce sera une belle mort.

Grégire a défait son pistolet et s'avance d'un pas décidé. Je me recule, entraînant avec moi le garde auquel je suis enchaîné. C'est peut-être ce qui le fait réagir car il arme son fusil et tire en l'air.

— Je ne suis pas autorisé à vous laisser faire ça. Si je ne ramène pas le prisonnier, c'est moi qui vais mourir.

Il pointe son arme vers Grégire qui s'est figé. Je lis dans ses yeux comme chaque fois toute la haine qu'il me porte. Nous reprenons notre marche vers la sortie dans un silence glacial. Un crachat m'atteint au visage, je suis convaincu qu'il vient de celui qui est devenu mon pire ennemi : Gerges.

Je passe voir le vieux dans sa cabane pour lui raconter ma journée. Il entrevoit peut-être une solution mais veut rester très prudent.

– Tu aurais à peu près vingt pour cent de chance de réussir, précise-t-il.

– C'est mieux que rien, dis-je.

– Alors, écoute. Un samedi soir, tu t'introduiras dans le repaire de Rihard pour y voler une combinaison et un masque à gaz. Ensuite, tu rejoindras la sortie du camp où tu te changeras et te feras passer pour un nouveau. Puis tu paieras le planton qui pensera que tu vas rejoindre la cabane pour t'y amuser et picoler. Dès que tu te seras éloigné, tu obliqueras en direction de Pul qui te prendra en charge.

– Pul ?

– Il sort dans plus de trois mois.

– On ne peut pas demander à Julen de jouer ce rôle plus tôt ?

– Non, il faut quelqu'un qui sache conduire et qui connaisse bien les routes forestières. Pul est venu régulièrement dans les parages pour choisir des arbres à abattre, quand il était charpentier. En attendant, il faudra que je te trouve de l'argent, qu'on connaisse le nom d'un nouvel arrivant, pas encore familier des plantons au moment où on décidera de ta sortie. Ensuite, il faudra vous dégoter une cachette provisoire et un moyen de quitter cette région pour rejoindre la capitale, Grandville. Je vais avoir besoin de renouer de nombreux contacts qui te seront indispensables pour la suite, et cela risque de prendre du temps. De ton côté, tu vas devoir mémoriser des noms, des adresses mais aussi des cartes de régions et des plans de villes.

– Si j'arrive à sortir d'ici et à retrouver ma petite famille, vous pensez que je pourrai enfin mener une existence paisible à l'abri du danger, par exemple à Grandville, grâce à la protection de vos amis? Mais c'est génial!

Je m'attendais à ce qu'il me conforte dans mon enthousiasme, mais il garde le silence. Je m'approche de lui et lui touche l'épaule pour qu'il me livre le fond de sa pensée.

– Lucen, tu dois comprendre que, même avec de faux papiers, même en modifiant ton apparence, même en vivant dans une métropole cinq fois grande comme la nôtre, tu resteras un fuyard recherché. Tôt ou tard, tu seras découvert. Je pense que tu ne trouveras la paix qu'en rejoignant un isola.

— C'est quoi, un isola?

— Un lieu qui émerge de la nox mais dont la surface est si réduite et la position si éloignée de toute ville que personne ne songerait à s'y installer. Alors, seuls des gens comme toi qui fuient la cité pour de multiples raisons viennent y chercher refuge. Certains isolas ne sont peuplés que de quelques familles, parfois d'une seule, parfois d'une centaine d'individus. Cela dépend de l'espace et des ressources disponibles.

— C'est un retour à la vie sauvage.

— Pas plus qu'ici. On vit de chasse, d'élevage et de culture. C'est une vie saine mais très dure, où tout est à construire, avec des dangers, bien sûr, mais différents de ceux que tu as connus: le froid, la faim, la rivalité d'autres clans. En revanche, plus de miliciens, de Rihard, de juges achetés...

Je serre le vieux dans mes bras. Je souris pour la première fois depuis bien longtemps.

Après trois expéditions infructueuses, je rapporte enfin un message de Julen. Firmie va bien. Elle a réussi à rester dans le logement de Dimitr, en échange de la promesse de lui vendre notre enfant une fois qu'il sera sevré. Elle a eu raison d'accepter ce marché, l'essentiel était de gagner du temps. Julen annonce aussi l'arrivée prochaine de deux nouveaux dont il nous demande de prendre soin : Bryn et Cril, deux jeunes militants coivistes condamnés chacun à six mois de travaux forcés. Demain, en allant travailler, nous irons nous renseigner à leur sujet auprès des gardes responsables des admissions.

Ils sont arrivés dans la nuit et ont dormi dans un fossé. Ils nous attendaient. Ce sont deux frères de quatorze et quinze ans. Bryn semble de constitution fragile et peine à nous suivre. Il ne se plaint pas et sourit quand on s'adresse à lui. C'est moi qui les accompagne dans les démarches d'inscription puisque je suis en récupération. J'essaie de les rassurer, comme l'avait fait Hans durant mon premier jour. Ils ont entendu parler du silo et me demandent de leur raconter ce qui s'y passe.

– C'est terrible mais on s'habitue. Et vous n'y serez jamais seuls. Vous aurez besoin des autres comme ils auront besoin de vous. Pour survivre ici, l'entraide est une nécessité.

– Et toi, Lucen, tu es là depuis combien de temps ?

– Presque neuf mois.

– C'est beaucoup. Tu vas sortir bientôt ?

– Je suis condamné à mort. Je devais être exécuté au bout de six mois mais comme je me suis bien comporté et que Rihard, le chef du camp, a besoin d'esclaves, il m'a octroyé six mois de plus.

– Excuse-moi, dit le jeune gars, gêné, je ne savais pas.

C'est Pul qui accompagne Bryn et Cril pour leur première au silo. Hans et moi sommes bien entendu là pour guetter leur sortie et les porter sur le chemin du retour. Je charge Bryn sur mon dos. Je suis soulagé de voir qu'il a tenu le coup. Nous les hydratons puis les couchons pour qu'ils dorment un peu avant de manger. Mais, dans la nuit, Cril nous réveille, en larmes. Son frère s'est endormi pour toujours, son frère est mort.

J'en veux soudain à la terre entière et je deviens mutique pendant plus d'une semaine. Je passe beaucoup de temps seul à m'abrutir de travail à la mine ou à la pêche. Aucun de mes copains ne me le reproche. Tous respectent mon silence. Mon enfant doit avoir deux mois maintenant. Je voudrais tellement être près d'eux. Je pense à Firmie qui va vivre chaque jour dans la crainte qu'on ne lui retire le petit. Et moi qui suis là coincé et qui ne peux rien faire.

Le vieux concentre ses dernières forces sur mon plan d'évasion. Il envoie de nombreux courriers. Je l'accompagne et vais surveiller ensuite les retours. Il me fait reproduire et dessiner de mémoire plusieurs cartes, puis me fait réciter des noms et des adresses ainsi que la description physique de mes futurs interlocuteurs.

Pul va partir. Il veut que nous fixions dès maintenant une date pour l'évasion afin de ne pas risquer de se manquer à cause d'un courrier perdu. Ce sera samedi, dans quatre semaines exactement. Je ne veux pas qu'il en informe Firmie tout de suite, on le fera au dernier moment, quand j'aurai réussi à quitter le camp.

CHAPITRE 16

De longs mois se sont écoulés depuis que j'ai quitté l'hôpital. Nous n'avons jamais identifié ceux qui avaient envoyé le cadeau empoisonné. Les recherches dans les milieux des combats de rats clandestins n'ont rien donné. Il est quand même remonté une rumeur à propos d'un cargo étranger dont l'équipage entier aurait péri du haut mal et qui depuis aurait été coulé au large.

Snia est enceinte de deux mois. Elle vit maintenant chez moi. Je dis «chez moi» parce que mon père a progressivement déserté la maison. Il va épouser Horense, la veuve d'un ami policier tué lors d'une fusillade dans le quartier du port. Mon père s'est beaucoup occupé d'elle et, petit à petit, des liens se sont noués. Il a tenu à me dire que jamais il n'oublierait ma mère mais que la vie devait continuer. Lucen n'a toujours pas été exécuté. Mon père tenait un compte à rebours sur le calendrier de son bureau à la milice. Il a appris la veille de la date prévue que mon pire ennemi avait obtenu un sursis. Il ne sait ni pourquoi ni pour combien de temps. Cela l'a mis dans une colère noire. Personnellement, je n'ai pas été vraiment bouleversé. Lucen, c'est du passé, et je n'avais plus pensé à lui depuis des mois. Ma relation avec Snia occupe tout mon esprit. Au sein de la milice, le soir, je partage mon temps entre les barrages, le plus souvent avec Clude qui ne boit pas et sait être réglo avec les gens, et les travaux administratifs ou de recherche. J'ai toujours évité de participer à des «interrogatoires musclés», comme ils disent. J'ai déclaré un jour aux gars que je n'y prenais aucun plaisir, ce qui curieusement a semblé les amuser. Notre organisation regorge de miliciens motivés pour cette tâche, jamais personne ne m'a obligé à me salir les mains. Même pas mon père, qui considère sans doute mon dégoût comme une forme de faiblesse.

Clude a localisé Firmie dans un appartement pour riches près du *no man's land*.

— C'est Sionne qui m'a rencardé, me précise-t-il. Tu la connais, il me semble. Il y a quelques mois, je l'avais pêchée dans la rue par hasard alors qu'elle était enceinte jusqu'aux yeux. Je n'ai pas eu besoin de beaucoup forcer mon talent pour qu'elle se décide à me donner la planque de Maurce, son mari. Elle était terrorisée à l'idée qu'on puisse la tabasser. Ça a été un bon coup de filet mais son mec a réussi à nous échapper. Hier, elle est venue à moi toute seule pour m'offrir sa meilleure copine contre un peu de fric.

– Elle est planquée chez qui?
– Chez Dimitr, le trafiquant furtif, tu vois qui c'est? Il entretient la demoiselle en attendant qu'elle lui vende son gosse.
– Elle va vendre leur enfant! dis-je. Même si elle et Lucen ont toujours voulu en remontrer aux autres, ils ne sont pas bien différents des crapules avec qui ils traitent. Et qu'est-ce qu'on attend pour l'arrêter?
– Dimitr a négocié avec ton père. En échange d'un bon paquet de fric, Grégire lui laisse quelques semaines pour terminer le sevrage. Ensuite le furtif s'est engagé à lui livrer Firmie.

Aujourd'hui, je me marie. J'ai revêtu l'uniforme de la milice. Mes copains nous font une haie d'honneur à la sortie de la mairie en brandissant leur matraque. Mon père se montre discret, il ne veut pas avoir l'air de me voler la vedette. Snia est absolument radieuse en ce début de grossesse. Dans la salle de la milice, où nous organisons le banquet ensuite, j'ai fait accrocher les portraits de ma mère et de Kéin. La famille de ma femme est très représentée mais reste cantonnée dans une partie de la salle. Quand Snia fait les présentations, je repère des noms qui figurent dans nos archives récentes, comme celui de Smon, qui contrôle le marché de la main-d'œuvre sur le port et qui a, un temps, employé Lucen. Nous parlons des combats de rats et de ses champions préférés. Je lui avoue n'avoir jamais vu combattre la «star».

– J'étais un passionné avant. Nous étions toute une bande du quartier à nous rendre au *Milord* ou ailleurs une ou deux fois par mois. Dans le dernier combat auquel j'ai assisté, il y avait *sweety demon*. Ça fait longtemps mais je m'en souviens bien.

– Il faudrait revenir. Ce ratier est toujours en vie et plus sanguinaire chaque fois. Je t'invite quand tu veux.

– Si vous commencez à parler massacre de rats, je vous abandonne, les garçons, lance ma femme en souriant.

Nous évoquons tour à tour nos souvenirs d'enfance attachés à ce quartier et à ses traditions. Au bout d'une heure, il s'excuse de m'avoir monopolisé si longuement en ce jour important.

– C'était un plaisir, Smon, et j'espère qu'on aura d'autres discussions.

Quand je regarde ce gars dans les yeux, j'y vois de la sincérité. Il trafique et moi je poursuis les trafiquants. Tout nous sépare et, pourtant, j'ai le sentiment que nous ne sommes pas très différents.

Grâce à l'alcool sans doute, l'ambiance se réchauffe petit à petit. Des gars chantent en braillant des airs dont ils ne connaissent que le refrain. Des cousines de Snia acceptent de valser avec des miliciens alors que beaucoup ont des parents ou des amis d'enfance qui croupissent dans les prisons quelques étages en dessous. Snia et moi dansons beaucoup pour passer le temps et éviter d'être obligés de boire avec tout le monde. Nous avons hâte de nous retrouver seuls chez nous.

De retour à la maison, et puisque j'en ai enfin le droit, je lui livre le grand secret :

– Ma chérie, tu me vois prendre des pilules chaque matin. Je t'avais dit que c'était un traitement suite à mon infection par la peste. Je n'avais pas le droit de te dire la vérité avant aujourd'hui.

– Donc, tu m'as menti ?

– Laisse-moi finir, c'est important. Comme tous les membres de l'organisation, j'ai accès gratuitement et à vie à un traitement qui prévient la toux des pauvres et peut même, dans des cas pas trop avancés, la soigner.

Snia me regarde, stupéfaite. Elle semble avoir du mal à me croire. Je continue :

– La femme et les enfants des miliciens ont droit à ce privilège. Attention, c'est une information vraiment secrète. Et tu réalises que, si cela venait à se savoir, la population pourrait s'en prendre physiquement à nous et à nos familles, et que ceux qui nous fournissent nous laisseraient crever pour nous punir d'avoir fait fuiter un truc aussi énorme. Je sais ce que tu penses là tout de suite : que c'est injuste pour tous les autres, pour...

– Pour mon petit frère, mort dans d'atroces souffrances à l'âge de trois ans.

– Je sais que ça ne te consolera pas, Snia, mais dis-toi que ça n'arrivera pas à notre enfant et que c'est ça l'essentiel, qu'il aura aussi la chance de nous garder près de lui plus longtemps que les autres, que...

– Que c'est dégueulasse mais qu'au fond c'est une bonne nouvelle pour nous, c'est ça ?

Elle se serre contre moi et reste un long moment songeuse. Cette révélation va-t-elle faire germer en elle un début de méfiance ? Va-t-elle continuer à m'aimer autant ? Elle se retourne et tend sa bouche vers la mienne. Nous nous embrassons tendrement.

– Je sais que tu n'y es pour rien et que, si ça ne tenait qu'à toi, tu serais plus généreux. Ne t'inquiète pas,

Gerges, je t'aimerai pour la vie, même si la nôtre dure au-delà de la quarantaine.

Il y a du nouveau sur l'enquête concernant mon empoisonnement. Une lettre anonyme a été déposée sur mon bureau par une main inconnue. On m'invite à rencontrer un mystérieux informateur dans les égouts. L'endroit est précis : je dois faire cinquante mètres à l'intérieur du grand collecteur. Grégire est presque certain qu'il s'agit d'un piège mais décide que je dois y aller quand même. Lui et deux hommes m'accompagneront. Ils seront armés et à portée de sifflet.

Je déteste l'idée d'aller dans cet endroit car, depuis mon infection, j'ai développé une vraie phobie des rats. Je ne l'ai dit à personne, sauf à Snia bien entendu avec qui je partage tout, mais surtout pas à mon père devant qui je veux être irréprochable. J'ai mis tellement de temps à lui faire oublier qu'avant j'étais un peureux. Il n'y a personne au rendez-vous et j'attends sans bouger près d'un quart d'heure. Quelques rats viennent me renifler et grimper sur mes chaussures. J'essaie de ne pas réagir trop bruyamment et me contente de secouer énergiquement les pieds pour les décramponner. Quand les autres me rejoignent, je constate avec soulagement que je ne suis pas le seul à me sentir mal à l'aise. Franços est très nerveux et gueule carrément quand un beau rongeur entreprend l'ascension de son pantalon. Mon père nous annonce qu'il est temps de repartir et que ce rendez-vous était sans doute une diversion. D'après lui, nous n'allons pas tarder à apprendre que, de l'autre côté de la ville, un formidable cambriolage a été commis ou que des locaux des forces de l'ordre ont été attaqués.

– On s'est encore fait avoir! Ça m'énerve! rouspète mon vieux.

– Chef, l'interpelle Clude, je crois que des gars approchent par la gauche.

Mon père s'arrête net, nous fait signe de couper nos frontales et de nous planquer sans rien dire. Je perçois bientôt le tintement d'une chaîne et le sifflement joyeux d'un homme. Ils sont cinq et l'un d'eux est un prisonnier. Nous sommes plaqués contre les parois et les laissons passer pour les prendre à revers. Ce sont des gardiens du pénitencier de la forêt pourrissante. Nous n'avons rien à craindre pour notre sécurité.

Ils ont Lucen avec eux! Mon ancien ami semble au bout du rouleau. Il ne doit pas s'amuser là-bas. Comment va réagir mon père qui enrage de le savoir encore vivant?

– C'est ce pourri de Lucen! hurle Grégire. Il serait peut-être temps d'exécuter la sentence. Vous ne croyez pas, les gars? Crever dans les égouts avec ses frères les rats, ce sera une belle mort.

Il arme son pistolet et s'avance tranquillement, mais les gardiens qui accompagnent Lucen s'interposent et l'obligent à renoncer. Mon père fulmine mais ne peut rien faire. En repartant, il me tape gentiment le dos et me glisse à l'oreille :

— C'est dommage d'avoir été privés du plaisir de nous venger nous-mêmes. Mais rassure-toi, mon fils, on finira par le coincer !

— Et moi, quand il se barrait, annonce Françaos en rigolant, j'ai réussi à lui cracher en pleine gueule, à ce salaud !

— Bien joué, mon gars, le félicite mon paternel, ça lui lavera un peu le groin à ce porc.

De retour dans les locaux de la milice, mon père, qui devrait pourtant s'en réjouir, est presque déçu. Il ne s'est rien passé ailleurs. Nous n'avons pas à foncer sans attendre vers une nouvelle mission. Nous retournons à notre routine jusqu'à la fin de notre service.

Un soir, quand je rentre, je sens aussitôt que mon épouse est préoccupée. Elle me sourit à peine et me déclare :

— Smon n'est pas rentré chez lui depuis trois jours et ce n'est pas dans ses habitudes. Sa femme est venue me voir il y a une heure. Elle est complètement désespérée. Elle s'est d'abord rendue dans le café qui lui sert de repaire, puis a contacté tous ceux qui bossent avec lui. Sans résultat.

– Pourquoi n'est-elle pas allée à la police?

– Les furtifs ne veulent pas avoir affaire à ces gens-là. Et dis-toi que la méfiance est réciproque.

– Mais elle aurait au moins pu venir me voir plus tôt, je suis un peu de la famille.

– Détrompe-toi, mon amour, la communauté reste très fermée et moi, en t'épousant, je m'en suis exclue. Tous ceux qui nous souriaient et levaient leur verre à notre bonheur durant la fête du mariage ne nous adresseront sans doute plus jamais la parole. Pulette a enfreint une règle en venant ici. Je pense qu'elle n'avait vraiment plus aucune autre solution.

– Personne n'a pu lui dire où il se rendait la dernière fois qu'on l'a vu?

– Un de ses collaborateurs a parlé d'un rendez-vous dans les égouts, près du grand collecteur, mais il n'en savait pas davantage.

Grégire envoie quatre miliciens avec deux égoutiers explorer les canalisations à la recherche de Smon. Je n'insiste pas pour les accompagner et coordonne les recherches depuis l'entrée du grand collecteur. Il leur faut moins d'une heure pour mettre la main sur un corps difficile à reconnaître car les rats s'en sont fait un festin.

Le furtif du port est identifié grâce à sa chevalière en or et à ses vêtements. C'est moi qui vais annoncer la nouvelle à sa femme. Quand elle ouvre la porte, elle comprend tout de suite et s'effondre devant moi. Je la porte sur son canapé. Heureusement, ses enfants dorment et je n'ai pas à subir leurs larmes. Je lui rends les effets personnels de Smon, qu'elle serre contre elle en se recroquevillant. Elle n'écoute pas ce que je lui explique et laisse éclater son chagrin. Je ne sais quoi faire et préfère donc rentrer. Lorsque je raconte la scène à Snia, elle me demande de l'accompagner auprès de membres de la communauté dont Pulette pourrait accepter l'aide. Snia se tient chaque fois sur le pas de la porte et personne ne songe à la faire entrer. Pour ma part, je reste en retrait. Nous nous adressons ainsi aux habitants de quatre maisons du quartier. De retour chez nous, Snia me fait part d'une drôle d'impression qu'elle a ressentie pendant sa tournée. Personne ne semblait surpris par la nouvelle et nul n'a paru compatir à la douleur de Pulette.

– Et tu en déduis quoi?

– Je ne sais pas, c'est comme si, pour eux, Smon avait mérité ce qui lui est arrivé. Comme s'il avait trahi leur confiance. Demain j'irai rendre visite à Pulette pour voir si mon sentiment est juste et s'ils l'ont vraiment abandonnée à sa peine. Je pense que, dans ce cas, elle m'autorisera à m'occuper d'elle et de ses enfants.

Le lendemain, j'aborde mon père pour lui parler de l'enquête sur Smon. Il me fait comprendre que les consignes de ses supérieurs sont de ne pas utiliser les crédits et les hommes pour des règlements de comptes entre furtifs.

– Quand ils nous débarrassent eux-mêmes des membres de leur communauté, on ne va pas se plaindre !

Il sait que le furtif assassiné était de la famille de Snia et que je le connaissais, mais il ne fera pas d'exception.

Le soir, je retrouve Snia à qui je raconte la discussion avec mon père. De son côté, elle est allée chez Pulette mais la maison était fermée. Des voisins lui ont expliqué que la petite famille avait déménagé la nuit précédente pour une destination inconnue. Elle extirpe ensuite de la poche de son pantalon une enveloppe froissée découverte dans notre boîte ce matin. À l'intérieur se trouvent un court message et une clef.

Adieu Snia. Ne cherche pas à me revoir. Je t'ai laissé la clef de chez moi pour que tu puisses récupérer le lit de bébé que je n'ai pu emporter. Prends-le comme un cadeau de Smon qui t'aimait beaucoup.

Pulette

– J'attendais que tu sois revenu pour y aller avec toi.

– Tu veux vraiment qu'on récupère leur lit ?

– C'est un lit en métal tout simple, je m'en souviens. On peut le démonter et le stocker dans la cave. On en aura l'usage bientôt. Je suis étonnée qu'elle ne l'ait pas donné à quelqu'un d'autre, je ne fais plus vraiment partie de la grande famille des furtifs.

– Je pense qu'elle a voulu respecter la volonté de son mari.

La maison est entièrement vide. Il ne reste rien, hormis le lit sans matelas ni couverture. Sur les murs, il n'y a même plus un clou ou une punaise. Nous séparons le sommier métallique des montants du lit pour transporter le tout plus facilement. Je referme la porte à double tour pour éviter que des pauvres ne s'y installent.

CHAPITRE 17

Les sœurs Broons veulent participer à l'assassinat de Papa. Je comprends mieux maintenant pourquoi elles tenaient absolument à m'écarter des activités du groupe. Bien entendu, je vais prévenir mon père dès ce soir. Le connaissant, je m'attends à devoir tout lui raconter et, par là même, à reconnaître devant lui tous mes mensonges. Je n'ai pas le choix.

Au téléphone, je bredouille que j'ai besoin de le voir au plus vite. Il essaie d'en savoir davantage, je ne trouve rien d'autre à faire que de lui répéter ma demande et de lui raccrocher au nez. Cette attitude complètement inhabituelle de ma part a dû l'alarmer car il est chez nous moins d'une heure après. Il veut que nous allions dans son bureau, mais je lui explique que je préfère qu'il vienne dans ma chambre et qu'il verra bientôt pourquoi. Je le plante d'emblée devant le sinistre puzzle. J'observe sa réaction. C'est à peine s'il fronce un peu les sourcils. Nous nous asseyons côte à côte sur mon lit. Cette position me rassure. Cela me permet de m'adresser à lui sans avoir à supporter son regard. Je lui raconte absolument tout, depuis la première fois où je l'ai espionné jusqu'à l'agression que j'ai subie en compagnie de François, en passant par mes escapades dans la ville basse, ma participation au club d'échecs. Je décide même d'évoquer l'épisode des condamnés dont j'ai transmis les noms aux sœurs Broons, alors que je ne crois pas que mon action, cette fois-là, ait servi à quelque chose. Il reste silencieux durant la demi-heure où je lui déballe tous mes secrets. Quand j'arrête, je suis à bout de souffle comme après une séance d'escalade en montagne. Lui m'accorde quelques instants avant de déclarer d'une voix douce et en posant sa main sur la mienne :

– Je te remercie, Ludmilla. Je sais que cela t'a demandé un gros effort. Tu dois te sentir bien mieux maintenant. Je ne te ferai pas la morale. Même si je ne les excuse pas, je m'explique quelques-uns de tes comportements. Parmi les bêtises que tu as faites, certaines sont dues à l'ignorance dans laquelle je t'ai confinée pendant toutes ces années, d'autres à mon manque de vigilance. Nous allons prendre un nouveau départ tous les deux mais, avant cela, il faudra que tu me prouves que je peux maintenant te faire confiance. Je t'aime, ma fille.

– Mais tu ne sembles pas plus surpris que cela par mes révélations! Cela signifie que tu étais déjà au courant de l'ensemble?

– Quasiment, c'est mon métier de tout savoir et c'est mon devoir de père de te surveiller et de te protéger.

– Et cette menace de mort? C'est du sérieux?

– Oui. Ce n'est pas la première, mais cette fois-ci, grâce à toi, ce sera plus facile à déjouer.

Comme je le sens dans de bonnes dispositions, je décide de tenter le tout pour le tout:

– Et toi, de ton côté, tu pourrais me livrer tes secrets?

– Pas tous. Je n'y suis pas autorisé. Mais au moins ceux qui te concernent.

– Maintenant?

– Non. Tu réalises que l'information que tu viens de me transmettre nécessite que j'appelle mes collaborateurs et que je retourne au travail. Ne parle à personne de cette discussion, je veux dire même pas à François.

– Pourquoi?

– Je t'expliquerai plus tard, mais c'est important. Promets-le-moi.

– C'est promis.

Au lycée, je me rends compte que l'attitude de Grisella est en train de changer. Elle ne m'évite plus et répond à mes bonjours. Je n'essaie pas de précipiter les choses. J'attends qu'elle m'aborde d'elle-même. Elle renoue le contact sous forme de petits mots, ce que je trouve puéril à notre âge et surtout de la part de vieilles copines comme nous. Je ne lui en fais pas la remarque, je suis déjà bien contente qu'elle s'intéresse de nouveau à moi. Le premier message me parvient pendant un cours de mathématiques :

Je veux que nous restions amies.

Je réponds :

Moi aussi. Ce n'est pas moi qui ai rompu.

Elle, à son tour :

Je sais. Ce n'est pas ta faute. C'est même moi qui ai insisté pour que tu le rencontres. Tu n'as rien fait pour ça, mais Eugène est très attiré par toi et j'ai peur de le perdre.

Moi :

Je ne sais pas ce qu'il me trouve.

Pour la première fois, en me passant le suivant, elle me gratifie d'un large sourire :

Moi non plus.

Je ne peux m'empêcher de pouffer devant sa réplique. La mine soupçonneuse du professeur à notre égard nous invite à interrompre notre manège. L'essentiel, c'est que le contact soit rétabli. Juste après la cantine, nous poursuivons l'échange de vive voix. Elle me raconte la suite de la soirée, quand nous les avons laissés précipitamment :

— Pour Eugène, il faut toujours être direct avec les gens, même si, aux yeux des autres, ses propos ou son attitude peuvent apparaître plutôt agressifs, voire grossiers. Il n'a pas apprécié que vous décidiez de nous planter là. Eugène n'a pas l'habitude qu'on lui résiste. Ce qui l'a mis dans une rage épouvantable, c'est quand il vous a vus rire dans la rue. Il était persuadé que c'était de lui que vous vous moquiez. Il en voulait à mort à François et je suis certaine que, si je ne l'avais pas retenu, il serait descendu pour le rouer de coups.

— Et qu'a-t-il fait ensuite ?

— Il s'est enfermé dans le bureau de mon père pour téléphoner à des amis. Je l'entendais hurler, vociférer, il en était presque effrayant.

Je ne peux m'empêcher de penser que ses propos confirment les soupçons de Yolanda. Grisella remarque peut-être mon trouble. C'est vrai que je suis sans voix.

— Tu dois te demander, reprend-elle, pourquoi je reste avec lui. Mais c'est qu'avec moi il est très différent, toujours agréable et galant. Et puis il dégage une force presque animale qui m'attire autant qu'elle me fait peur. C'est difficile à expliquer. Et toi, avec ton François, c'est toujours aussi bien ? Il n'est pas venu près de toi durant la récré de ce matin, ou je me trompe ?

– Tu as raison. Je vais être franche à mon tour. En ce moment, François est moins démonstratif en public et cela me manque. Dans l'intimité, il n'a pas changé et, pour moi, c'est ce qui compte avant tout.

– Ce sont les hommes, ça, conclut Grisella. Eugène aussi me fait le coup parfois ; on dirait qu'il a un peu honte de moi ou qu'il se sent prisonnier de notre relation, qu'il regrette sa liberté d'avant.

Je me contente de lui sourire, ce qu'elle considère peut-être comme une forme d'assentiment. En réalité, je ne sais que trop ce qui perturbe en ce moment mon amoureux. Soit les sœurs Broons l'ont mis au courant du futur attentat contre mon père et il n'ose plus me regarder en face, soit on ne lui a rien dit et il sent qu'on doute de sa loyauté à cause de sa relation avec moi. Alors que c'est le garçon le plus honnête que je connaisse. Rien à voir avec son Eugène, un manipulateur sournois.

François me raccompagne comme chaque soir en me tenant la main. Il n'est pas très bavard mais saisit toutes les occasions pour me serrer contre lui. Je ne lui demande rien. Ce silence me convient car, de mon côté, je brûle d'envie de lui faire part de ma terrible découverte, mais je suis tenue par la promesse faite à mon père. En arrivant sur le pas de la porte, je lui propose d'entrer. Yolanda a fait du thé, et nous le partageons volontiers avec elle. C'est la première fois que François passe un moment en sa compagnie depuis la soirée de notre agression. La discussion revient sur cet épisode et Yolanda lance à mon ami :

— Si cela vous intéresse, je pourrais vous apprendre quelques techniques très efficaces.

— Avec plaisir, répond-il. Je me suis senti bien minable par rapport à vous.

— Et moi, ajouté-je, j'aimerais beaucoup savoir me défendre.

— Bien entendu, Ludmilla, vous serez la bienvenue. Votre père va être ravi de savoir que l'apprentissage des arts martiaux vous tente.

La vie est tout de même curieuse. Ce sont les sœurs Broons qui m'ont jeté François dans les bras, et je ne suis pas certaine que, sans elles, il se serait tourné vers moi. À ce titre, je leur dois mon bonheur présent. Mais ce sont ces mêmes personnes qui veulent tuer le seul membre de ma famille qui me reste.

Mon père a installé un fauteuil à côté du sien, sans doute pour donner à cette discussion un caractère plus détendu.

— Ludmilla, j'ai beaucoup réfléchi à la situation. Tu n'as plus l'âge d'être punie, et je ne crois pas que le fait de t'éloigner à jamais de tes mauvaises influences, par exemple en t'envoyant vivre dans une autre ville, soit suffisant. J'estime aussi que tu as une dette envers moi. Ce que je vais te proposer sera très formateur pour toi et ne changera pas radicalement ta vie quotidienne. En apparence, en tout cas, car à partir de maintenant tu travailleras aussi pour moi. Je t'ai blanchie aux yeux de tes amis activistes en inventant un passé subversif à Siremain, le pauvre a été obligé de déménager et de prendre une autre identité.

— Il n'est pas mort?

— Non. Il est très sympathique. Un jour, je te le présenterai. Ce soir-là, je l'ai trouvé bon acteur. Tu te souviens, j'avais envoyé Yolanda te réveiller «accidentellement» et nous avions attendu que tu sois en place pour commencer. Tu as vite réagi. Je n'ai pas été déçu... Enfin, c'est une façon de parler, tu t'en doutes.

Sur la dernière phrase, il a laissé transparaître un peu d'émotion. Je suis moi-même très mal à l'aise. Il marque un temps pour me permettre de digérer ses révélations puis reprend sur un ton redevenu ferme:

— D'ici à quelques semaines, tu vas réintégrer le groupe grâce à des informations émanant de mes services mais que tu découvriras prétendument à mon insu. Tu vas vite leur devenir indispensable et tu intégreras le premier cercle, celui par lequel passent toutes les informations.

Tu me les rapporteras et je les utiliserai en prenant soin de ne pas te «griller».

Je commence à percevoir le rôle qu'il veut m'assigner. Je deviendrai sa marionnette, je ne pourrai pas nouer d'amitié sincère avec les autres, je ne vivrai que dans le mensonge. Je suis accablée. C'est ça, un père compatissant? C'était son plan depuis le début et il n'attendait qu'une occasion pour me mettre son marché en main.

– Ce service que je te demande ne sera que provisoire, disons deux ans, ce qui n'est rien par rapport à une condamnation pour trahison et association de malfaiteurs à visée terroriste. Tu vas pouvoir conserver ton petit ami, qui est un bon gars, et je t'autorise à me demander à l'occasion des services pour des proches. Je ne crois pas que ce que je te propose soit malhonnête. Qu'en penses-tu?

– Je suis d'accord.

Dix jours viennent de s'écouler depuis cette discussion et je n'ai pas encore été sollicitée par mon père. Je redoute chaque soir que Yolanda ne m'annonce qu'il passe pour la soirée. Je me console dans les bras de mon amoureux. À la réflexion, deux ans de mise à l'épreuve, cela aurait pu être pire. Je comprends que ma gouvernante a été mise dans le secret car, plusieurs fois par semaine, elle m'entraîne à courir, à faire des assouplissements et à singer dans le vide des coups de pied et des coups de poing. L'entraînement d'agent double a commencé.

CHAPITRE 18

Un bruit tout proche me fait sursauter. On tape doucement sur mes vitres. J'allume la lampe et je découvre collé contre ma fenêtre un homme qui me regarde. J'ai la respiration bloquée quelques instants avant de reconnaître Julen qui essaie de me sourire. Ses pieds reposent sur une étroite corniche, à cinq ou six mètres de hauteur. J'ouvre doucement, et il se laisse tomber sur le sol, les jambes tremblantes.

– J'ai cru que tu n'allais jamais te réveiller. Lucen a réussi à s'échapper cette nuit et il sera à l'endroit où je dois te conduire dans quelques heures. Tu dois partir tout de suite. Prépare tes bagages. Emporte de l'argent si tu en as... Moi, je m'occupe de récupérer de la nourriture.

Je suis tout excitée et ne sais plus où donner de la tête. Je découvre que mes trois derniers écus d'or ont disparu. Je suspecte Dimitr d'avoir profité d'un de mes moments de sommeil pour fouiller l'appartement. Je n'ai donc pour toute fortune que le médaillon que m'a offert Lucen, cousu dans la doublure de ma veste. C'est Ludmilla qui le lui a donné quand il l'a aidée à retrouver la trace de sa gouvernante. Le moment de m'en servir est peut-être arrivé. Julen m'encorde avec Igo et il nous fait descendre le long de la façade. Il n'y a pas beaucoup de hauteur et je n'ai pas le temps d'avoir peur. Mon guide m'entraîne vers le bas de la ville. Je n'avais pas marché autant depuis mon arrivée chez Dimitr et mes jambes me font un peu souffrir. Soudain, Julen me saisit par le bras et me tire vers lui :

– Nous sommes suivis par deux personnes. Je vais essayer de les retarder un peu. Toi, tu fonces sans te retourner en 600.199 et tu demandes Ernet, c'est mon frère.

– Qu'est-ce que tu vas faire ? Tu n'es pas en état de te battre...

– Firmie, je t'en prie, fais ce que je te demande et ne t'occupe pas de moi.

Je me faufile entre les gens. Igo dort à moitié. J'arrive à l'endroit indiqué, où le frère de Julen m'attend. Il m'entraîne dans un dédale de petits passages, jusqu'à un escalier qui conduit à une porte métallique. Il m'ouvre et me confie la clef:

– Enferme-toi. Le mieux, ce serait que tu ne sortes pas avant le retour de mon frère ou de ton compagnon. Comment s'appelle le bébé?

– C'est Igo.

La pièce est minuscule, un matelas au sol occupe presque toute la place. Il y a un point d'eau et des toilettes. Je m'allonge et détache Igo pour lui donner le sein. Ce matin, il s'énerve à téter un lait qui semble ne pas le rassasier. Il s'écarte parfois pour m'envoyer des regards désespérés, avant de s'y remettre en chouinant. Il finit par s'endormir, épuisé. Mon lait ne vaut plus rien car je ne m'alimente pratiquement plus depuis des jours. Je me sens faible et me couche près de lui. C'est la faim qui me réveille bientôt. Maintenant que je suis libérée de la prison de Dimitr, mon corps a de nouveau envie de vivre. Il faut que je mange au plus vite, pour moi, mais surtout pour le petit. Ici, il n'y a rien. Julen, qui transportait les provisions, n'est pas revenu. Je bois un peu au robinet. Je ne peux plus attendre, je dois être revenue avant qu'Igo ne se réveille. Je connais le quartier et je sais où je pourrai échanger le médaillon contre de l'argent. Je n'en aurai pas pour longtemps. Je laisse la clef à Ernet en passant et je remonte en direction de 701.23, le paradis des receleurs. J'entre chez le premier qui se présente. L'homme emporte mon bijou pour le faire évaluer par son expert dans l'arrière-boutique. Je m'impatiente. Je pense à mon bébé qui s'est peut-être réveillé. Le gars revient enfin avec une petite liasse de billets. Je ne marchande pas et me dirige vers la sortie. Là, deux policiers m'attendent.

– Le bijou que vous venez de vendre a été dérobé lors d'un cambriolage dans la ville haute il y a plus d'un an. Nous vous arrêtons pour vol et recel. Suivez-nous.

– Alors, Firmie, demande Grégire, tu es venue nous faire un petit coucou ? C'est gentil, ça. On s'est un peu ennuyés sans toi et ton terroriste de mari. Tu ne dis pas bonjour ? Tu as décidé d'être malpolie avec nous, alors ? Ce n'est pas bien.

Je croise le regard de Gerges qui passe en coup de vent chuchoter quelques mots à l'oreille de son père. Il semble amusé par le spectacle. Je n'ai aucune bienveillance à attendre de sa part.

– Tu sais, reprend son père, que Lucen est en cavale ? Vous aviez peut-être prévu de réunir la petite famille... C'est dommage, on aurait voulu être là aussi pour fêter ça et... envoyer ce salaud se balancer au bout d'une corde. Tu sais que tu as de la chance d'avoir été arrêtée par la police et pas par la milice ? Les gars là-bas sont moins contraints par les lois et les règlements. Du coup, ils sont beaucoup plus imaginatifs quand il s'agit d'obtenir des renseignements. Et puis, surtout, on doit te livrer en bon état à la police de là-haut dans la journée et donc il ne faut pas que tu sois trop abîmée. Mais ne te réjouis pas trop vite, on a bien l'intention de te récupérer après.

Comme pris d'une soudaine inspiration, il se lève et passe derrière moi pour manipuler mes menottes. En fait, il les règle plus serrées pour que le métal entaille la chair. Je grimace de douleur mais ne lui donne pas la satisfaction de m'entendre me plaindre. Il retrouve sa place pour finir son discours :

– On va bientôt mettre la main sur Lucen parce qu'on a bouclé tout le quartier où on t'a capturée. Quand il mettra le premier orteil dehors, on lui tombera dessus. Mais je te promets de te tenir au courant, peut-être même de t'avoir une place pour son exécution... Si c'est pas de la gentillesse, ça !

Maintenant qu'il a bien craché sa haine, il m'abandonne dans un petit bureau vide. Dès que je suis seule, je pense à mon fils et à son père, et je ne peux retenir mes larmes. Pourvu qu'il n'arrive rien à Lucen et qu'il soit au plus vite auprès d'Igo. Mon bébé doit être réveillé maintenant. Y a-t-il quelqu'un qui prend soin de lui ?

Personne ne s'occupe de moi pendant plus d'une heure. L'angoisse monte petit à petit. J'essaie de me raisonner. Je dois croire que ce cauchemar va bientôt s'arrêter, que je vais m'en sortir vivante.

La porte s'ouvre, mais ce n'est pas un policier qui pénètre dans la pièce, c'est Dimitr. Il referme derrière lui.

– Bonjour, Firmie. Je viens d'acheter cinq minutes avec toi pour une somme rondelette. Alors, on ne va pas perdre de temps. Tu vas me rendre ce qui m'appartient.

Comme je baisse la tête et ne desserre pas les dents, il s'approche et me gifle violemment. Je ne peux pas me protéger car je suis accrochée à la chaise. Je saigne abondamment du nez. Je sens un liquide chaud glisser sur mes lèvres et mon menton. Je me redresse et déclare :

– Mon père m'a entraînée à ce jeu depuis l'enfance. Tu perds ton temps à me cogner. J'ai appris à ne jamais céder.

J'ai quand même le droit à une deuxième gifle. Dimitr s'approche de moi. Il essuie, d'un air dégoûté, sa main tachée de mon sang sur mon chemisier. Il relève mes cheveux pour me parler à l'oreille :

– Tu dois comprendre que tu ne récupéreras jamais Malcolm. Ton Lucen est traqué par la milice, la police et les chiens de chasse de Rihard, le maître du pénitencier de la forêt pourrissante. Tous ont le droit de tirer à vue sur lui, tu ne voudrais quand même pas que le petit se prenne une balle ? Tu n'es pas bête, Firmie. Fais en sorte que je les retrouve avant les autres. Fais-le pour le petit.

Il me souffle son haleine alcoolisée dans les narines. Il semble à court d'arguments et se tient figé, les yeux baissés, durant un long moment.

– Si tu me dis où il est, déclare-t-il finalement d'une voix assourdie, je jure sur mes enfants de te faire sortir de prison avant ce soir. Je trouverai sans problème un gars pour affirmer que tu lui as acheté le bijou en toute bonne foi.

Comme je ne réponds pas, il tire mes cheveux en arrière et reprend, menaçant :

– Si tu ne cèdes pas, je te garantis que tu ne retrouveras jamais la liberté et que tu n'auras jamais l'occasion de faire un autre petit. Tu sais qu'il peut t'arriver des tas de mésaventures en prison.

Au fond, j'ignore si j'ai tort, mais je ne vais pas céder. Mon obstination va peut-être coûter la vie aux deux êtres qui comptent le plus pour moi. Ce n'est pas raisonnable, pourtant je veux croire qu'ils peuvent s'en sortir ensemble, qu'un jour je les rejoindrai et qu'on vivra heureux tous les trois. Dimitr l'a compris car il s'est levé et a repoussé ma tête en avant avec force pour m'assommer contre la table. Dans un mouvement instinctif, je tords mon cou et évite le choc. Je me redresse et m'aperçois que Grégire est entré pour assister à la scène.

– Dimitr, ça suffit! Tu en as eu pour ton fric. Fous le camp maintenant. Tu as vu dans quel état tu l'as mise? J'attends d'une minute à l'autre son transfert pour un commissariat de la ville haute. Que vont-ils s'imaginer, les gars? Qu'on maltraite nos prisonniers? Gerges, va appeler Mud, qu'elle nous la rende présentable.

Dimitr me fixe un moment avant de quitter la pièce. Je lis sur son visage toute la haine qu'il éprouve pour moi. Je sais que, tant qu'il sera vivant, il n'aura de cesse qu'il ne se soit vengé.

CHAPITRE
19

Le moment est arrivé de partir. J'ai fait mes adieux aux gars, à Dlan qui en a encore pour six mois et à Hans qui sort bientôt, à Cril aussi qui s'est endurci et survivra, j'en suis sûr, à sa condamnation. Le vieux m'a dit que je réalisais le rêve de sa fin de vie et qu'il pourrait mourir tranquille. Il m'a avoué qu'il avait arrêté de prendre ce qu'il nomme « mes pilules magiques » depuis la veille. Il fera don de son stock aux nouveaux arrivants pour qu'ils survivent aux premiers jours. Il m'en offre aussi une poignée pour le bébé, à faire prendre à la mère pour enrichir son lait ou à faire fondre dans de l'eau.

Je suis des sentiers à l'écart des campements. Je m'accroupis souvent et j'attends de longues minutes, les oreilles aux aguets. Je retrouve miraculeusement l'entrée du repaire de Rihard alors que je me croyais perdu. Je me faufile à l'intérieur. Tout est étrangement calme et désert. En tendant l'oreille, je perçois des ronflements lointains. Des frissons de peur me parcourent l'échine. J'enfile difficilement la combinaison étanche et le masque à gaz. J'en fourre une autre en tissu dans un sac en prévision de la sortie. Je ressors du souterrain en prenant mille précautions. Je circule ensuite à la vue de tous comme un gars partant en permission, qui a hâte d'aller s'amuser. Je ne réponds aux appels des gars de service que par leur habituel signe de la main. Je me change dans le vestiaire. Le planton est surpris par la somme d'argent que je lui tends, mais se garde bien de me le dire.

– Tu dois être nouveau, toi, déclare-t-il. Je ne te connais pas.

Je lui donne le nom d'une jeune recrue que Hans a croisée ce matin à l'entrée du silo.

– C'est ma première perm'. Depuis le début, je suis affecté au mirador de la frontière sud. C'est mortel comme endroit, on ne croise jamais personne.

– T'es pas bien gros!

– Je ne l'ai jamais été et c'est pas ici que ça va s'arranger, la nourriture est dégueulasse.

– Avec ta première paye, tu pourras bientôt t'acheter un peu de bouffe en douce.

Il m'ouvre la grille en me gratifiant d'un large sourire.

Bien avant d'arriver à la cabane, j'aperçois sur la gauche des signaux lumineux. Je coupe à travers les sous-bois au sol gorgé d'eau. Pul m'attend, adossé à une voiture. Deux gros réservoirs de gaz sont fixés sur le toit. Je me glisse à l'arrière et il me dissimule sous une couverture. Mon copain roule doucement. Nous sommes très secoués. Au moment où le revêtement change, il appuie sur l'accélérateur. Je n'ai pas trop la notion du temps et, quand il stoppe, je me fige de terreur, croyant à un contrôle policier.

— Nous sommes arrivés. Je vais te laisser là. Je dois te remettre cette bourse d'argent de la part du vieux. Tu es devant l'entrée sud du cimetière. On se dit adieu ici. Je n'ai pas voulu savoir l'adresse, au cas où on m'interrogerait. Julen m'a dit que ta femme était magnifique et aussi gentille que toi. Sois prudent. Reste en vie.

— C'est promis. Merci.

Je marche vite, en respirant avec bonheur l'odeur de mauvais charbon qui caractérise la ville basse. Je n'arrive pas à réaliser que je vais bientôt serrer Firmie dans mes bras et découvrir notre bébé. Je suis sur place. Un homme m'attrape fermement par la manche et m'attire dans une courette. Je distingue un peu son visage. Il ressemble à Julen avant son infection.

– Je suis Ernet, son frère. Suis-moi.

Tout en m'entraînant dans une succession de couloirs, il m'explique :

– Ta femme est sortie chercher à manger. Le petit dort dans la chambre.

– Tu sais comment il s'appelle ?

– Igo.

– Igo, mon fils Igo.

Il m'ouvre la porte et allume une bougie. Je vois le bébé qui s'agite en dormant. Je m'approche et embrasse doucement sa joue. Il sent si bon, il est si beau !

Igo dort. Je suis couché près de lui et contemple les moindres détails de son visage, l'implantation de ses cheveux, le dessin de ses petites oreilles. Plus d'une heure passe et l'angoisse monte en moi de ne pas voir apparaître Firmie. Que fait-elle ? Qu'a-t-il pu lui arriver ? Je n'ose pas laisser l'enfant ni le réveiller pour aller aux nouvelles. J'attends encore plus d'une demi-heure avant de me décider à sortir à la recherche d'Ernet. Je le croise dans le couloir. Je ne distingue pas son visage, mais je pressens qu'il est porteur de mauvaises nouvelles.

– Ils ont eu Julen, des gars à la solde de Dimitr. J'ai besoin de toi pour aller récupérer le corps. Ma sœur

Auélie va venir garder ton bébé. Les salauds ! hurle-t-il. Julen était si bon !

– Je le sais. C'était mon ami.

– Il t'aimait beaucoup, tu sais, il répétait que tu faisais partie des cinq personnes pour qui il était prêt à se sacrifier. Il était comme ça, mon frère.

Il s'effondre dans mes bras, en pleurs. Je n'ose lui parler de Firmie que je sens en danger. Une jeune fille nous bouscule gentiment pour passer et se dirige vers la chambre. Ernet se détache de moi et nous partons dans les rues en direction des quartiers de la frontière. Je le suis de près car nous n'avons aucun éclairage. C'est dans une impasse, derrière des poubelles, que nous trouvons le corps de Julen, recouvert d'une couverture sale et trouée. Quelques personnes sont accroupies près de lui. Ernet lui caresse un instant le visage, puis entoure de ses bras le torse de son frère. J'attrape ses jambes au niveau des mollets. Nous commençons notre progression. Quelqu'un marche derrière nous. Au son des pas, je pense que c'est une femme. J'en ai la confirmation à un croisement, quand elle est soudain éclairée par le faisceau de la torche d'un brouetteur. Elle est relativement jeune et porte un enfant sur son dos. Elle a rabattu un foulard sur son visage. Ernet, tout à son chagrin, n'a rien remarqué. Je l'appelle et lui propose de prendre un court repos car je suis épuisé. Nous disposons délicatement

Julen sur le trottoir. Je colle ma bouche à l'oreille de mon compagnon pour lui murmurer :

– Une femme nous suit. Je vais voir qui c'est. Il ne faudrait pas qu'elle sache où je vais.

Il opine du chef, mais je ne suis pas persuadé qu'il ait compris ce que je viens de lui dire. La fille s'est arrêtée. Elle m'attend. C'est Sionne.

– Qu'est-ce que tu fais dans ce quartier ? Pourquoi me suis-tu ?

– Il faut que je te parle au sujet de Firmie...

– Tu sais quelque chose ? Dis-moi ! Je l'attends depuis une éternité !

– Comment ça ? Elle a réussi à quitter l'appartement de Dimitr ?

– Oui, bien sûr. Alors, Sionne, à la fin, qu'est-ce que tu veux me dire !?

– Rien, je suis contente.

Pendant quelques secondes, j'ai cru que tout allait s'arranger. Mais je n'ai pas l'impression d'avoir face à moi la Sionne que je connais depuis l'enfance. Elle semble perdue, cassée. Je me redresse et lui tourne le dos pour remonter vers Ernet.

– Lucen, chuchote-t-elle bizarrement, passe me voir un peu plus tard, disons dans deux heures, je peux t'aider à la retrouver. Je connais des gens qui savent tout, tu m'entends ? Tout.

Je ne sais pas si cela sera utile. Elle n'est pas dans son état normal. Elle me fait penser aux gamins perdus du port qui se détruisent le cerveau en inhalant des solvants. Sionne n'avait pas leur odeur mais la même voix traînante pour s'exprimer.

Nous souffrons beaucoup sur le parcours car le sol criblé de trous nous fait perdre l'équilibre à plusieurs reprises. Pour m'encourager dans l'effort, je me répète sans cesse la même phrase : « Elle sera là quand tu arriveras, elle sera là quand tu arriveras... » Cela me donne la force d'avancer jusqu'au domicile d'Ernet. Après avoir hissé le corps sur un lit, nous nous laissons tomber sur le plancher, les bras en croix. Nous soufflons fort durant quelques minutes. Je me lève pour aller retrouver mon enfant. Chaque pas que je fais me rapproche peut-être du bonheur. J'entre. Elle n'est pas là. Auélie perçoit ma déception et déclare :

— Désolée, ce n'est que moi. Lucen, ton fils a très faim. J'ai réussi à le rendormir mais, au réveil, il faut absolument qu'il mange.

— Firmie ne devrait pas tarder. Enfin, j'espère.

— Si sa mère ne revient pas tout de suite, tu vas avoir besoin de lait pour le nourrir. J'ai une copine qui fait ça après l'école. Ses parents ont vendu son bébé, il y a trois mois, et l'exploitent en tant que laitière.

Ça l'arrangerait si tu pouvais la payer directement, elle essaie de mettre de l'argent de côté pour s'enfuir. Je peux aller la chercher.

– Je te fais confiance. Vas-y tout de suite.

Les filles arrivent juste au moment où mon fils se réveille en pleurant. La jeune professionnelle soulève son tee-shirt et plaque les lèvres d'Igo sur son sein droit. Il n'hésite pas plus de deux secondes avant d'avaler le téton qu'on lui présente.

– Tu as très faim, mon grand, lui chuchote-t-elle à l'oreille.

Igo a les yeux fermés et semble très concentré. Elle le change de sein après cinq minutes. Il est enfin rassasié et apaisé. La laitière me le tend. Il est tout léger et s'accroche à mes vêtements. Je la paye et demande à Auélie :

– Je vais avoir besoin de sortir dans une heure, tu pourrais me le garder ?

– Bien sûr, mais ce n'est pas gratuit.

Nous sommes seuls. Igo tourne sa tête. C'est la première fois qu'il pose un regard sur moi. Il touche ma barbe naissante avec sérieux. Je l'embrasse sur le front. Je lui parle sans m'arrêter pendant plus d'une demi-heure. Je veux qu'il sache tout de moi, de l'amour fou que je ressens pour sa mère, de la vie heureuse que nous aurons plus tard, car les choses finiront par s'arranger. Je lui raconte mon passé, ma sœur, mes parents que je ne reverrai peut-être jamais, le métier que j'ai appris, mes copains d'autrefois. Je veux qu'il apprenne quel enfant j'étais, comment j'ai rencontré Firmie, nos rêves de grands espaces entrevus dans les films d'avant. Je ne crois pas qu'il puisse comprendre, mais j'ai le sentiment qu'il m'écoute. Quand je le serre dans mes bras, il pose doucement sa tête au creux de mon cou. Il se tient assis si je maintiens son dos. Il se déplace un peu sur trois pattes en traînant sa jambe gauche. Il me sourit. J'ai rarement ressenti une telle émotion. Il ne manque que Firmie pour que mon bonheur soit complet.

Auélie revient et je quitte notre cachette.

Je ne sais pas où aller ni surtout comment faire pour retrouver Firmie. Mes pas me portent naturellement vers mon quartier. Je me ravise à temps, cela pourrait s'avérer dangereux puisque je suis recherché. Je suis persuadé que la milice aura placé quelqu'un près de la maison de mes parents. Celle qui pourrait vraiment m'aider, c'est ma sœur. Son caractère jovial et son empathie naturelle lui attirent de nombreux amis. Grâce à cela, elle connaît plein de gens, et, avec un peu de chance, certains d'entre eux pourraient me renseigner sur ce qui est arrivé à Firmie. Et puis, j'aimerais beaucoup serrer Katine dans mes bras car nous étions si proches avant mon exil et surtout avant que mes parents ne rejettent ma fiancée. Je ne suis même pas certain qu'elle sache que je suis encore en vie, que notre enfant est né et qu'il est magnifique. Où pourrais-je la trouver sans m'approcher de chez nous? Elle a dû bien changer en un an. Peut-être a-t-elle entrepris des tests de fertilité... J'irais bien voir Snia mais sa proximité avec Gerges rendrait la rencontre risquée. Je descends vers le port tout en contournant mon ancien quartier pour rejoindre la piaule de Syvain, le maître des rats. Je frappe à sa porte et un enfant crasseux vient m'ouvrir, vite suivi de sa mère aux yeux presque fermés par du pus. Elle m'indique le nouveau domicile de mon ami après m'avoir fait comprendre que le renseignement méritait quelques pièces. Je vois que les affaires marchent bien pour Syvain puisqu'il a gagné près de trois cents mètres. Ces rues de riches renvoient beaucoup de lumière car la majorité des passants sont en mode éclairage. Il m'est plus difficile de ne pas me faire voir.

Heureusement, il est chez lui. Il met plusieurs secondes à admettre que c'est bien moi.

– Tu as la tête d'un mec qui revient de loin! déclare-t-il en me serrant dans ses bras.

– Tu n'as pas tort.

– Il faut le dire à Katine. Quel choc pour elle, elle va être si heureuse!

– Tu connais ma sœur, toi?

– Oui, grâce à toi, d'ailleurs. Quand j'ai appris dans les journaux ce qui t'était arrivé, je suis passé voir tes parents pour leur donner un peu de fric que je te devais.

– Tu me devais de l'argent?

– En une nuit, sur un bateau au large, un de nos rats est devenu une véritable vedette dans des combats un contre un, et un poivrot m'en a proposé une fortune. Je voulais que tu aies ta part. Tout ça pour t'expliquer qu'à cette occasion j'ai fait la connaissance de ta sœur. Quelques mois plus tard, je l'ai croisée en ville. Elle semblait complètement désespérée. La pauvre, son monde s'est écroulé avec ton départ.

– Elle a dû m'en vouloir terriblement.

– Même pas. Elle te place toujours au-dessus de tous les hommes sur la terre. C'est vrai que, dans un premier temps, tes parents ont vu leurs affaires péricliter parce qu'ils étaient devenus des «parents de terroriste». Grégire a joué un grand rôle dans cette entreprise de dénigrement. Il a dissuadé des clients de 700 de s'adresser à ton père et a empêché les fouineurs de le ravitailler. Ton père en est venu à fouiller les poubelles lui-même. Ta mère ne quittait plus la maison et était presque complètement muette. Ta sœur s'est fait jeter par la famille de son prétendant. Enfin, ça va mieux maintenant. Les mains en or de ton père en font un rafistoleur irremplaçable et, après quelques mois, des gros clients sont revenus mais de manière discrète, tout comme certains fouineurs. L'état de ta mère en revanche n'a pas beaucoup évolué. Tout ça pour t'expliquer que je suis engagé avec ta sœur depuis cent sept jours. Pour la première fois de ma vie, j'éprouve des sentiments pour quelqu'un et c'est réciproque. Je ne suis plus seul et c'est un bonheur immense. Et toi, on t'a gracié?

J'essaie en quelques minutes de lui raconter ce que j'ai traversé et de lui expliquer la situation dans laquelle je me trouve.

– Attends ici et ne réponds pas si quelqu'un frappe. Ta sœur a une clef. Moi je vais voir si je peux trouver des renseignements sur ta femme.

Je ramasse un morceau de papier d'emballage qui traîne sur le sol et je décide de m'en servir pour écrire à mes parents, que je suis pratiquement certain de ne plus jamais revoir. Je veux leur dire que je les aime et que je sais qu'ils ont toujours cherché à faire ce qu'ils croyaient bon pour moi, même s'ils se sont trompés.

Ma sœur arrive tout essoufflée. Elle me prend dans ses bras pendant de longues minutes sans prononcer un mot. Je devine qu'elle pleure et je me surprends à en faire autant. Nous nous regardons. Elle parcourt mon visage avec ses mains comme pour s'assurer que c'est bien moi. Je la trouve de plus en plus belle. Elle a fait un très bon choix en s'engageant avec Syvain. C'est un gars débrouillard et honnête, qui a appris à éviter les ennuis, et cela me rassure quant à son avenir. Je lui fais part de mes projets d'exil sur un isola où je pourrai mettre à l'abri ma petite famille. Nous parlons sans nous arrêter une seule seconde jusqu'au retour de son amoureux.

– Firmie, déclare ce dernier, a été arrêtée tôt ce matin pour recel en essayant de vendre un médaillon. Elle a fait un tour par le poste de police d'ici puis a été transférée dans un commissariat de la ville haute pour être entendue, car le bijou ferait partie du butin d'un cambriolage qui a eu lieu là-haut il y a plus d'un an.

– Je crois que je commence à comprendre, dis-je. Il faut que je récupère Igo et que je gagne au plus vite la ville haute. Je sais qui peut arranger ça.

– À cette heure-là, s'inquiète ma sœur, ce n'est pas prudent de circuler dans les rues. Les premiers barrages sont déjà installés et ils doivent tous être à ta recherche.

– On va prendre par les égouts, annonce Syvain, à part nos petits amis rongeurs, on ne fera pas de mauvaises rencontres. Tu nous présenteras notre neveu et ensuite je te mettrai sur le chemin pour gagner la frontière.

Un sentiment d'urgence m'envahit peu à peu. J'en viens à avoir peur que les autres n'aient déjà trouvé ma chambre et qu'ils ne m'aient pris mon fils. Nous marchons vite et parlons peu. J'apprends tout de même que Smon, le cousin de Snia, a été égorgé dans les égouts, un règlement de comptes entre furtifs, d'après Syvain. Quand j'évoque Sionne devant ma sœur, je la sens troublée et hésitante :

– Elle a beaucoup souffert quand Maurce s'est enfui vers une autre ville. Le bruit a couru qu'il avait trahi les gars de son réseau et que sa tête était mise à prix. Je ne veux pas avoir l'air de la juger trop vite, mais on a tous remarqué que la situation financière de Sionne s'est bien améliorée au fil de ses nombreux passages dans les locaux de la milice. Dans le quartier, tout le monde en a déduit...

– ... qu'elle balançait pour eux, c'est ça ? Mais qu'est-ce qu'elle a pu leur vendre si son mari a disparu ?

Je réponds dans ma tête à la question : des renseignements sur Firmie.

– À mon départ, elle était enceinte, dis-je seulement.

– Oui, elle a une fille. Elle est paraît-il toujours malade, et Sionne la sort très peu.

Il est presque minuit. Igo ne dort pas mais il semble avoir compris qu'il ne faut pas faire de bruit. Je lui chuchote des histoires et des comptines durant notre ascension. Je fais de nombreuses pauses pour guetter d'éventuels poursuivants. J'ai cru un instant déceler des présences, mais depuis un long moment je ne perçois plus rien. Je retrouve l'endroit du grillage où l'on peut se faufiler et me mets à courir une fois de l'autre côté. Les distances me paraissent étrangement courtes cette nuit. Parvenu devant la maison de Ludmilla, je ramasse quelques graviers et les jette contre ses fenêtres, puis je me place bien en évidence sous un réverbère pour qu'elle me reconnaisse. Sa porte d'entrée s'ouvre brutalement et une silhouette qui n'est pas celle de Ludmilla fonce sur nous. La lumière du réverbère fait soudain briller la lame d'un couteau plaqué le long de sa jambe.

CHAPITRE
20

F irmie est dans nos locaux. C'est un petit miracle car elle a bien failli nous échapper. Nous avions prévu avec Dimitr d'en prendre livraison dans la matinée. Mais, avec la complicité d'une sorte de clochard à la peau vérolée, elle a réussi à s'enfuir juste avant. Elle fréquente vraiment la lie de la société, la pauvre. Les sbires de Dimitr les ont pris en chasse, et la bête boutonneuse s'est sacrifiée pour couvrir la fuite de la belle. Nous n'avons pas encore localisé où elle cache son marmot, mais c'est pour bientôt. Nous, la seule chose qui nous intéresse, c'est Lucen que, cette fois-ci, on flinguera directement quand on mettra la main dessus. Mon père n'a plus confiance dans la justice d'ici.

Sionne demande à voir Clude et je sais pourquoi. Il lui a promis un deuxième versement quand Firmie serait arrêtée. Mais mon collègue est en mission et c'est moi qui le remplace. Je la laisse entrer. Elle ne s'attendait pas à se retrouver face à moi et hésite à s'asseoir.

– C'est Clude que je voudrais... s'il n'est pas là... Je peux revenir demain.

– Je suis au courant de votre marché. Tu es venue pour ton enveloppe, c'est ça?

J'ouvre le tiroir, je saisis son fric et le balance sur la table. Elle le fourre dans son sac sans vérifier la somme mais ne quitte pas son siège. Elle n'ose lever les yeux vers moi quand elle déclare à mi-voix:

– J'ai autre chose... si tu veux.

– Quoi exactement?

– Lucen.

– Tu sais où il est?

Elle ne répond pas. Elle attend que je lui fasse une offre. Je sais qu'elle a de plus en plus besoin d'argent et qu'elle saisit toutes les occasions d'en récupérer davantage. Elle ne le dépense pas seulement en médicaments pour sa fille, elle prend aussi des pilules pour calmer ses angoisses. Elle est camée la moitié du temps. Je me lève pour aller voir mon père qui cuisine Firmie. Elle n'a pas changé, toujours aussi jolie et toujours aussi butée. Il n'en tirera rien. Je glisse à mon père ma nouvelle info.

Il me demande d'attendre cinq minutes. Il veut mener lui-même la négociation. En repassant dans le couloir, j'aperçois Dimitr qui discute avec le planton. Je vais à sa rencontre. Je sais qu'il est venu solliciter une faveur et je préfère que ce soit mon père et moi qui bénéficiions de ses largesses. Le commissaire touche suffisamment de pots-de-vin chaque semaine, il n'a pas besoin de ça.

– Alors, vous l'avez ? Elle a son paquet avec elle ?

– Non. Mon père l'interroge pour savoir.

– Il n'est pas bien placé pour lui servir les bons arguments. Moi, j'en tirerai davantage, si vous me laissez avec elle un quart d'heure. Et si son mec est sur place, mes gars vous l'attraperont et vous le ramèneront gratuitement. C'est bien lui que vous voulez ?

Mon père claque la porte de son bureau. Il est passablement énervé. À la vue du furtif, il retrouve le sourire. Il sait que la journée sera bonne au moins financièrement.

– Cinq minutes, commence mon père sans même le saluer, et tu ne l'abîmes pas trop. Je dois la refiler à d'autres services après.

– Merci, Grégire, je te revaudrai ça.

Mon père barre l'entrée du bureau. Il ajoute d'une voix affable :

– Il t'en coûtera un écu d'or, payable d'avance.

L'autre souffle bruyamment puis fouille nerveusement ses poches et lance à mon père une belle pièce dorée.

Visiblement, il ne craint pas les pickpockets de la ville basse, sûrement parce qu'il est leur premier employeur.

Sionne raconte comment elle a surpris Lucen en train de déménager un cadavre vers 680. Mon père s'en veut qu'on n'ait pas envoyé quelqu'un pour surveiller le corps du clochard et chercher à l'identifier. Il étale quelques pièces sur le bureau et les pousse devant elle. Elle garde son air absent. Il fouille dans un placard et en ajoute d'autres. Elle tend les mains pour les récupérer. Mon père arrête son geste d'une poigne ferme. Elle reprend :

– Je lui ai promis de lui donner des renseignements sur Firmie et lui ai fixé rendez-vous chez nous dans une heure.

– Pourquoi irait-il ? Comment pourrait-il être sûr que tu vas l'aider ? Tu t'es vue, Sionne, tu ressembles à une pauvre droguée.

– Il viendra, assure-t-elle d'une voix soudain plus affirmée. Il me l'a promis.

Elle se dégage de l'emprise de mon père et pousse le reste de l'argent dans son sac. Elle se lève et sort sans plus rien ajouter.

Mon père semble dubitatif. Il finit par me déclarer :

– Préparez tout de suite une souricière autour du domicile de Sionne avec des miliciens. C'est vrai que Lucen ne se risquera pas à approcher de chez lui et qu'il ne connaît plus grand monde dans la ville basse. Toi, va rendre visite à sa famille et vois s'ils sont au courant de sa présence dans les alentours.

Mon père retourne auprès de Firmie tandis que je décroche le téléphone pour avertir les gars. Je l'entends s'énerver, alors je repose le combiné et je sors dans le couloir pour comprendre ce qui se passe. Dimitr n'a pas pu se retenir, et je dois envoyer Mud afin qu'elle soigne Firmie. Elle en profitera aussi pour jouer la gentille et tenter de lui extorquer quelques confidences. Elle a l'habitude, c'est son rôle ici.

Je quitte le poste de police pour rejoindre les locaux de la milice. J'y recrute François et Marcl, et leur explique le rendez-vous chez Sionne.

— Tu dis qu'on pourra tirer à vue? demande Marcl, visiblement enthousiaste.

— Si t'es sûr qu'il va nous échapper, tempère François, sinon ce serait bon de le serrer et de laisser Grégire assouvir personnellement sa vengeance.

— Oui, ce serait l'idéal, convient l'autre.

Je frappe doucement à la porte de chez Sionne pour ne pas réveiller sa fille, qui est couchée toute la journée. Elle entrouvre le battant, méfiante.

— Laisse-nous entrer. Il faut qu'on voie les lieux pour s'organiser.

L'odeur à l'intérieur est suffocante, et aucun de nous ne songe à refermer la porte derrière lui. L'âcre puanteur des fumées de la ville basse ressemble à du parfum en comparaison.

— Il y a un rat crevé quelque part, ce n'est pas possible, me chuchote Marcl.

— Tais-toi. Reste à l'entrée et surveille au cas où notre copain aurait un peu d'avance.

J'allume ma torche et la balade sur les murs et les quelques meubles pour visualiser l'endroit. Dans le petit lit, l'enfant dort la bouche ouverte. Elle est extrêmement maigre et a le teint cireux. Les draps sont tachés d'une couleur brunâtre, sans doute du sang séché. Je remarque que, à la différence de ses deux parents, la gamine a des cheveux très clairs, presque blancs.

— Ça y est, ça vous suffit? s'énerve Sionne. J'aimerais bien que la petite puisse dormir tranquille.

— On a fini, on sort.

Nous nous écartons pour faire le point avec Marcl.

— La gosse est dans un état épouvantable, quasi mourante. Il faudrait d'urgence lui envoyer un médecin.

— Après avoir serré Lucen, objecte Marcl. C'est la priorité.

— Tu as raison. Alors, je résume : il n'y a qu'une entrée, et la fenêtre donne du même côté. S'il rentre, il est cuit.

Deux hommes bien placés dans les recoins, ça peut suffire.

– Je t'ai vu fixer longuement la petite, souligne Clude. Il y a quelque chose qui te pose problème?

– Oui, enfin, je ne sais pas, leur gosse ne leur ressemble pas du tout et elle me rappelle quelqu'un dont je n'arrive pas à me souvenir. J'y réfléchirai plus tard. Là, je vous laisse vous organiser, je vais fureter du côté des parents de Lucen, ordre de mon père. Je passerai vous voir après.

Plus d'un an que je ne me suis pas approché de cette maison. C'est Katine qui me fait entrer. La sœur de Lucen m'observe sans desserrer les dents. Sa mère me reconnaît puis me tourne le dos. C'est pourtant elle qui rompt le silence:

– Tu es venu nous annoncer l'exécution de mon fils, c'est ça? Est-ce que je pourrai lui parler avant?

– Je ne suis pas là pour ça, dis-je en me dirigeant vers la porte qui mène à l'atelier. Je vais voir Arand.

Le père a allumé sa frontale et assemble les pièces d'un appareil que je serais bien incapable d'identifier. Il braque sa lumière vers moi.

– Tu as eu des nouvelles de ton fils dernièrement?

– Non, pas vraiment.

– Ça veut dire quoi, pas vraiment?

– Une rumeur dit qu'il a été aperçu dans la ville basse. Mais je n'y crois pas.

– Tu peux être plus précis?

– Oui. On l'aurait vu dans les égouts encadré par des gardes du pénitencier, ce qui signifierait qu'il est encore vivant.

Il se replonge quelques minutes dans son travail avant d'ajouter:

– J'ai l'impression, Gerges, que toi tu as des informations que je n'ai pas. Mais tu te garderas bien de me les livrer. Laisse-moi deviner, tu es à sa recherche, c'est ça? Ça voudrait dire qu'il a réussi à s'échapper de la forêt pourrissante, alors?

– Ne rêve pas trop, Arand, Lucen est foutu et tu le sais très bien, dis-je en sortant.

Je passe chez moi avant de monter faire mon rapport à mon père. Snia est contente de me voir en pleine journée. Je l'interroge sur Katine:

– Tu fréquentes encore la sœur de Lucen?

– Plus depuis quelques mois. Pourquoi?

– Tu me l'avais décrite en plein désespoir après le départ de Lucen, ce n'est pas l'effet qu'elle m'a fait.

– J'ai appris qu'elle fréquentait un chasseur de rats et organisateur de combats, un dénommé Syvain, je crois. Tu le connais?

Dans la soirée, mon père et moi rendons visite aux gars devant chez Sionne, mais ils n'ont rien vu, puis nous allons à l'adresse du roi des rats qui habite un meilleur quartier que le nôtre. Mon père se promet d'enquêter sur lui plus précisément pour comprendre d'où lui vient tout cet argent. Un vendeur ambulant qui surveille la rue pour la milice nous déclare avoir vu entrer un étranger dans l'immeuble il y a plus de deux heures, ensuite Syvain est ressorti et une fille qu'il avait déjà vue plusieurs fois auparavant est arrivée. Puis Syvain est revenu peu après. Personne n'a bougé depuis. Il nous décrit l'étranger comme un mendiant frêle et voûté. Il évalue son âge à une trentaine d'années, mais il n'a pu voir son visage. Nous défonçons la porte à coups d'épaule. Personne. Nous passons tout au peigne fin. Dans la courette de derrière, mon père repère une plaque d'égout qu'il soulève avec peine.

– Je te parie ce que tu veux qu'ils sont passés par là pour rejoindre la planque de Lucen.

CHAPITRE
21

Un soir, alors que je termine de recopier un devoir pour le lycée, je sursaute en entendant un bruit mat provenant de la fenêtre. Je m'approche pour en connaître l'origine. Yolanda a déjà réagi et sort dans la rue. Sous le réverbère, vingt mètres à gauche, j'aperçois la maigre silhouette d'un pauvre homme. Il porte un paquet de tissu dans ses bras. J'allume ma lampe et ouvre la fenêtre. Il tourne sa tête vers la lumière, c'est Lucen. Il me fait signe, alors que Yolanda marche à grands pas vers lui, pour le neutraliser j'imagine. Même si je prends garde à ne pas forcer ma voix, mes paroles résonnent aux alentours :

– Laissez-le entrer, Yolanda, c'est un ami !

Lucen semble avoir pris dix ans. Son corps athlétique a fondu. Au milieu de chiffons pas très nets, je découvre la frimousse d'un bébé endormi. Yolanda me tire par la manche dans la cuisine. Je sais déjà trop bien ce qu'elle va me dire, aussi je n'hésite pas à prendre les devants :

– Appelez mon père sans attendre, dis-je d'une voix sans doute un peu autoritaire, comme cela vous serez couverte. Je ne lui cache plus rien. Sachez que, dans nos accords, j'ai droit à quelques initiatives, ce sera la première et je lui donnerai toutes les explications qu'il désirera dès qu'il sera là. Allez-y, ne perdez pas de temps et revenez vite ensuite pour nous aider, votre expérience de maman va nous être bien utile.

Contrairement à mon attente, elle ne semble pas fâchée quand elle quitte la pièce. Lorsque je retrouve Lucen, le vestibule commence à empester. Je fronce le nez par réflexe et tout de suite je lis la gêne sur le visage du garçon. Je n'ose lui imposer une douche comme la première fois. Je ne voudrais pas l'humilier, pourtant je m'entends dire :

– Vous seriez peut-être plus à l'aise si vous pouviez vous laver ?

– Allons dehors ou sur un balcon, dans un endroit où l'odeur te dérangera moins, mais je dois d'abord te parler. Le temps est compté.

– Non, restons là. Je vous écoute.

– Firmie vient d'être arrêtée par la police et transférée dans un commissariat de la ville haute. On l'accuse de recel parce qu'on a trouvé sur elle le médaillon que tu m'avais donné.

– Attendez quelques secondes, je vais voir si ma gouvernante a réussi à joindre mon père.

Yolanda est dans la cuisine et semble m'attendre. Elle m'annonce que mon père sera là dans moins d'une heure. Elle me demande comment je peux connaître un garçon de la ville basse. Je lui raconte tout en quelques phrases, la recherche de Martha, tout ce que Lucen a risqué pour moi, la situation de Firmie.

– Ce Lucen, demande-t-elle, c'est donc celui qui a passé la nuit ici quand vous m'aviez enfermée dans le sous-sol?

Les pleurs du bébé me rappellent que j'ai abandonné mon ami de la ville basse dans le couloir depuis de longues minutes. Je le découvre en train de chuchoter des mots doux à son enfant qui se calme assez vite. Je le rassure sur le fait que mon père va bientôt arriver et qu'il trouvera le moyen de mettre fin au calvaire de sa femme dans les meilleurs délais. Il semble soulagé et propose :

– Nous pouvons attendre dehors dans un recoin sombre que les choses s'arrangent.

– Je pense que, même si mon père commence les démarches ce soir, Firmie ne sortira pas avant demain. Vous allez donc passer la nuit ici.

– Si tu es sûre que ton père acceptera... Dans ce cas, il faudrait en effet que je me lave et me change pour que vous puissiez me supporter parmi vous.

– Oui, et vous-même vous seriez mieux !

– Ludmilla, s'il te plaît, pourrais-tu me tutoyer ?

– Oui, je peux au moins essayer. Pendant ta douche, veux-tu que je confie ton enfant à ma gouvernante ? Elle sait y faire, rassure-toi.

Il hésite puis parle doucement à son bébé avant de le mettre dans les bras de Yolanda, ravie de cette aubaine.

– Il s'appelle Igo. Il a bientôt six mois.

– Comment faites-vous pour le nourrir ? interroge ma gouvernante.

– J'ai payé une fille dont on a pris l'enfant à la naissance. C'est un commerce très courant dans la ville basse. J'espère que c'est pareil ici.

– Pas vraiment, mais ne vous inquiétez pas, je vous trouverai une solution.

– Merci, dit Lucen en entrant dans la salle de bains.

Je vais lui chercher des vêtements au garage comme la dernière fois. Dans l'état où il est, il va réellement flotter dedans. Yolanda ramasse les habits de Lucen et déshabille le petit avant de le laver dans le lavabo. Igo est méfiant, mais Yolanda le rassure et l'embrasse dans le cou, ce qui fait naître de jolis sourires sur son visage. Quand elle a fini, elle l'enroule dans une serviette éponge épaisse et me le colle dans les bras.

– Je vais faire une lessive avec leurs vêtements, explique-t-elle, et on les passera au sèche-linge pour qu'ils les récupèrent demain. Puis je vais essayer de trouver un biberon et du lait maternisé, sinon ce petit ne dormira pas cette nuit et nous non plus.

Je serre le bébé contre moi. Il m'attrape l'oreille, me touche le bout du nez et se saisit doucement de mes cheveux. Il s'agite et grogne un peu. Je réalise que c'est la première fois que je tiens un bébé. Je lui chantonne une comptine à l'oreille et cela semble un temps l'apaiser. Igo se tortille. Soudain, j'entends un petit bruit qui paraît provenir de... ses fesses. Je respire un bon coup. J'espère que je me suis trompée. Il ne semble plus rien se passer de ce côté-là. Pourvu qu'il se retienne encore un peu! Heureusement, son père sort de la douche. Il a réglé la ceinture au dernier cran. Il prend son fils dans ses bras et lui parle tout bas :

– Alors, tu as été sage avec Ludmilla?

Après une dizaine de minutes, Lucen me rejoint dans le salon. Il berce son fils. Ce dernier a du mal à maintenir ses yeux ouverts. Je propose à Lucen de manger un peu. Il accepte seulement un verre d'eau. Igo s'est endormi. Il le pose à côté de lui sur le canapé.

– Lucen, j'avais lu dans le journal que vous... enfin que tu avais été condamné à mort. Finalement, tu as été gracié?

– Pas vraiment. Je suis en fuite. Je m'excuse pour le dérangement, mais dès que j'aurai récupéré Firmie, nous partirons.

– Tu feras ce que tu voudras. En attendant qu'on te la rende, ma maison t'est grande ouverte.

Mon père débarque quelques instants plus tard. Il salue brièvement Lucen et me demande de le suivre.

– Tu sais ce qu'il a fait, ce père de famille si gentil? Il a fait sauter une maison avec la mère de son...

– Papa, s'il te plaît, on lui demandera plus tard, si tu veux, de s'expliquer là-dessus, mais le problème de sa femme Firmie nous concerne vraiment. Elle est emprisonnée pour recel à cause d'un médaillon que j'ai offert à Lucen pour le remercier d'avoir retrouvé la trace de Martha.

– Tu as fait une bêtise et elle n'a pas eu de chance. Voilà, c'est la vie, ma fille. Pourquoi devrais-je m'en occuper?

– Papa, tu m'as dit que je pourrais parfois te demander des faveurs en échange de mes services. C'est vrai que pour l'instant tu ne m'as pas sollicitée. Donc, ce serait une sorte d'avance sur la suite. Je voudrais que tu la sortes de là. S'il te plaît, viens le rencontrer.

– D'accord, mais toi, tu ne bouges pas.

Mon père s'installe en face de Lucen pour l'interroger. Je fais les cent pas dans le couloir. Parfois je colle mon oreille contre la porte. Les échanges sont vifs mais je n'arrive pas à en percevoir le détail. Mon père sort enfin.

– Je m'occuperai de sa femme dès demain à l'ouverture de la prison et je la ramènerai avant le déjeuner. En attendant, il ne met pas le nez dehors, il est recherché par les polices des villes haute et basse ainsi que par la milice, et je ne voudrais pas qu'on le découvre chez moi. Ce gars a quand même enseigné à des terroristes la fabrication d'engins de mort. Il paraît sympathique, mais il a du sang sur les mains, même si, d'après ce qu'il affirme, il n'a jamais posé de bombes lui-même.

Yolanda revient avec du matériel et donne un véritable cours théorique à Lucen. Comment doser les biberons, quand introduire une alimentation différente, comment soigner la peau du bébé et ses éventuels problèmes digestifs, comment changer et laver les couches. Ma gouvernante est comme toujours très précise. Elle fait même répéter certains principes à Lucen. J'écoute d'une oreille distraite, assise près du bébé, à veiller à ce qu'il ne tombe pas du canapé. Il est fascinant quand il grimace ou suce son pouce avec application. J'ai du mal à m'imaginer à la place de Firmie qui pourtant a exactement mon âge. Fonder une famille est pour moi une idée encore bien lointaine. Igo se réveille et son père a l'occasion de mettre en application la leçon qu'il vient de prendre sur les biberons. L'enfant met quelques minutes à s'adapter à la tétine en caoutchouc, mais il se rend compte bien vite que ce procédé lui demande moins d'efforts. À la fin de la tétée, ma gouvernante me confie le bébé qui me gratifie d'un joli vomi sur mon tee-shirt.

Nous regagnons tous nos chambres, en espérant très fort que, le lendemain, l'avenir s'éclaircira pour Lucen et son petit bonhomme.

CHAPITRE
22

Une fille en uniforme me secoue légèrement. J'ai dû m'assoupir un peu. Elle est à peine plus vieille que moi. Elle enfile des gants chirurgicaux avant de m'introduire un coton dans la narine gauche et de me nettoyer le visage. Elle me défait les menottes pour me retirer ma veste. Elle m'enlève le chemisier et le passe sous l'eau froide. J'ai mal aux seins et mon soutien-gorge est un peu mouillé.

– Tu allaites un petit, toi, me déclare-t-elle. Il va rater son repas, et toi, ma pauvre, tu vas souffrir.

– Je peux aller aux toilettes?

– Viens, c'est juste à côté. Je vais d'abord te remettre les bracelets.

Elle m'emmène dans un couloir désert et me fait pénétrer dans un local marqué *privé*. Elle m'aide à m'installer.

– Dépêche-toi. Il ne faudrait pas qu'on nous voie là, c'est interdit aux prisonniers. En même temps, je ne me voyais pas te faire traverser tout le commissariat en soutif.

– Merci.

Je suis de retour dans la pièce d'interrogatoire. Mud me rhabille puis passe la main dans mes cheveux avant de partir.

– J'espère que tu vas t'en tirer, ma grande. Dis, tu n'as pas un message à faire passer à quelqu'un? Je peux m'en charger. Ce serait notre secret, rien qu'à nous deux. Tu peux me faire confiance, je ne suis pas comme eux. Tu es sûre que non? Moi je veux juste te rendre service.

Je ne lui réponds pas. Je ne suis pas une imbécile.

Les policiers de la ville haute arrivent vers onze heures. Ils ont le même uniforme que ceux d'en bas, à l'exception de leur casquette qui est ornée d'un liseré rouge. Grégire leur fait des recommandations :

– Méfiez-vous d'elle, c'est une coriace. Et n'oubliez pas de nous la ramener quand vous aurez fini. On a quelques questions à lui poser sur son petit copain.

— Envoyez votre demande et nous vous rendrons la fille après l'enquête sur les cambriolages.

Les gars font un échange de menottes. Les nouvelles me semblent moins serrées. Je veux y voir le signe que les choses vont s'arranger pour moi.

On me fait monter dans une brouette fermée, poussée par deux pauvres aux pieds enchaînés. Ils me transportent ainsi jusqu'à la frontière, où une véritable voiture à moteur prend le relais. Je me retrouve en pleine lumière naturelle. On y voit à des centaines de mètres, peut-être même plus. Je suis au-dessus de la nox pour la première fois de ma vie. Dommage que ce soit dans ces conditions. On me donne à manger, puis je suis interrogée par un homme d'une quarantaine d'années. Enfin, je peux lui dire ce que je sais. Il m'écoute sans m'interrompre et sans lever la main sur moi. Ils ont un peu raison à l'école quand ils nous disent que les gens d'ici sont différents.

— Vous me semblez sincère, jeune fille, dit le vieux sur un ton bienveillant, même si votre histoire est pour le moins étrange. Une fille de riche qui risquerait sa peau pour retrouver sa servante malade dans les bas quartiers? Je n'ai jamais rien entendu de semblable. En attendant qu'on éclaircisse la situation, vous allez rester un peu parmi nous.

— Et après, vous me renverrez entre les mains de ces brutes du bas?

– Pas nécessairement. Nous étudierons leur demande et, au vu de leurs arguments, le juge décidera. Mais, tôt ou tard, vous serez obligée de regagner la ville basse et, sur place, il vous sera difficile de leur échapper. Vous n'avez pas de chance, vous n'êtes pas née du bon côté. Ici, ce n'est pas parfait, bien entendu, mais c'est moins... moins sauvage. Comme c'est le week-end, le juge a décidé de vous placer en détention provisoire pour quelques jours. Vous dormirez dans un vrai lit et vous pourrez vous laver. Nous examinerons cette affaire de recel de bijou en début de semaine prochaine.

Moins d'une heure plus tard, je suis emmenée dans un fourgon jusqu'à un grand bâtiment aux murs gris. Je suis fouillée longuement et déshabillée complètement avant d'enfiler une combinaison bleu foncé très large. On me photographie. On prend mes empreintes. Je parcours de longs couloirs silencieux en portant mon paquetage. Je découvre ma cellule. Le lieu sent l'eau de Javel, ça pourrait être pire. Je fais mon lit et je m'allonge. Je n'ai rien d'autre à faire qu'attendre et penser à Igo et Lucen. J'essaie de les imaginer se faisant des câlins et apprenant à se connaître. Je pleure encore un peu. Ils me manquent tellement.

En fin d'après-midi, je suis autorisée à sortir pour une promenade dans la cour intérieure. Des groupes de filles discutent, affalées sur des bancs. Je reste à l'écart mais je me sens observée. Une prisonnière se lève et se dirige vers moi :

– Hé, la nouvelle ! Il faut que t'ailles te présenter à la chef !

Je fais mine de l'ignorer et continue à regarder ailleurs. Elle me touche l'épaule pour que je me retourne. Je lui fais face mais ne décroche pas un mot. L'autre n'est pas décidée à me lâcher et essaie de me saisir par le col. Je dégage sa main et la pousse en arrière. Plusieurs filles réagissent et se rapprochent, certaines pour observer la scène, d'autres pour prêter main-forte à leur copine et en découdre.

Une grande se détache du groupe et lève les bras :

– On se calme, les filles. Notre nouvelle amie est un peu stressée par son incarcération. C'est peut-être une première fois... Écartez-vous, je m'en occupe.

Elle attend quelques instants que les autres s'éloignent avant de reprendre :

– Bonjour, je m'appelle Yette et c'est moi qu'on appelle la chef. Tu es une fille d'en bas, comme moi. Alors on devrait bien s'entendre si... tu respectes mon autorité.

– Moi, c'est Firmie. Je ne vais pas avoir trop le temps de lier des amitiés ici, je ne dois rester que quelques jours.

– La durée de ta peine, ma grande, c'est moi qui en déciderai. Tu saisis? T'as pas d'autre choix que d'être à mon service.

Je relève la tête et la fixe droit dans les yeux.

– Je n'ai jamais été l'esclave de personne.

Une sirène nous annonce la fin de la promenade et nous regagnons nos cellules. Je vais être tranquille pour presque vingt-quatre heures. Demain, je demanderai si je peux éviter la sortie dans la cour. La nuit est plus agitée que je ne l'avais imaginé. J'entends crier au-dehors des menaces à mon encontre. Peut-être ai-je eu tort de défier cette Yette? J'ai le sentiment d'avoir simplement réagi à ce que je prenais pour une agression. Je dois tout faire pour rester en vie. Je le dois à Igo que je n'ai pas le droit d'abandonner trop longtemps. Je me rends compte que, depuis que je suis là, mes seins ne me font plus souffrir. La source semble tarie en l'absence de mon enfant. J'espère que ça pourra reprendre si je le retrouve avant qu'il ne soit trop grand. Je ne sais pas si ce sera possible. J'aimais beaucoup ces moments d'allaitement. J'avais l'impression d'être redevenue un animal perpétuant une pratique instinctive venue du fond des âges.

Au regard entendu que me lance la gardienne en ouvrant ma porte pour la promenade, je devine que je ne vais pas pouvoir y couper. Sa complicité avec Yette ne fait aucun doute. J'essaie quand même :

— Je voudrais rester en cellule, s'il vous plaît.

— Pas question. Va t'aérer, ça te fera du bien.

Comme je ne me lève pas tout de suite, elle élève le ton :

— Magne-toi ou je te fais traîner dans la cour par mes collègues.

Je sens une certaine excitation dans les couloirs, une ambiance qui ressemble à celle du *Milord* au moment des combats, quand un pauvre ratier va être sacrifié à une meute de rats enragés. J'y suis allée parfois avec ma mère pour ramener mon père ivre mort à la maison. Une fille se colle derrière moi et me chuchote à l'oreille :

— Demande à lui parler en tête à tête. Excuse-toi, humilie-toi, même. Tu ne sauveras pas ta peau autrement.

Je tourne la tête pour l'apercevoir mais elle a disparu. La porte de la cour est ouverte et les filles s'y engouffrent avec aux lèvres un sourire malsain. Je suis la dernière à entrer, la matonne ferme derrière moi. Yette est plantée au milieu, elle m'attend les bras croisés. Quatre prisonnières me saisissent pour me propulser aux pieds de leur chef. Je parviens à rester debout. Je prends les devants :

— Yette, je crois qu'on pourrait parler d'abord.

— Tu veux gagner du temps, c'est ça ? Tu espères être sauvée par la sirène comme hier ?

– Je m'excuse pour hier. Je suis même prête à me racheter s'il le faut.

Elle fait signe aux autres de reculer. Elle se rapproche et me souffle tout bas :

– Les choses ont changé depuis hier, j'ai reçu un courrier cette nuit d'un bon ami à moi. Dimitr, tu connais ? Il m'a demandé un service que je ne peux pas lui refuser. Surtout si c'est un plaisir pour moi de le lui rendre. Alors, tu as le choix entre deux solutions. La première : tu te fais lyncher par mes copines et tu resteras en vie avec quelques cicatrices après un petit séjour à l'hosto. La deuxième : tu m'affrontes moi toute seule, mais si tu perds, je te tue.

Je lève la main droite en écartant mon pouce et mon index, et en repliant les autres doigts. Je n'ai pas contrôlé mon geste, c'est mon instinct qui me l'a commandé, même si c'est un piège, même si je me doute que c'est cela qu'elle voulait.

– Deux, les filles, crie Yette en souriant. Mademoiselle a choisi le suicide.

Je ne sais pas ce qu'elle a à défendre, elle, mais moi ça va largement au-delà de ma vie. Je veux revoir mon fils et mon amour, et je ne me laisserai jamais prendre la vie. Je n'attends pas qu'elle décide du moment où ça doit commencer et je me jette sur son cou comme une furie. Elle se protège avec ses deux poignets et propulse sa tête en avant. Elle rate de peu mon nez. Nous nous détachons l'une de l'autre pour préparer le prochain assaut. Elle s'accroupit presque et j'aperçois sa main gauche qui tire un objet de sa chaussure. Je fouette son coude d'un coup de pied violent et elle laisse tomber la lame dans la poussière. Elle hésite à la ramasser, baisse la tête pour la repérer. J'en profite pour lui lancer mon genou en pleine face. Elle part en arrière et sa tête va cogner contre un mur. Elle ne bouge plus. Du sang s'échappe de sa bouche. Une prisonnière hurle, puis deux autres. Les gardiens envahissent la cour. Nous sommes toutes obligées de nous agenouiller, les mains en l'air. Même sans pouvoir observer la scène, je comprends que Yette est morte. J'ai tué un être humain et, à cause de cela, je ne ressortirai jamais de cette prison, sauf pour être pendue. Au fond elle avait raison, c'est elle qui a décidé de mon avenir.

Les filles sont appelées une par une pour retourner dans leur cellule. Je suis surprise des marques de sympathie que me montrent certaines. Elles m'effleurent le dos et me murmurent des encouragements :

— On est avec toi.

— Merci, tu nous as débarrassées de cette enflure !

— On te laissera pas tomber.

Un gardien s'énerve :

— Vos gueules, les filles, ou je vous fous au trou aussi !

Je passe la dernière et suis directement conduite dans un cachot du sous-sol.

CHAPITRE
23

La fenêtre de Ludmilla s'ouvre brusquement. Elle interpelle et tempère la personne qui se dirigeait sur Igo et moi. L'inconnue fait disparaître son arme derrière son dos. J'entends le cliquetis du mécanisme de son couteau à cran d'arrêt qu'elle replie. Elle s'éclipse derrière Ludmilla qui, avec un sourire gêné, nous fait entrer et nous laisse dans le vestibule, sans doute pour mettre l'autre au courant de mon identité. Le ton de la jeune fille est très sec et sa voix suffisamment forte pour que je puisse saisir ce qu'elle dit. Elle se comporte avec cette jeune femme plus âgée qu'elle de façon choquante. Seuls des parents peuvent s'adresser ainsi à leurs enfants. Le fait que l'autre soit sa servante semble lui en donner le droit, car elle ne réplique rien. Igo regarde les lumières autour de lui avec intérêt. Quand Ludmilla revient, elle pince presque son nez pour nous faire comprendre qu'on pue. Elle va même jusqu'à me proposer une douche avant de consentir à m'écouter. Ce soir, un sentiment de révolte monte en moi. Je ne veux plus me laisser faire, je ne veux plus avoir honte de mon odeur. Elle devra l'accepter.

Dans quel monde vit-elle? N'a-t-elle jamais connu le vrai danger, celui qui fait craindre d'y laisser sa peau? Je suis dans l'urgence et je n'ai pas envie de me changer pour avoir l'autorisation de lui expliquer la situation terrible dans laquelle Firmie se trouve par sa faute à elle, Mademoiselle qui se bouche le nez devant la misère. Elle n'a pas l'air de se sentir coupable car, quand je lui expose le problème, aucun mot d'excuse ne lui vient. Elle a la certitude que son père corrigera l'erreur et me ramènera ma femme facilement. Qui est cet homme pour posséder autant de pouvoir? Comment Ludmilla peut-elle avoir cette assurance que rien n'est impossible quand on le décide?

Cette façon qu'elle a de me vouvoyer m'exaspère. La première fois, j'y avais vu une coutume propre à ceux d'en haut. Cela m'avait rappelé ces films où les Indiens avaient un langage différent de celui des cow-boys. Ce soir, je viens de comprendre que c'est une manière pour elle d'installer une distance entre nous. Je veux qu'elle me parle d'égal à égal. Je n'ai pas très envie de passer la nuit ici car, malgré ce qu'elle me dit, je la sens ennuyée par notre présence. Je pourrais m'allonger dans des taillis sur le *no man's land* et revenir au lever du jour. Je le ferais sans hésiter si j'étais seul, mais Igo mérite bien de dormir à l'abri. De plus, il ne va pas tarder à réclamer à manger et je ne sais pas où trouver une laitière dans ce quartier.

L'état d'épuisement et d'excitation dans lequel je suis exacerbe ma rage. Je dois tenter de chasser la colère que j'ai emmagasinée en moi. Comme il va bien falloir coucher une nuit chez elle, je consens à prendre une douche et à confier mon petit à sa gouvernante, mais après avoir pris le temps d'expliquer à Igo ce qui allait se passer.

Je reconnais que la douche abondante me fait un grand bien. J'enfile ensuite les mêmes vêtements que la fois précédente. C'est là que je réalise que j'ai beaucoup maigri, et pas seulement des joues. J'entends Igo rigoler, il ne doit pas s'ennuyer. Yolanda est partie chercher du lait pour la nuit et Ludmilla semble soulagée de me rendre mon fils.

Le père de Ludmilla arrive peu après. Il me fait passer un véritable interrogatoire sur les délits pour lesquels j'ai été inculpé. Je vois à ses froncements de sourcils qu'il n'est pas convaincu par mon témoignage. Comme un père qui réprimande son gamin, il veut m'obliger à reconnaître toutes mes fautes, être sûr que je ne lui cache rien et que j'éprouve des remords. Son ton agressif m'énerve et je me retiens plusieurs fois de me lever et de le planter là avec ses certitudes et ses leçons de morale. Qui est-il pour me parler ainsi? S'est-il retrouvé à la porte de chez ses parents, sans le sou, avec une femme enceinte à nourrir et à soigner? A-t-il vécu ne serait-ce qu'une semaine sous la nox? A-t-il déjà senti la mort l'envahir après un effort physique mal contrôlé? La colère monte en moi mais je sens qu'il faut que je la domine. Cet homme m'impressionne. Il fait preuve de beaucoup de sang-froid et il émane de lui une autorité naturelle incontestable. Rien ne doit lui être impossible. Il possède donc sans doute la solution pour gommer au plus vite l'erreur passée de sa fille et me ramener ma bien-aimée. Je prends sur moi pour lui répondre, mais je n'admets rien d'autre que des regrets. Je ne suis même pas persuadé que j'aurais pu agir différemment. Quand il me congédie, j'ai la conviction qu'il va faire son possible pour Firmie.

La gouvernante est revenue avec une boîte contenant une poudre blanche qui, diluée dans de l'eau tiède, peut remplacer le lait de la mère. Elle m'explique que c'est à peine moins nourrissant et bien plus pratique pour un père seul. Elle me demande de changer mon petit devant elle en me faisant plein de recommandations. Cette dame, qui au départ m'a carrément foutu la trouille, s'avère être d'une grande gentillesse. Igo aussi l'apprécie et le lui prouve par de larges sourires. Après le lavage des couches, je peux enfin aller dormir. Je suis épuisé. Je monte avec mon fils dans la chambre que Ludmilla a fait préparer, la même que la première fois. Je borde Igo et me love près de lui. Je m'endors en m'emplissant de son odeur.

Je suis réveillé par la lumière du jour. Igo ouvre les yeux quelques minutes plus tard. Je le prends dans mes bras et nous descendons préparer le biberon. Dans la cuisine, je m'applique bien pour doser les quantités tandis qu'il s'impatiente. J'entends du bruit dans une des pièces voisines. C'est le père de Ludmilla qui s'apprête à partir et parle avec Yolanda. Je n'essaie pas de saisir ce qu'ils disent. Yolanda me salue puis embrasse mon bébé sur le front. Elle me regarde faire sans prononcer un mot. Quand Igo commence à téter, elle corrige un peu la position du biberon et déclare :

— C'est bien, vous allez être un bon papa.

— J'ai un bon professeur. Vous savez vous y prendre avec les bébés. Comment avez-vous appris ?

— J'ai un petit garçon de quatre ans. Il m'a été retiré pour des raisons dont je ne veux pas parler et a été placé provisoirement dans un orphelinat. Je le récupérerai bientôt... Enfin, peut-être, cela ne dépend pas que de moi.

– Il s'appelle comment?

– Romo.

– C'est un prénom d'en bas, ça.

– C'est celui de son père.

Je monte ensuite sur la terrasse pour initier Igo aux parfums de l'air et à la couleur des choses. Mon fils s'agite et sourit. Je crois qu'il est heureux. Je pense à Firmie prisonnière quelque part dans la ville haute. A-t-elle une fenêtre dans sa cellule pour voir le bleu du ciel? Je m'accroche à l'idée que le père de Ludmilla va réussir. Ensuite, nous partirons tous les trois rejoindre un isola perdu où personne ne pensera à venir nous chercher. Nous vivrons dans la nature ensoleillée, comme dans les films du dimanche après-midi, mais sans les armes et les conflits.

– Tu respireras comme maintenant, à pleins poumons, mais en plus cet air aura l'odeur de la liberté et de la paix.

Ludmilla nous a rejoints. Nous descendons dans le salon et je couche Igo sur un canapé entre deux coussins. Elle veut que je lui raconte mes malheurs. Au début, je m'exécute par politesse mais, en avançant dans le récit, je ressens du plaisir à faire renaître tous mes camarades de la forêt pourrissante sans qui je ne serais pas là.

Le père de Ludmilla rentre juste après le biberon. Sa tête est sinistre. Il m'annonce que ma femme s'est battue en prison et qu'elle est rendue responsable de la mort d'une codétenue. J'écoute à peine la suite. Je l'ai déjà comprise. Je ne reverrai sans doute plus jamais Firmie. Igo me regarde. Il montre de l'inquiétude. Je le serre contre moi. Je ne t'abandonnerai jamais, mais je ne vivrai que pour toi.

Je suis parvenu avec l'aide de Ludmilla à écrire un message à Firmie «pour lui donner de l'espoir». Je suis prêt à tout pour elle mais l'espoir, c'est ce dont je manque le plus. Mon amie de la ville haute m'a presque dicté ce que je devais écrire.

Je reste longtemps prostré sur le lit. Igo dort paisiblement. Je ne sais plus si la vie a un sens. À quoi cela peut-il servir de vivre si c'est pour encaisser chaque jour une nouvelle dose de malheur? Est-ce que je dois imposer aussi ça à mon fils? Je n'ai même plus la force de pleurer. Heureusement, le sommeil me saisit bientôt.

C'est Igo qui me réveille en jouant avec mon nez. Il se tortille et a peut-être besoin d'être changé. Il me sourit. Je lui parle doucement, je lui dis qu'il est beau, qu'il a les yeux de sa mère, je couvre son petit corps de bisous.

– Heureusement que tu es là, mon fils, sinon je crois que... Je n'ai pas le droit de te dire ça. Je sais que tu comprends déjà tout.

CHAPITRE
24

— Nous avons été lamentables, vraiment lamentables, s'insurge mon père devant ses hommes. Toujours un temps de retard. Il était planqué chez le frère du clochard nommé Julen qui avait purgé un an dans la forêt avec Lucen. On a mis trop de temps à l'identifier.

Les gars se taisent. Ils n'ont fait que ce qu'on leur a dit et n'ont rien à se reprocher. Ils attendent que l'orage passe.

Grégire reprend plus calmement :

– Il a été vu passant la frontière par des promeneurs. Nous savons qu'il est là-haut. Il ne connaît qu'une personne sur place, une certaine Ludmilla, qui l'a hébergé il y a un an durant une nuit. La plainte pour le vol du médaillon vient d'une adresse de la ville haute où habite justement une jeune fille qui répond au même prénom.

— Ça ne peut pas être un hasard? demande Clude.

— Non, ce n'est pas un prénom courant.

— Mais il irait chez quelqu'un qui a porté plainte contre sa femme... Ce n'est pas bizarre?

— Je vais demander une autorisation pour me rendre dans la ville haute et tirer ça au clair.

— Je pourrai venir avec vous, chef? réclame Marcl. Je n'y suis jamais allé.

— On verra, je n'ai pas encore choisi.

Marcl me lance un regard suspicieux, comme s'il était déjà acquis que je prendrai la place dont il rêve.

Clude nous fait part du rapport du médecin chargé d'examiner la fille de Sionne:

— Elle est sale et sous-alimentée, mais ne présente aucune des pathologies dont sa mère la croit atteinte. Un détail l'a perturbé: la gamine a une denture qui ne correspond pas à celle d'un enfant de huit ou neuf mois. Si on rapproche cet élément de ta remarque, Gerges, on peut se demander si c'est bien sa fille.

— Quelle remarque? demande mon père. Je suis largué, moi.

— La petite est blonde comme les blés et ne ressemble pas du tout à ses parents.

— Ce n'est pas toi, Gerges, reprend Grégire, qui a recueilli il y a quelques mois une plainte pour enlèvement?

— Si, dis-je, je me souviens maintenant, la mère avait des cheveux très clairs, presque blancs. J'avais interrogé le voisinage et personne n'avait rien vu. On avait conclu à un rapt par un réseau de trafiquants d'enfants. Je peux facilement retrouver le dossier parce que c'est à cette même date que j'ai reçu mon colis empoisonné.

— Bon, déclare le chef, il faut prévenir la vraie mère au plus vite. Pour une fois qu'on retrouve un gosse volé, ce serait dommage que l'autre tarée ait le temps de nous l'abîmer davantage.

— Père, tu vas faire quoi pour Sionne? Visiblement, elle n'est plus responsable de ses actes. Elle est complètement folle.

— Ça, c'est la justice qui en décidera. Mais si tu veux mon avis, dans les cas de kidnapping, c'est la corde assurée, peu importe l'état mental de la ravisseuse.

À la maison, Snia guettait mon arrivée car elle m'ouvre avant même que je ne pose la main sur la poignée. Ses yeux sont rougis par les pleurs. Je voudrais la prendre dans mes bras et lui demander ce qui lui arrive, mais elle ne m'en laisse pas le temps et me met une feuille chiffonnée sous le nez. Je m'en saisis.

Gerges, si tu lis ce message, c'est que je serai mort...

– Tu as trouvé ça où?

– Dans un montant du lit de bébé que nous ont légué Smon et Pulette, il y a deux mois. Je l'ai monté pour le nettoyer. Le papier était coincé dans un des pieds. Mais continue, c'est important.

Gerges, si tu lis ce message, c'est que je serai mort mais que, heureusement, toi, tu es encore vivant. J'espère que Snia l'est aussi.

Au cours d'une réunion du conseil des chefs furtifs qui a eu lieu une semaine après votre mariage, j'ai demandé à ce que le contrat qui pesait sur ta famille soit définitivement levé. J'ai argumenté en disant que Snia, ma cousine préférée, risquait de souffrir de ta disparition alors qu'elle portait un bébé et n'était en aucun cas responsable des faits reprochés au chef de la milice. Pour que tu sois épargné, j'ai proposé de me charger moi-même de l'exécution de ton père, quitte, si cela pouvait leur faire plaisir, à ce que je fasse durer longtemps son supplice. Une large majorité de l'assemblée présente cette fois-là a refusé d'aller dans mon sens.

Depuis lors, je me sens surveillé par des membres du clan jour et nuit parce qu'on me suspecte de vouloir te mettre au courant. J'avais pensé avoir trouvé une solution en te donnant rendez-vous près du grand collecteur, mais si tu as ce message entre les mains, c'est que je me suis trompé.

J'ai tenu Pulette en dehors de tout ça pour qu'elle ne pâtisse pas de ce que les autres considèrent comme une trahison.

Il y a un contrat sur ta famille depuis le 6 février, depuis l'incendie ordonné par ton père en représailles de la mort d'un milicien prénommé Alponce, assassiné par Didir et Alai. Il voulait ainsi « nettoyer le quartier du port de sa vermine terroriste ». Ce matin-là, à coups de crosse de fusil dans le dos, la milice a forcé les habitants qui n'y étaient pour rien à évacuer leurs logements avant d'y mettre le feu. Malheureusement, un homme a été oublié et il est mort dans les flammes. Cet homme était le grand guide des furtifs. D'apparence, il ressemblait plus à un mendiant qu'à un chef, mais c'est lui qui réglait les conflits au sein du clan. Il avait aussi le rôle sacré de fermer les yeux des morts et de souffler dans leurs narines pour libérer leur âme. Depuis ce matin sinistre, les furtifs ont pour objectif unique de faire souffrir le responsable de ce malheur : ton père. Ils ont décidé non pas de le tuer directement, car le châtiment serait trop bref, mais de s'en prendre aux membres de sa famille. C'est ta mère qui a été la première à payer. Là, je dois t'avouer que j'ai ma part de responsabilité car c'est un de mes hommes qui a eu vent de la « réunion bricolage de bombes » de ton ami Lucen et qui a acheté un engin à l'un des participants. C'est même moi qui lui ai donné l'ordre d'aller le déposer. Ensuite, ça a été ton tour, avec la tentative de contamination par un rat atteint de la peste. J'ai acheté personnellement cette tête de cadavre bien frais à un nettoyeur. Il revenait d'une mission d'assainissement par le feu d'un cargo dont l'équipage entier avait été anéanti par le bacille.

Alors, tu dois te demander pourquoi j'ai soudain décidé de te protéger... Je l'ai d'abord fait pour Snia que j'ai découverte tellement amoureuse et désespérée quand tu étais mourant à l'hôpital. J'ai même redouté qu'elle ne se laisse tenter par le suicide si tu ne survivais pas. Et puis, le soir de ton mariage, nous avons lié connaissance. C'était beaucoup plus compliqué pour moi de t'éliminer ensuite.

Je ne sais pas au bout du compte ce que tu penseras de moi. Je suis à la fois celui qui a fait tuer ta mère, qui a essayé de t'empoisonner, qui proposait de tuer ton père, mais aussi celui qui voulait te sauver la vie et protéger du malheur celle que tu aimes.

Je vous souhaite une existence longue et heureuse, à vous et à votre descendance. J'ignore si quelqu'un retrouvera mon cadavre et pourra souffler pour libérer mon âme et lui permettre d'habiter un nouvel être. Sans doute pas. L'aurait-elle mérité?

Smon.

Snia a gardé son regard braqué sur moi pendant ma lecture pour guetter mes réactions. Qu'attend-elle de moi? Que je pleure avec elle sur son cousin qui est mort en essayant de me sauver la vie ? Comment le pourrais-je alors qu'il est aussi responsable de la mort de ma mère ? Je reste muet et me contente de serrer ma femme dans mes bras un long moment. Pendant le reste de la soirée, nous n'échangeons que quelques paroles utilitaires. Je sens qu'elle attend autre chose de moi mais, ce soir, mon esprit est trop confus pour que je puisse exprimer une opinion ou un sentiment.

Dès le lendemain matin, je vais voir mon père pour qu'il prenne connaissance de la lettre. À peine s'est-il plongé dans sa lecture que je le vois sourire comme s'il lisait un tout autre contenu. Il ne se montre pas du tout décontenancé par ce qu'il découvre.

– Quel moyen, commence-t-il, avons-nous d'authentifier une lettre comme celle-ci ? N'importe qui a pu l'écrire. Crois-moi, quand il s'agit de blanchir des criminels, on trouve toujours des morts pour s'accuser des pires saloperies. Au moins, là où ils sont, ils ne risquent pas d'avouer la vérité ! Cela ne te paraît pas bizarre que personne ne puisse témoigner avoir vu ce Smon écrire parce que, justement, il le précise bien, il l'a fait en cachette de son clan et même de sa femme ? Sa femme, aujourd'hui évaporée dans la nature, ne peut même pas identifier son écriture. Alors, si tu veux savoir le fond de ma pensée, mon fils, cette lettre a été placée là pour nous embrouiller. D'abord, elle voudrait me faire culpabiliser, moi, parce que j'aurais laissé brûler un vieillard sans défense, et toi, parce que tu as renié ce chien de Lucen. Je vois la main des copains de ce salaud derrière ces pages. Ils tiennent à ce qu'il échappe au jugement parce que, grâce à lui, ils savent fabriquer de bonnes bombes et qu'ils veulent l'en remercier. Cette lettre, c'est de l'enfumage, mais nous, on n'est pas des rats et on sait où se trouve la vérité. Et puis, si tu as encore besoin d'une preuve, compte le nombre de furtifs avec lesquels nous sommes en affaire et qui s'en portent très bien. M'ont-ils montré un jour de la défiance ou de la haine? Regarde Dimitr ou un autre... Et puis merde!

Je reste sans voix devant ses arguments. Je réalise que j'ai encore beaucoup à apprendre de lui. Je ne sais pas décoder le sens de certains messages, je ne les lis que comme on veut que je les lise. C'est dans ces moments-là que je me dis que je suis toujours un enfant et que j'ai de la chance d'avoir un père de cette trempe. Mon paternel me rend la lettre.

– Fais-en ce que tu veux.

Je sors mon briquet pour l'enflammer devant ses yeux. Il hoche la tête pour approuver mon geste:

– C'est ça, tu as compris, mon fils, cette lettre, ce n'est rien. Nous ne devons pas nous laisser détourner de notre mission. On le butera, ce lâche de Lucen, il paiera pour ce qu'il a fait.

CHAPITRE
25

Mon père est déjà parti et Lucen n'est plus dans sa chambre. Je le découvre sur la terrasse en train de chuchoter à l'oreille de son fils, peut-être lui décrit-il la beauté de la nature qui s'éveille. Je me tiens à l'écart pour ne pas rompre ce joli moment d'intimité. Après le petit déjeuner, le bébé passe de bras en bras. Il tripote mon vieil ours en peluche que j'ai retrouvé dans un débarras. Il s'endort bientôt à côté de son papa, le jouet contre lui. Lucen me raconte son terrible séjour dans la forêt pourrissante et la solidarité qu'il a découverte parmi les parias. Il parle de Gerges, son ancien ami qui jadis nous avait aidés à retrouver la trace de Martha et qui ne m'avait pas dénoncée au fond de cette sinistre réserve. Il est devenu aujourd'hui son pire ennemi et ne rêve que de le voir pendu au bout d'une corde. Lucen parle de fuite, de grand départ vers l'inconnu, de sa tristesse de quitter pour toujours sa famille et surtout sa petite sœur Katine dont je me souviens très bien.

Mon père arrive vers onze heures trente, sans Firmie. Sa mine est grave.

– J'ai retiré ma plainte contre votre femme au commissariat central et je suis passé à la prison pour la ramener ici. Sa libération a été annulée car, pendant la promenade, elle s'est battue avec une codétenue qu'elle a mortellement blessée. Elle doit être présentée au tribunal demain matin. Elle risque la peine capitale.

Lucen accuse le coup. Son corps se fige. Il fait face à mon père mais ses yeux semblent vides. Mon père reprend :

– Je vais engager un avocat pour elle. Dès qu'il aura eu accès au dossier, il nous appellera pour nous en dire plus.

Mon ami de la ville basse se tient la tête entre les mains un long moment. Puis il se lève, saisit doucement son fils endormi et va s'enfermer dans sa chambre jusqu'au dîner. Moi je me traîne tout l'après-midi sans parvenir à me fixer sur la moindre activité. Je suis entièrement responsable du malheur de Lucen et de Firmie. J'aurais au moins pu dire à mon père que j'avais perdu le médaillon plutôt que de laisser croire qu'il avait été volé durant le cambriolage de la maison. J'aurais pu... j'aurais pu... mais c'est trop tard et j'ai été nulle, égoïste, inconséquente.

Vers dix-huit heures, je frappe à la porte de Lucen pour l'avertir du retour de mon père. Yolanda lui prend l'enfant des bras et nous pénétrons dans le bureau. J'ai l'impression que mon père est plus détendu, j'espère ne pas me tromper.

– Je viens d'étudier le dossier. La victime de Firmie n'était pas une enfant de chœur, elle a été condamnée à de nombreuses reprises pour coups et blessures. Votre femme n'ayant pour sa part aucun antécédent judiciaire, l'avocat plaidera la légitime défense en réponse à une agression caractérisée. Il s'est donc montré rassurant, elle ne risque pas la peine capitale. Mais elle pourrait être condamnée pour homicide involontaire, ce qui lui vaudrait tout de même quelques années de prison. Enfin, il se peut aussi qu'elle soit purement et simplement relaxée mais, d'après lui, c'est peu probable.

– Quelques années de prison, répète machinalement Lucen.

– Le procès n'a pas eu lieu et je ne peux donc jurer de rien, mais je préfère vous donner une vue réaliste de la situation et ne pas faire naître en vous de faux espoirs.

– Je vous remercie pour tout, dit mon ami d'une voix très basse. Je vous rembourserai l'avocat dès que je le pourrai.

– Ne vous occupez pas de l'argent. Vous pouvez retourner voir votre enfant. Ludmilla, tu restes.

Mon père attend que notre invité ait refermé la porte derrière lui pour m'expliquer :

– Les choses se compliquent pour toi, ma chérie. Lucen a été repéré hier soir près du *no man's land*, ce qui accrédite la thèse qu'il se cache dans la ville haute. Grégire, le chef de la milice de la ville basse, a demandé une autorisation pour venir t'interroger, car il est persuadé que tu as gardé des liens avec ton protégé.

– Mais comment sait-il que je le connais ?

– Si j'ai bien compris, ton ami n'avait, il y a peu de temps, aucun secret pour son fils, un dénommé Gerges. Je vais m'employer à freiner la demande, mais je ne doute pas qu'il obtienne gain de cause. Tu dois donc faire partir ton ami d'ici le plus tôt possible. Il ne faut prendre aucun risque, ni pour lui ni pour toi. Règle ça ce soir. Demain, il sera peut-être trop tard.

– Grégire sait-il que je suis ta fille ?

– Non, fort heureusement, sinon nous serions dans de beaux draps. J'utilise diverses identités pour mon travail. Tu te doutes bien que je n'agis pas à découvert non plus pour défendre le sort de Firmie.

— Papa, à qui veux-tu que je m'adresse pour lui trouver un hébergement?

— Aux sœurs Broons, bien sûr.

J'appelle François pour lui exposer le problème. Je suis obligée de lui mentir. Je lui dis que mon père est en voyage et doit rentrer dans la soirée du lendemain mais que, bien entendu, il ignore complètement ce qui se passe ici. S'il découvrait que je cache sous son propre toit un artificier terroriste en fuite, il me dénoncerait directement aux autorités, mon ami serait aussitôt livré à la milice pour être exécuté et son enfant confié à une institution ou même vendu. J'insiste pour qu'il prévienne au plus vite les sœurs Broons qui doivent trouver une solution pour Lucen et Igo. Je ne lui laisse pas l'occasion de me poser des questions. Après avoir déclaré que je l'aime et que j'ai hâte d'être avec lui, je raccroche. Je demande ensuite à Yolanda de me laisser prendre directement les appels afin qu'on ne sache pas qu'elle est présente.

Moins d'une heure plus tard, j'ai Léna Broons au téléphone :

— Ludmilla, est-ce que tu vas promener ton chien près du petit square comme tous les soirs vers vingt heures?

— Euh... euh... je... ne...

— Alors, à tout de suite.

À l'heure dite, je suis assise entre les deux sœurs sur un banc devant une aire de jeux désertée à cet horaire tardif. J'aperçois Valérien du club d'échecs qui fait le guet un peu plus loin.

– Alors, comme ça, tu n'as pas de chien? Tu as dû comprendre que notre téléphone est sur écoute. Pour ton ami et son fils, c'est organisé. Vers minuit, une voiture blanche viendra les ramasser devant chez toi. Juste une question en passant: Yolanda, la tueuse qui te sert de gouvernante, comment l'as-tu gérée pour qu'elle ne donne pas l'alerte?

– Je n'ai pas eu à le faire. Elle a été appelée auprès de son fils qui doit être opéré, ou l'a peut-être été, d'ailleurs, je ne sais pas trop...

– Et ton père te laisse ainsi sans protection?

– Il n'est pas au courant. C'est moi qui lui ai permis d'y aller.

– Elle rentre quand?

– Demain, si tout s'est bien passé, sinon elle appellera.

– On peut dire que c'est bien tombé, cette absence juste le jour où un condamné à mort en fuite débarque chez toi! Qu'en penses-tu?

– Il n'y a rien à en penser. C'est comme ça.

– Tu prends de l'assurance, toi, on dirait, déclare Léna en souriant. Combien de temps doit-on les planquer?

– Il n'a pas été précis. Des gens doivent organiser son passage vers une autre ville d'ici quelques jours. C'est l'arbre creux devant chez moi qui sert de boîte aux lettres.

– On se croirait dans un roman, commente Fiona. Rentre chez toi. Mais rappelle-toi, Ludmilla, qu'on t'a à l'œil.

Au lycée, je retrouve Grisella qui me raconte son week-end avec Eugène. Ils ont pris le dirigeable ensemble jusqu'à Grandville où son ami tenait un meeting. Elle s'est une nouvelle fois sentie délaissée, car il n'en avait que pour les militants et surtout les militantes du parti. Le seul vrai moment d'intimité dont elle a bénéficié durant les deux jours, c'est quand elle lui a désinfecté ses blessures après une rixe avec les forces de l'ordre. Je lui dis que, pour ma part, j'ai passé une fin de semaine sans histoires.

Après les cours, François m'apprend que Lucen et son fils sont hébergés dans le grenier du pavillon de Gonzague. Alors que nous sommes presque arrivés chez moi, je vois plusieurs hommes en uniforme de policier qui attendent derrière la baie vitrée du salon. François m'interroge :

– Tu les connais ?

– Non, mais si Yolanda les a laissés entrer, dis-je pour le rassurer, c'est que ce ne sont pas des voyous.

— Tu as raison. Tu veux que je vienne avec toi?

— Je vais me débrouiller toute seule et je t'appellerai.

François me lâche la main et s'écarte sans m'embrasser. Je le regrette, cela m'aurait donné du courage. Heureusement, je me suis préparée à affronter cette épreuve. C'est un peu comme jouer un rôle au théâtre. J'espère que je serai crédible. Yolanda apparaît sur le perron et m'annonce :

— Ces messieurs sont de la police. J'ai préféré les faire attendre à l'intérieur, c'est plus discret. Votre père est prévenu.

Je pose mon sac et pénètre dans la pièce. Ils donnent l'impression d'être au garde-à-vous. Il y a deux adultes d'une cinquantaine d'années et un garçon de mon âge. Je les salue poliment :

— Bonjour, messieurs, asseyez-vous, je vous en prie. Que puis-je pour vous?

Un des deux hommes fait les présentations :

— Bonjour, mademoiselle, je suis le commissaire du quartier et j'accompagne ces collègues qui viennent de la ville basse, messieurs Grégire et Gerges. Je vais leur laisser la parole, mais avant je voudrais vous signifier que nous déplorons l'absence de votre père.

— Personnellement, je préfère le laisser en dehors de tout cela. De plus, sachez que je suis majeure.

– Nous le savons, rétorque Grégire, un peu agacé. Nous sommes à la recherche d'un dangereux criminel de la ville basse qui a été aperçu dans cette rue par des voisins samedi soir.

– Vous parlez de Lucen?

– Absolument. Donc, vous confirmez l'avoir vu?

– En effet, il est venu frapper à ma porte et je l'ai même laissé entrer. À vrai dire, au début, je ne l'avais pas reconnu. Il est amaigri, vieilli et je l'avais pris pour un mendiant. Je n'ai pas l'habitude d'ouvrir ma porte à n'importe qui, mais j'ai été attendrie par le petit bébé qui dormait dans ses bras. Il m'a dit qu'il voulait que je l'héberge pour la nuit. J'ai été très choquée qu'il vienne ainsi frapper chez moi. Aussi, je lui ai juste donné un verre d'eau et un peu de pain, et après je lui ai demandé de partir.

– Pourquoi?

– Drôle de question que ce «pourquoi»! Je n'ai pas besoin de vous raconter dans quelles circonstances j'ai rencontré ce garçon. Mais, pour moi, cette affaire appartient au passé. J'ai tout avoué à mon père depuis, et lorsque les journaux ont rapporté ce qu'il avait fait, j'ai compris que j'avais eu affaire à un dangereux dissimulateur. Je ne veux plus avoir aucun rapport avec lui. La première fois, j'avais l'excuse de ma naïveté. Si, là, je l'avais aidé, j'aurais été impardonnable.

– Pour tout vous dire, reprend Grégire, votre version concorde avec celle de vos voisins, à une différence près, ils n'ont jamais vu ressortir les fuyards.

– Vous pensez donc que je mens et que je les cache? Bien, si vous avez du temps à perdre, fouillez la maison de fond en comble. Yolanda vous ouvrira même le grenier, la cave, les placards, que sais-je encore...

– Ne vous énervez pas, mademoiselle, il n'y a pas de raison! tempère le commissaire.

– Eh bien moi, j'en vois une, figurez-vous. J'ai été franche avec vous. J'aurais pu nier le fait que Lucen avait franchi le seuil de cette maison, car aucun voisin ne peut voir notre porte d'entrée depuis chez lui étant donné la hauteur des haies et il n'y avait personne dans la rue quand j'ai ouvert. Yolanda pourra tout vous confirmer. Mais voilà, vous préférez me harceler parce que mon père n'est pas là ou pour je ne sais quelle raison... Et puis j'en ai assez. Faites votre travail et si vous avez encore besoin de me «cuisiner», je suis dans ma chambre.

Je me lève, claque la porte en sortant et monte rapidement les escaliers. Je croise Yolanda qui me fait un clin d'œil au passage. Je m'enferme et vais me planter devant mon miroir. Mes joues sont rouges. J'espère qu'ils n'ont pas pu lire la peur sur mon visage et qu'ils ont bien interprété ce signe comme celui de ma colère.

J'entends du bruit pendant près d'une heure. Je suis incapable de me mettre à mes devoirs. J'ai quand même mis en place mes affaires sur mon bureau. On frappe à la porte.

— Entrez, dis-je sans lever la tête de mon livre.

— Mademoiselle, commence Gerges d'une voix étrangement douce, nous partons. Je voulais vous remercier de votre collaboration.

Le sourire qu'il esquisse ne laisse planer aucun doute sur l'ironie de sa dernière phrase. Gerges a un visage juvénile qui colle mal avec sa fonction d'autorité et le port de cet uniforme sinistre. Contrairement à sa brute épaisse de père, il ne m'impressionne pas. Mais peut-être cache-t-il son jeu et sait-il par moments se montrer aussi implacable que les autres.

— Très bien. Vous avez trouvé quelque chose d'intéressant?

— Non, aucune empreinte sur aucun meuble ni aucun objet, même pas les vôtres, d'ailleurs. On se croirait sur le lieu d'un crime où l'assassin aurait pris le temps d'effacer la moindre trace de son passage.

Je me retourne pour lui faire face.

— C'est une déformation professionnelle, vous voyez du suspect partout. Et puis vous venez de la ville basse, où les critères d'hygiène sont très différents. Ici, on aime simplement quand c'est propre.

Il soutient mon regard quelques secondes avant de tourner les talons.

– Ah, j'oubliais, ajoute-t-il. Mon père veut absolument rencontrer le vôtre avant de repartir dans la ville basse. Il a laissé une convocation sur la table de la cuisine. Joignez-le au plus vite, c'est très urgent.

– Et si je n'y parviens pas?

– On vous enfermera dans une de nos cellules jusqu'à ce qu'il daigne venir vous chercher.

– Comme ça, sans raison? Vous n'en avez pas le droit.

– Dans les affaires terroristes, mademoiselle, nous avons tous les droits.

CHAPITRE
26

Je suis dans l'obscurité quasi complète. Une grille avec des interstices minuscules laisse filtrer une faible lueur. Il n'y a qu'un seul banc étroit qui doit faire office de paillasse et un trou pour les besoins naturels qui empeste. J'ai l'impression d'être revenue dans les geôles de la ville basse. Il ne manque plus que les rats. Pour l'instant, je suis vivante et je n'arrive pas à penser à autre chose. Concernant Yette, je n'ai aucun remords, c'était elle ou moi, et je n'ai jamais voulu la tuer. Elle n'a pas eu de chance, c'est tout.

Là, il faut que je dorme. J'attendrai la nuit pour pleurer sur mon sort. Je me réveille plusieurs fois à cause du froid, parce qu'on ne m'a pas donné de couverture et que ma tenue de prisonnière est déchirée en plusieurs endroits.

Je reste assise de longues heures. Je croise mes bras et me frotte le dos. Pendant quelques instants, je m'imagine serrer mon amoureux et ça me réchauffe un peu.

Au réveil, mon ventre me brûle et j'ai envie de vomir. Ma vie va s'arrêter là, au fond de ce trou, et je ne reverrai jamais ceux que j'aime. On m'apporte à manger un morceau de pan gris et de l'eau. Je voudrais pleurer, mais mes yeux restent secs. Je me sens faible comme jamais auparavant.

Quelques heures plus tard, on me sort de ma cellule pour me conduire à la douche. J'ai droit à un uniforme propre. Je remonte dans les hauteurs. Je pénètre dans une pièce uniquement meublée d'une table et de deux chaises. Un homme en costume gris m'attend debout. Le gardien nous enferme en ressortant.

– Bonjour, je suis votre avocat. Vous savez ce que c'est? Je ne sais pas si cela existe dans la ville basse.

– Je ne crois pas, dis-je. J'en aurais entendu parler.

– Je suis chargé de vous défendre car vous allez passer en jugement. Je viens d'avoir accès à votre dossier et je vais essayer de vous aider.

– Pourquoi vous voulez m'aider?

– Je suis payé par quelqu'un pour le faire.

– Qui?

– Un homme important de la ville haute, qui ne veut pas que son identité soit dévoilée. C'est quelqu'un de riche et de puissant. Vous avez de la chance que sa fille vous connaisse ou connaisse quelqu'un de votre entourage. C'est plus clair pour vous ?

– Je crois.

– En ce qui concerne la plainte pour recel, sachez qu'elle a été retirée. Racontez-moi dans le détail ce qui s'est passé depuis votre arrivée dans cette prison.

Pendant tout mon récit, il prend des notes. Lorsque je termine, il me lit les questions qu'il a inscrites sur ses feuilles. Il me demande comment j'explique que les gardiens aient sciemment laissé le combat avoir lieu. Je lui réponds qu'à mon avis il se passe la même chose ici que dans la ville basse, c'est-à-dire que les mafieux furtifs sont si puissants qu'ils peuvent contrôler les fonctionnaires et même les forces de l'ordre en les achetant ou en menaçant leurs familles. Je lui raconte mon histoire avec Dimitr et la dernière conversation que j'ai eue avec lui dans les locaux mêmes de la police. J'insiste sur le fait que Yette m'a clairement dit qu'elle le connaissait et avait pour mission de me punir. Il s'inquiète enfin du refus éventuel des autres prisonnières de témoigner en ma faveur. Il veut que je lui cite des noms mais j'en suis incapable, pour moi, elles ne sont que des silhouettes ou des voix. Il me promet de repasser dès le lendemain et me confie une feuille avant de s'écarter pour me laisser lire tranquillement.

— Lisez-la avant de sortir. Ils vous fouilleront à votre retour en cellule et vous la prendront. C'est la règle quand on est au mitard.

Ma chérie, nous sommes en vie et en sécurité. Igo est un fils magnifique. Nous pensons très fort à toi. Accroche-toi. Nous t'attendrons et bientôt nous serons réunis tous les trois. Je t'aime.

Mon avocat me serre la main et frappe à la porte pour qu'on vienne lui ouvrir.

En regagnant ma cellule, j'ai le plaisir de constater qu'on y a déposé deux couvertures. Je m'enroule dedans et ferme les yeux pour essayer de récupérer de ma nuit difficile. Je repense à ma conversation avec l'avocat. J'aurais dû lui demander s'il savait ce qui allait m'arriver maintenant. Ai-je la moindre chance que le juge me laisse sortir avant plusieurs mois... plusieurs années ? Je veux voir mon fils grandir. Je veux m'extasier jour après jour devant ses progrès. Je veux que Lucen me serre dans ses bras. Je veux arrêter de pleurer dès que je suis seule. Quand je m'endors en pensant à eux, je suis bien, mais au réveil je me sens totalement désespérée.

Curieusement, l'attitude des gardiens semble moins hostile à mon égard dans les jours qui suivent. Je le remarque au fait qu'ils échangent quelques mots avec moi quand ils m'apportent le repas ou m'accompagnent à la douche. Je ne tarde pas à en comprendre la raison. Deux policiers viennent m'interroger dans ma cellule sur les événements qui ont conduit à la mort de Yette. Ils me demandent de mettre en cause précisément certains matons sur leurs liens supposés avec la mafia des furtifs. J'apprends à cette occasion que d'autres prisonnières ont osé parler et dénoncer des agissements qui duraient depuis plusieurs années. Tous les membres du personnel se sentent sur la sellette et rasent les murs. C'est l'heure du grand ménage, et chacun essaie de sauver sa peau.

Je suis convoquée au tribunal dans l'après-midi. Pour l'occasion, j'ai le droit de remettre des vêtements civils. Mon avocat en a fait livrer des neufs que je déballe dans le vestiaire de la prison. Cet homme a bien jugé ma taille car je m'y sens très à l'aise. J'apprécie aussi que la robe soit assez couvrante, la découpe carrée du haut dissimule mes seins, que je trouve un peu voyants en ce moment, et le bas est suffisamment long pour cacher mes mollets disgracieux. Je m'attache les cheveux. J'aimerais bien que Lucen puisse me voir. Je n'ai sans doute jamais été aussi bien habillée. J'effectue le trajet dans un fourgon en compagnie d'une fille que j'ai croisée à la prison. Elle me sourit. J'ai envie de lui parler, mais un panneau nous l'interdit formellement. Sur place, je retrouve mon défenseur qui semble confiant. Nous parcourons de nombreux couloirs. Je n'ose pas trop contempler les visages des gens que je croise car, comme je suis menottée et escortée par un policier, tous me considèrent forcément comme une coupable. Je ressens presque de l'hostilité chez certains. Une fille me bouscule, peut-être intentionnellement. Mon avocat réagit.

– Qu'est-ce qu'elle a, celle-là ? Elle ne peut pas relever la tête quand elle marche ? Ça va, Firmie ?

– Oui, ce n'est rien. Elle ne l'a pas fait exprès.

– Franchement, je me le demande.

Mon défenseur pose son regard sur le haut de mon buste. Il avance même la main jusqu'à effleurer ma peau. Je me recroqueville. Cette attitude me trouble. Que lui arrive-t-il ?

– Ne vous méprenez pas, Firmie, déclare-t-il en souriant, mais je vois dépasser un papier de votre corsage, cela me paraît un peu grand pour être une étiquette.

Je baisse la tête et repère en effet une petite feuille jaunie glissée sous le côté gauche de mon encolure. Il se saisit du papier, le déplie et me le tend.

Tu es morte depuis l'instant où tu m'as trahi,
Et je jure sur ce que j'ai de plus cher
que je te retrouverai, même au bout du monde
et que je te tuerai, toi et ceux que tu aimes.
D.

Mon visage se fige. Mon défenseur me demande en levant les sourcils si je l'autorise à lire. Je suis incapable de réagir. Il se décide à le faire après quelques hésitations.

– C'est la fille qui vous a bousculée, s'emporte-t-il. Comment ce Dimitr a-t-il su que nous serions là aujourd'hui? Je vais en parler au juge et au directeur de la prison. C'est absolument scandaleux!

Le ton de sa voix a monté, et les personnes aux alentours interrompent leur discussion pour nous fixer. Mon garde, qui n'a rien suivi de l'épisode, se demande ce qui se passe. Je souffle lentement par la bouche et j'attends que les autres reprennent le fil de leurs conversations. Ma voix est assourdie. Je suis encore sous le choc quand je déclare à mon défenseur:

– Cet homme est le diable. On ne doit jamais signer avec le diable.

Heureusement, j'ai eu le temps de me calmer quand une dame appelle mon nom. Nous nous levons et la suivons à l'intérieur d'une vaste salle pouvant accueillir une centaine de personnes. Quatre juges sont assis sur une estrade. On m'installe en face d'eux en me recommandant de rester debout. Mon avocat est près de moi. Après que j'ai décliné mon identité, l'homme qui est au centre me fait préciser des détails de ma déposition. Quand il a fini, il demande aux autres s'ils veulent à leur tour me poser des questions. Comme ils n'en manifestent pas le désir, la parole est donnée à une femme qui siège un peu à part et que je n'avais pas remarquée en entrant.

– C'est madame le procureur, me précise mon défenseur au creux de l'oreille.

– Monsieur le président, messieurs et madame les juges, j'attire votre attention sur le fait qu'il ne faut pas réduire cette affaire à un banal accident. Une femme est morte, qui plus est une mère de trois enfants qui allait bientôt quitter la prison et pouvoir subvenir à leurs besoins non seulement matériels mais, bien entendu, et c'est le plus important, affectifs. Que deviendront ces petits sans l'amour d'une mère ? Que deviendront-ils si leur tante, qui les élève et qui est déjà bien vieille pour quelqu'un de la ville basse, s'en vient à mourir ? Je propose donc que cet acte ne soit pas minimisé et qu'une peine de prison le sanctionne. Je requiers qu'en plus cette jeune femme dédommage la famille de la victime en lui offrant son salaire ou du moins une grande partie de celui-ci pendant cinq années. Elle devra bien évidemment durant cette période garder un statut de prisonnière en liberté surveillée. Donc, pour me résumer, monsieur le président, je demande deux ans fermes et cinq ans de liberté surveillée avec obligation de rembourser une partie du préjudice subi.

Avant de répondre au juge qui lui donne la parole, mon avocat me serre doucement le bras comme pour me rassurer. Il fait de moi un portrait que je trouve étrange, «une fille d'un courage absolu qui a affronté mille dangers depuis sa naissance». Je me rends compte qu'il a, et sans doute les autres également dans la ville haute, une vision très noire de notre existence en bas, comme si nous vivions dans un éternel enfer, rempli de pères alcooliques et violents, de mères indignes, d'enfants qui suffoquent dans les fumées. Je ne dis pas que tout cela n'existe pas, mais il y a aussi des humains capables de solidarité et d'amitié, il y a de l'amour, il y a mon Lucen... Il décrit ensuite la prison, la collusion des gardiens avec les furtifs mafieux. Il parle de véritable piège dans lequel je suis tombée, moi qui ne devais pas aller en détention puisque j'y avais été envoyée sur une erreur, la plainte ayant été retirée. Il brandit soudain le message parvenu dans les locaux mêmes du tribunal et conclut son discours en disant:

– Ne pourrait-on pas une fois dans la vie de cette jeune fille faire preuve de compassion? Ne pourrions-nous décider qu'elle a déjà subi et subira sans doute suffisamment d'épreuves dans sa vie pour ne pas lui en infliger de nouvelles?

Les juges le remercient d'un signe de tête. Le policier chargé de me surveiller m'entraîne vers une porte au fond de la salle. J'y suis rejointe par mon avocat et la procureure. Nous nous installons sur des fauteuils. Il n'y a plus qu'à attendre. Mon gardien se met presque aussitôt à somnoler tandis que les deux autres se rapprochent pour discuter. Visiblement ils se connaissent bien, peut-être même sont-ils amis. Je ne parviens pas à saisir ce qu'ils se racontent mais ils ne parlent plus de moi. Comme chaque fois que je suis inactive et seule, un malaise s'insinue progressivement en moi jusqu'à envahir tout mon corps, avec des maux de ventre, des bouffées de chaleur, un sale goût dans la bouche qui me fait saliver. Assez vite, les larmes suivent et je suis impuissante à les stopper. Heureusement, après moins d'une demi-heure, nous sommes de nouveau convoqués.

– Mademoiselle Firmie, nous avons décidé de vous condamner à deux années de travail surveillé. Vous serez nourrie et logée, mais l'ensemble de vos revenus seront versés à la famille de la victime. Vous effectuerez cette peine dans une des institutions fermées de Grandville ou de son territoire. Jugement a été rendu.

Je suis un peu perdue. Mon avocat a l'air content, car je ne repars pas en prison et, en m'exilant à Grandville, on m'éloigne du danger représenté par les hommes de Dimitr et la milice de la ville basse.

CHAPITRE
27

La maison semble vide quand je m'y déplace pour m'occuper d'Igo. Ludmilla est peut-être sortie avec sa gouvernante. Je préfère cette solitude aux discussions obligées, aux regards remplis de compassion ou de pitié. Je dois attendre, en fin d'après-midi, le retour du père qui a engagé un avocat et connaîtra la teneur des accusations portées contre Firmie. Peut-être y a-t-il encore un espoir qu'elle s'en sorte... Mais comme ce n'est sûrement pas avant longtemps, aurons-nous une chance de nous revoir un jour?

Notre hôtesse n'est pas loin car je découvre qu'elle est venue déposer discrètement un carton de jouets sur notre lit pendant que nous étions dans la salle de bains. Igo apprécie et triture avec intérêt ces objets inconnus de lui. Je n'ai pas le droit d'en vouloir à Ludmilla. Elle n'est responsable que d'une toute petite partie des malheurs qui nous accablent et elle, au moins, essaie de réparer. Je me reproche ma colère de la veille, le sentiment proche de la haine que j'ai soudain éprouvé vis-à-vis de ces gens d'en haut pour qui la vie est si facile. J'ai un peu dormi depuis et mon fils d'un sourire m'a remis les idées en place. Je ne dois penser qu'à l'avenir et faire en sorte que son existence soit meilleure que la mienne.

Igo passe en revue tous les jouets en les portant à sa bouche et en me les tendant les uns après les autres. Ensuite, je les lui rends, ce qui le met en joie.

Ludmilla vient me chercher vers dix-huit heures trente parce que son père a des nouvelles. Firmie, qui n'aurait fait que répondre à une agression, n'encourt pas la peine de mort, mais, car il y a un «mais», elle risque tout de même d'être incarcérée plusieurs années. Ma femme sera fixée sur son sort demain dans l'après-midi.

Ludmilla m'avertit qu'elle ne peut plus me garder sous son toit parce que des officiers de la milice d'en bas vont venir l'interroger et qu'ils demanderont sans doute à fouiller la maison. Elle me propose une alternative : des amis à elle peuvent nous héberger le temps qu'on sache ce qu'il adviendra de Firmie. J'apprends à cette occasion qu'elle appartient à un groupe clandestin de Coivistes qui se réunissent au sein de son lycée. Je regrette d'autant plus ce que j'ai pu penser d'elle hier, elle ne le mérite vraiment pas.

Vers minuit, une voiture se gare devant la maison. Je dis au revoir à Yolanda et à Ludmilla. Le chauffeur me demande de m'allonger sur la banquette arrière. Le trajet ne dure pas plus de dix minutes. Un adolescent nommé Gonzague me guide jusqu'à un grenier situé au-dessus de son garage. C'est une chambre avec une douche et des toilettes. L'endroit était occupé par son grand frère qui depuis est parti vivre à Grandville pour ses études. Il me demande d'être très discret car ses parents ne sont pas au courant de ses activités subversives et n'hésiteraient pas à me dénoncer aux autorités. Un carton posé sur le bureau renferme du ravitaillement et des boîtes de lait pour bébé. Je comprends que le groupe de Ludmilla est très bien organisé, ce qui me rassure pour Igo que je ne veux pas mettre en danger.

Je n'ai rien à faire et me cale sur le rythme de mon enfant, ce qui me fait dormir plus que d'habitude. Dans certains moments de veille, j'essaie d'organiser la suite de ma fuite en envisageant différents scénarios. Tout va dépendre du temps et du lieu de détention de Firmie. Je me récite toutes les adresses et tous les noms que j'ai dû mémoriser. Le vieux ne voulait pas qu'on puisse trouver des documents sur moi.

Je regarde au travers des rideaux les passants dans la rue. Les jeunes qui partent le matin pour l'école ou pour ce que Ludmilla appelle le lycée. Ils ne marchent jamais très vite et s'arrêtent même souvent pour parler. Ils ne sont pas obligés de fournir leur quota d'énergie en patinant et de trouver de l'argent chaque jour comme ceux d'en bas. C'est une vie comme celle-là qu'il faudrait pour Igo, peut-être serait-il mieux s'il était adopté par une famille riche? Peut-on aimer son enfant comme je l'aime et accepter de se séparer de lui pour qu'il ait une vie plus heureuse? Suis-je vraiment certain d'être la meilleure personne pour l'élever?

Yolanda débarque en fin d'après-midi. Elle esquisse à peine un sourire, puis se baisse pour embrasser Igo qui dort profondément. Elle m'invite à prendre place près d'elle.

– Lucen, Firmie vient d'écoper de deux années de travail au sein d'une institution de la ville haute de Grandville.

– Deux ans... Encore deux ans sans elle!

– Ce n'est pas si long et puis, au moins, vous avez une échéance à laquelle vous accrocher.

Je sais qu'à cet instant elle pense à son fils dont elle est séparée depuis longtemps.

– Où sera-t-elle enfermée?

– Nous l'ignorons. Les lieux de travail et de détention restent toujours secrets.

– Le père de Ludmilla pourrait le savoir?

– C'est possible, mais il ne dira rien. Il ne veut pas que vous tentiez de la faire évader et que vous vous fassiez arrêter. Les autorités vous prendraient votre enfant. Ce n'est pas dans ce but que vous posiez la question?

– Si.

– Vous savez où vous cacher en attendant qu'elle sorte?

– Oui, mais je préfère garder le secret.

– Vous avez raison, c'est plus prudent. Je vais lui rendre visite un peu plus tard. Voulez-vous que je lui transmette un message?

– Oui, merci.

Elle me tend un stylo et une feuille pliée. Je m'écarte pour écrire. Igo s'agite et Yolanda le prend dans ses bras doucement pour lui parler à l'oreille. Elle lui prépare son biberon de la main droite tout en le tenant de la gauche. Mon bébé tète dans le vide. C'est comme s'il cherchait à l'embrasser. Il m'aperçoit et me tend les bras. Je le récupère. Il me tient une conversation à base de sons plus ou moins chantants. Je crois qu'il veut me réconforter. Je lui donne ensuite son biberon. Il ferme les yeux et remue les jambes. Son corps se détend. Il est apaisé et confiant.

Yolanda s'apprête à partir. Elle m'embrasse sur la joue comme le ferait une mère ou une grande sœur bienveillante. Elle fait sourire Igo qui s'interrompt quelques secondes pour la contempler.

– Je ne crois pas que nos chemins se recroiseront un jour. J'en fais quand même le vœu. Bonne chance à vous deux.

– Yolanda, j'espère que vous allez récupérer très vite votre enfant. Bonne chance à vous aussi.

Pour la première fois depuis mon installation ici, Gonzague vient me voir. Il profite d'une absence prolongée de ses parents pour vérifier que tout va bien. Je lui annonce mon départ pour le lendemain. Il me fait part d'une curieuse visite que sa mère a reçue dans la matinée. Un jeune homme, nommé Georges et se faisant passer pour un lycéen, est venu lui poser des questions sur «notre ami de passage». Sa mère, ne comprenant rien, l'a proprement mis à la porte. Je n'ai pas besoin de réfléchir beaucoup pour identifier ce curieux visiteur. Je demande à mon hôte pourquoi il a rejoint ce groupe de Coivistes. Il me raconte que son grand-père lui a confié peu avant de mourir qu'il était originaire de la ville basse et qu'il avait réussi à s'installer clandestinement en haut quand il avait quinze ans. C'était suite au décès de sa femme causé par la toux des pauvres.

Il avait travaillé plusieurs années caché dans la cave d'un artisan avant de pouvoir se payer de faux papiers. Il n'avait jamais révélé à sa nouvelle épouse ni à ses enfants cette histoire, de peur qu'ils ne soient découverts et envoyés sous la nox pour finir leur existence. Sentant la mort venir, il avait choisi Gonzague pour lui transmettre cette histoire.

– Curieusement, au début, j'ai refusé de l'admettre et j'avais même fini par me convaincre que c'était le discours d'un vieux gâteux qui cherchait à obtenir un peu d'attention sur son lit d'hôpital. Je n'en ai jamais dit un mot à mes sœurs ni à mes parents qui sont plutôt sympathisants caspistes. Un jour, un copain de lycée m'a parlé du mouvement coiviste et ça m'a semblé naturel d'essayer de militer pour que les gens d'en bas accèdent à de meilleures conditions de vie, d'autant plus que des chercheurs de notre mouvement disent que ce serait possible si, de notre côté, nous étions prêts à partager un peu ce que nous avons.

– Et Ludmilla, tu la connais bien ?

– Non.

– Pourquoi ?

– Celles qui dirigent le groupe n'ont pas trop confiance en elle. Elles sont persuadées qu'elle ne nous apporte que des ennuis. Moi je n'ai rien contre elle et je ne sais pas pourquoi elles tiennent de tels propos. Peut-être possèdent-elles des informations que j'ignore.

– Moi je sais que c'est une fille bien.

Nous quittons la chambre au-dessus du garage à la nuit tombée. J'ai mémorisé un itinéraire qui évite les grands axes. Gonzague, qui est assez maigre aussi, m'a offert quelques vêtements à ma taille. Je pourrais presque ressembler à un garçon d'ici si je ne portais accroché dans mon dos un enfant de six mois. Comme chaque fois que nous nous déplaçons à l'extérieur, Igo est très sage, il semble attentif au nouvel environnement qu'il découvre. J'ai un contact pour emprunter un dirigeable qui se rend à Grandville. J'approche prudemment. Je dois dépasser le bâtiment réservé à l'embarquement des passagers et me diriger vers la zone de fret. Je me cache dans un recoin de l'entrepôt pour observer les gens qui travaillent. Celui que je dois aborder, d'après les renseignements du vieux, porte toujours un foulard rouge autour du cou. Je l'aperçois bientôt, donnant des ordres à un gamin d'une dizaine d'années. J'attends qu'il s'écarte de ses employés pour l'accoster :

– Bonsoir monsieur Jean, je viens de la part du vieux, je...

– Je sais qui tu es. Viens par ici.

Nous entrons dans une petite pièce qu'il verrouille derrière lui.

– Tu es certain que tu n'as pas été suivi?

– J'ai pris toutes les précautions que je pouvais et je n'ai rien repéré de suspect.

– Nous serons vite fixés. Je vais t'indiquer un endroit pour attendre. N'en sors sous aucun prétexte. Ta tête est mise à prix pour soixante écus d'or et ça motive des tas de gens, crois-moi. Je pourrai te faire passer demain matin. Je croyais qu'il y aurait aussi une femme.

– Non, je suis seul avec le petit.

Monsieur Jean nous conduit dans un vaste espace où sont stockées de grandes boîtes en métal. Il en ouvre une. Elle est partiellement remplie de caisses, en métal elles aussi.

– Je vais vous y enfermer pour une période d'au moins six heures. Faites vite ce que vous avez à faire avant d'y rentrer. Tu trouveras un bureau avec des toilettes et un lavabo dans le coin là-bas. Je repasse dans une dizaine de minutes. D'ici là, vous ne risquez rien. Ensuite, ça sera plus délicat, car deux rondes vont se succéder, à vingt-trois heures et vers deux heures trente. Ils ne peuvent pas vérifier le contenu de tous les containers, alors ils se contentent de passer avec les chiens. Souvent ils frappent à coups de barre de fer contre les parois pour voir si ça réagit. Ils peuvent même choisir d'en ouvrir quelques-uns. Planque-toi derrière les caisses au cas où. J'ai répandu du répulsif pour chiens, donc rien à craindre de ce côté. Tu dois à tout prix éviter que ton fils ne se mette à pleurer. C'est une question de vie ou de mort.

CHAPITRE
28

Je ne dois plus penser à cette lettre de Smon dont je ne pourrai jamais être certain ni de l'authenticité ni de l'objectif réel. Snia pour sa part en fait presque une obsession. Elle ne s'en rend pas compte, mais ses allusions incessantes me font l'effet d'une agression. «J'ai peur qu'il t'arrive quelque chose.» «On en veut à ta vie.» «Tout ça, c'est à cause de ton père.» «Je ne veux pas élever seule mon enfant.» «Tu dois reconnaître que Lucen n'est pas l'unique responsable de ce qui t'est arrivé.» me répète-t-elle sans arrêt. Au fond, je sais ce qu'elle veut, elle veut que je la choisisse elle et que je m'éloigne de mon père, qui est à l'origine de cette malédiction. Je me sens perdu. Je n'ai jamais autant aimé quelqu'un de toute ma vie, je n'ai jamais éprouvé comme aujourd'hui cette sensation extraordinaire d'être aimé en retour. Elle, elle a fait son choix depuis longtemps et il est radical. Elle s'est coupée de toute sa famille et ne vit plus que pour notre amour et le bébé à venir. Pour l'instant, je ne suis pas capable de l'imiter. Alors je ne lui parle presque plus. Je l'enlace de longs moments pour lui montrer à quel point je suis attaché à elle. J'évite ses regards. Je voudrais qu'elle comprenne que j'ai besoin de temps. J'ai peur de la perdre.

Lorsque mon père me propose de l'accompagner dans les hauteurs pour quelques jours, j'accepte avec soulagement. Cette séparation momentanée me permettra peut-être d'y voir plus clair.

— C'était couru d'avance, lâche Marcl entre ses dents.

— Qu'est-ce qu'il y a ? gronde mon père en forçant la voix, plus pour le faire taire que pour obtenir une réponse.

— Rien, chef... C'est juste que le gamin, il aura d'autres occasions d'y aller et que moi, je...

Mon père s'est levé. Il tapote en passant l'épaule de Marcl pour le calmer et le rassurer sur leurs liens. L'autre souffle. Il sait que ses arguments ne comptent pas. Grégire quitte la salle avec Clude. Je ramasse mes notes et m'apprête à en faire autant, quand le vieux milicien m'interpelle :

— Alors, t'es content ?

— Je n'ai rien demandé. Tu sais très bien que ce n'est pas moi qui décide.

— Si ça se trouve, je vais sauter sur une bombe dans un mois et, de toute ma vie, je n'aurai jamais vu le bleu du ciel et les couleurs de la nature ailleurs qu'au cinéma.

Je ne sais pas quoi lui répondre et préfère l'abandonner à ses regrets. Dans l'après-midi, je passe voir mon père pour connaître les détails du déplacement et en avertir Snia en rentrant. Pour l'instant, Grégire a peu de précisions à me donner. Il a l'impression que la police de la ville haute n'est pas pressée de nous voir débarquer pour mettre le nez dans ses affaires. Il en saura plus dans la soirée. Sans que je l'évoque, il revient sur la déception de Marcl :

— Le pauvre, qu'est-ce qu'il s'imaginait ? Que j'allais m'encombrer d'un poivrot mal fagoté à la syntaxe incertaine ? Il voudrait que je conforte ceux de là-haut dans l'image qu'ils ont de nous, celle de brutes avinées et imbéciles ?

Ce soir, mes caresses ne suffisent plus à Snia qui me fixe un ultimatum. Elle me refusera toute marque d'affection tant que je n'accepterai pas une vraie discussion avec elle sur la lettre de Smon et les conséquences que nous devons en tirer. Je m'allonge sur le lit pour ne pas avoir à la frôler sans pouvoir l'enlacer. Au bout d'une heure de silence, elle vient s'asseoir près de moi mais en gardant une certaine distance.

— Je sais que tu aurais besoin de temps, mais si je ne précipite pas un peu les choses, tu ne réagiras que lorsqu'il sera trop tard. Je connais ces gens, c'était ma famille avant. Il est évident qu'ils ne te lâcheront jamais et qu'ils finiront par t'avoir. Tu dois quitter au plus vite la police et surtout la milice. Tu dois prendre tes distances vis-à-vis de ton père et peut-être même envisager que nous partions ailleurs. Pour la première fois hier, j'ai entendu parler de l'existence d'isolas. Ce sont des lieux perdus où vivent des gens qui...

— Qui t'en a parlé?

— C'est le flic ou le mari qui m'interroge, là?

— Réponds, s'il te plaît.

— Je ne te répondrai pas. Je ne veux pas que cette personne...

— Il ne lui arrivera rien. Je te le jure sur notre enfant mais j'ai besoin de savoir.

— Katine.

— Je m'en doutais. C'est ce que les désespérés du monde, comme Lucen, prennent pour la solution à tous leurs problèmes, mais les choses ne sont jamais simples. Fuir ne sert à rien. Je vais partir quelques jours enquêter avec mon père dans la ville haute. Je te promets qu'à mon retour nous pourrons parler ouvertement. J'ai besoin de toi, Snia. Tu es la seule personne qui me fait croire encore que vivre est possible.

Je l'attire vers moi et elle se laisse faire. Je l'entoure de mes bras et l'embrasse avec douceur. Elle me rend mon baiser et s'allonge sur moi. Je ne lui ai pas menti. Si elle venait à disparaître, je ne lui survivrais pas longtemps.

Mes postes au sein de la police et de la milice me donnent accès à une grande quantité d'informations et, par la même occasion, m'enlèvent beaucoup de mes illusions. Ce mythe des isolas, par exemple, a la peau dure. Les gens qui choisissent cette solution sont confrontés à des tas de problèmes. Tous citadins à la base, ils ne sont pas à même de survivre dans ces milieux sauvages, et beaucoup meurent de faim au cours des premiers mois. D'autres ont des accidents en se déplaçant ou en chassant sur ces espaces vierges. Dans les communautés plus importantes et plus structurées, il faut se faire admettre et trouver sa place. Les derniers arrivés sont souvent traités comme des esclaves par les plus anciens. Rares sont les isolas où règnent l'unité et la concorde. De plus, les autorités ont infiltré depuis le début ces expériences de vie communautaire et les contrôlent en sous-main. Parfois, des dirigeables survolent les campements la nuit pour larguer des bombes incendiaires sur les récoltes et dissuader ces pionniers hors la loi de rester. L'objectif est surtout de leur rappeler que, nulle part sur la terre, ils ne sont à l'abri du châtiment qu'ils ont mérité. Si c'est la solution qu'envisage Lucen, elle ne lui garantira qu'un répit bien provisoire. Comme je l'ai promis à Snia, je n'évoquerai pas Katine devant Grégire. Au fond, ça n'a plus d'importance.

Ce soir, je pars avec mon père pour la ville haute. Nous avons eu droit à une toilette exceptionnelle et à des vêtements propres. J'ai usé le ratio d'eau d'une famille de cinq pendant un mois pour me rendre présentable. Snia m'a reniflé quand je suis passé juste après pour l'embrasser.

– Tu n'es plus le même, tu sens trop le savon, a-t-elle déclaré, mais je crois qu'elle ne voulait pas me montrer qu'elle m'enviait.

Nous marchons tranquillement en tenant la corde. À l'approche de la cour des miracles, mon père annonce sa présence et on nous laisse passer. Les brigands se souviennent sans doute que, suite à l'agression qu'avait subie par erreur le chef de la milice, une chasse à l'homme avait été déclenchée et que plusieurs de ceux qui avaient touché Grégire avaient écopé de longs mois dans la forêt pourrissante. Nous abordons la frontière vers vingt heures, alors que la nuit est déjà tombée. Pour la première fois, je perçois pour de vrai le sens des mots «étoile» et «lune», et c'est un choc. Pourquoi Snia n'a-t-elle pas droit à ce privilège? Je me promets de le lui offrir un jour.

Nous sommes accueillis par un homme de l'âge de mon père, qui est visiblement le chef de ce commissariat.

– Salut Grégire, lance-t-il en souriant. Cela fait au moins trois ans que je ne t'ai vu, c'est ça?

– Je crois. Bonsoir Quentin. Chaque fois que j'entre ici, je me revois gamin, la première fois que je suis venu.

– À l'époque, tu ressemblais beaucoup à ce jeune homme. S'agit-il de Gerges?

– C'est bien Gerges, déclare mon père avec fierté, mon unique, mon dernier.

Je comprends que l'homme devant moi est beaucoup plus vieux qu'il ne le paraît, il a au moins cinquante ans. Les pièces sont très éclairées et j'ai du mal à fixer les ampoules sans fermer les yeux. Nous dormons dans une chambre pour deux.

Au matin, mon père décline la proposition qu'on lui fait de se laver en disant que son corps n'est pas habitué. Malgré son regard désapprobateur, moi j'accepte avec plaisir. Je retrouve Grégire et Quentin en pleine discussion:

– Je n'aurai le mandat de perquisition que dans l'après-midi, précise le vieux commissaire. D'ici là, tu peux peut-être autoriser ton fils à profiter du paysage.

– Essaie de rester à l'ombre, me recommande mon père, le ciel est très dégagé aujourd'hui et nous avons les yeux sensibles dans la famille. Si tu n'y fais pas gaffe, ça va te piquer et tu auras l'air de chialer.

Quand j'ouvre la porte, je prends l'éclat du soleil en pleine figure et je m'assois sur le perron pour m'accoutumer à la lumière crue du jour.

Je me lève et prends une direction au hasard. Je laisse traîner ma main sur les plantes qui bordent les maisons. Les éléments que je respire ont chacun une senteur particulière, très différente chaque fois. En bas, l'odeur du brûlé contamine tout. Je croise des jeunes de mon âge qui me regardent avec curiosité. Une fille parle à mon propos de «minipolicier». Ils n'ont donc pas ici le même respect ni la même crainte des gens en uniforme. Si Marcl était à ma place et qu'on soit chez nous, il aurait tiré l'insolente par les cheveux pour qu'elle s'agenouille devant lui et s'excuse. Je dois bien admettre que ces filles sont très belles et très attirantes. Elles sont légères et fines, presque aériennes, mais cette légèreté semble déteindre sur leur esprit. Je les entends sans cesse ricaner, plaisanter et tourner autour des garçons comme des mouches. Elles perdent leur temps. Elles n'ont pas encore compris que seules les étreintes comptent, qu'il faut s'aimer sans attendre et assurer sa descendance. C'est comme ça que moi j'ai trouvé le bonheur avec Snia. Je ferme les yeux pour la sentir plus proche. Elle serait bien ici, assise au soleil avec moi. Elle mérite ce qu'il y a de meilleur.

Nous débarquons chez Ludmilla vers cinq heures. Sa servante nous fait patienter dans une pièce immense avec des fauteuils. Cet endroit ne doit servir qu'à attendre. Elle nous dévisage tranquillement comme si elle voulait imprimer nos visages dans un coin de son cerveau. Ça, c'est un réflexe de flic.

Ludmilla arrive peu après. Elle est telle que j'imaginais physiquement une fille d'en haut, de longs cheveux clairs gonflés d'air et une silhouette gracile. Elle l'est aussi moralement car elle se montre hautaine, condescendante, voire agressive, sûre d'elle, alors que le contexte devrait l'inciter à plus d'humilité. Ce n'est qu'une gamine suspectée de terrorisme face à trois policiers assermentés. Mon père est sur les nerfs mais se contient. Dans nos murs, elle se serait déjà pris une bonne baffe. Elle reconnaît tout de suite avoir reçu brièvement Lucen puis l'avoir rejeté à la rue avec son bébé. Elle avoue qu'elle s'est rendue coupable de naïveté pour excuser ses rapports passés avec notre fugitif. Je n'arrive pas à comprendre comment mon ex-ami a pu prendre des risques pour elle, même pour de l'argent. Lui a-t-elle joué la comédie? Ou bien cache-t-elle son jeu en ce moment en nous montrant un faux visage?

Après la fouille qui ne donne rien, mon père m'envoie auprès d'elle pour prendre congé. J'en profite pour l'asticoter discrètement. Malgré son ton supérieur et ses allusions odieuses à notre saleté, je la sens fragile. Quelques minutes à peine avec Clude dans nos sous-sols suffiraient à lui faire avouer tout ce qu'elle nous cache. Malheureusement, nous ne sommes pas dans la ville basse. En voilà une qui a de la chance.

CHAPITRE
29

À chaque retour de mon père chez nous, je me demande si c'est cette fois-là qu'il va me demander un «service». Quand nous mangeons face à face, j'ai le sentiment qu'il perçoit mon malaise et que cela l'amuse. Un soir, il évoque «ma magnifique prestation» lors de la visite de ceux qu'il nomme les «lourdauds d'en bas». Il déclare même qu'il aurait rêvé d'assister à la scène car, aux dires de Yolanda, je me suis surpassée dans mon rôle de «jeune fille riche tête à claques». Il me précise que ces mêmes policiers se sont fait rouler dans la farine par Siremain, spécialement venu de Grandville pour jouer à sa place le papa débordé au commissariat. Il s'était grimé et avait teint ses cheveux en gris. Il leur a fait un vrai numéro.

Yolanda continue à me former à l'autodéfense deux fois par semaine. Elle m'emmène aussi courir et faire de la musculation. Je n'ai pas l'impression de faire beaucoup de progrès. Face à un vrai danger, je pense que je serai toujours incapable de réagir.

Un soir enfin, mon père dévoile ses intentions :

– Est-ce que tes copines Broons continuent de t'éviter ?

– Pas vraiment. Elles me saluent même parfois, mais ça ne va jamais plus loin. Elles ne m'ont toujours pas pardonné d'avoir gâché ma mission auprès d'Eugène.

– Je peux te donner le moyen de te racheter à leurs yeux.

– Quel serait ton intérêt, Papa ?

– Je te l'expliquerai en temps voulu, si tu veux bien. Alors, prête à jouer le jeu ?

– Je ne pense pas que ce soit vraiment une question, n'est-ce pas ?

– En effet. Un refus de ta part me paraîtrait complètement déplacé.

Dès le lundi suivant, j'aborde Léna au coin d'un couloir, ce qui semble l'agacer car, en tant que chef, elle n'aime pas que ses troupes prennent des initiatives. Elle me fixe un rendez-vous à la sortie en présence de François.

Je lui récite avec conviction le récit préparé par mon père :

– Hier soir, pendant le repas, mon père m'a parlé de Grisella. Il voulait que je conseille à ma copine de s'éloigner au plus vite d'Eugène, qu'il considère comme un individu vraiment dangereux. Au cours de la conversation, j'ai compris que c'était l'un des dossiers sur lesquels il travaillait durant le week-end. Juste avant le dessert, il a reçu un appel urgent et est parti sans repasser par son bureau. Au milieu de la nuit, je me suis glissée dans sa pièce de travail et j'ai vu qu'il n'avait pas rangé ses dossiers dans son coffre. J'ai recopié intégralement tout ce qui concerne les habitudes d'Eugène, ses planques et ses déplacements. Ça m'a pris plus d'une heure tellement c'est complexe.

Léna s'est emparée des feuilles et les parcourt rapidement. Son visage n'affiche aucun signe de satisfaction alors que moi, au contraire, je me montre particulièrement fière de mon exploit.

– Pourquoi t'as fait ça? On ne t'avait rien demandé, il me semble.

– J'ai saisi l'opportunité de rattraper ma mission ratée d'il y a quelques mois. J'ai eu tort?

– Je n'ai pas dit ça. Je trouve simplement qu'avec toi les choses se déroulent toujours bizarrement. À plus tard. François, tu restes, je dois te parler. Pour une fois, mademoiselle va rentrer toute seule à la maison.

De sa part, je ne pouvais pas m'attendre à beaucoup mieux. Que va-t-elle demander à François? Voudra-t-il me le raconter ensuite? Je décide de passer chez Grisella qui était absente au lycée aujourd'hui. Elle met très longtemps à m'ouvrir. Elle est dans un triste état: le nez cramoisi, les yeux coulants, le corps faible et tremblotant. Elle entrouvre sa porte pour me laisser entrer. Elle place ses mains en avant pour que je n'essaie pas de l'embrasser ni même de l'approcher. Elle se laisse tomber dans un canapé et m'explique d'une voix cassée:

— C'est sympa d'être venue. Tu vois dans quel état je suis, je ne ressemble à rien. J'ai une crève carabinée. J'espère que mon chéri n'aura pas l'idée de me rendre visite cette nuit, je ne veux pas qu'il me voie comme ça.

— S'il t'aime, ça ne le dérangera pas.

— Tu ne le connais pas. Avec lui, je dois toujours me surpasser. J'ai tellement peur de le perdre. Je l'aime tant. En ce moment, il se fait rare et on pourrait croire que mes sentiments pour lui s'en trouveraient altérés, en fait c'est le contraire, je n'ai jamais autant tenu à lui. Si la vie me le retirait, je suis certaine que je me trancherais les veines.

— Tu crois qu'il ferait pareil dans la même situation?

— Sans doute pas, j'en suis consciente. Je sais même qu'il voit d'autres filles en ce moment, c'est à peine s'il s'en cache, mais ce n'est pas ça qui change quoi que ce soit à ce que je ressens pour lui. C'est ridicule, ça fait cliché de mauvais roman, mais je l'ai dans la peau, comme on dit.

J'avais justement dans l'idée de lui révéler qu'en ce moment son copain changeait de partenaire sexuelle plusieurs fois par semaine. Bien sûr, je ne lui aurais pas avoué que je le tenais de mon père et je lui aurais fait croire que je l'avais aperçu de loin avec des filles différentes près de lieux dont j'avais mémorisé les noms. C'est peine perdue, elle est déjà au courant et cela ne change rien à ses sentiments. Je ne vais donc pas lui dire non plus qu'il est suspecté d'être mêlé à plusieurs affaires de meurtres avec violences, accompagnés parfois d'actes de torture. J'ai aussi lu qu'il avait été adopté et qu'il n'était pas certain que ses parents biologiques soient issus de la ville haute. Il y aurait en particulier un sacré doute sur l'origine de son père. C'est après avoir eu accès à son dossier qu'Eugène a quitté ses parents adoptifs pour vivre de façon marginale. Actuellement, on suppose qu'il tire ses revenus de soutiens à sa cause, parmi lesquels on compterait quelques truands. Dans quel piège terrible Grisella s'est-elle fourrée ? J'en viens presque à espérer que le groupe des sœurs Broons donne à Eugène une bonne leçon qui l'écarte longtemps de ma copine. Elle pourrait ainsi commencer à guérir de lui.

Je propose à Grisella de nous préparer un thé et des tartines, et nous passons un bon moment ensemble à regarder des magazines de mode et à commenter certaines tenues. Elle se plaint que, depuis que nous avons nos amoureux, nous n'allons plus faire du shopping ensemble le week-end dans les belles boutiques. Je m'engage, avant de partir, à organiser une nouvelle sortie quand elle ira mieux.

Le lendemain, au lycée, François me raconte que les Broons lui ont demandé de se porter garant pour moi. Elles ne me «sentent» pas, paraît-il, et sont persuadées que je ne joue pas franc jeu. Il m'annonce aussi qu'elles ont reçu des ordres pour organiser une opération contre Eugène et sa clique. Comme c'est la première de cette importance dont elles auront l'entière responsabilité, elles ne veulent pas décevoir leurs chefs. Quand je lui demande si elles l'ont autorisé à me raconter tout ça, il me précise qu'il agit même sur ordre. D'ailleurs, je vais être appelée à jouer un rôle durant cette action. Elles m'en parleront de vive voix à la sortie ce soir.

Pendant toute la journée, je me pose mille questions. Si Eugène me reconnaît, est-ce que je perdrai Grisella à tout jamais? Aurai-je le courage de m'impliquer dans une action violente? En serai-je capable? Que va penser mon père du fait que je doive participer directement à cette mission? Pourra-t-il l'autoriser?...

– Ludmilla, me chuchote à l'oreille Léna, pendant que François, posté à quelques mètres, surveille les alentours, l'organisation nous demande de flinguer Eugène mardi prochain. Nous souhaitons que tu fasses partie du commando de huit personnes qui exécutera cette tâche. Tu es d'accord, bien entendu ?

– Oui, dis-je d'une voix blanche.

– Très bien. On voudrait surtout que ce soit toi qui nous serves d'appât.

CHAPITRE
30

Je retourne en cellule pour quelques heures avant mon départ pour Grandville. Je m'allonge sur mon lit et ferme les yeux. Deux ans... Deux ans à endurer la solitude. Deux ans loin de ceux que j'aime. Deux ans à m'inquiéter de leur sort. N'est-il pas illusoire de croire qu'on se reverra à la fin de ma peine ? Mon enfant se souviendra-t-il de moi ? Lucen pourra-t-il m'attendre alors qu'il est recherché par toutes les polices ? N'aura-t-il pas la tentation de me remplacer ? Comment pourrais-je lui en vouloir ? Deux ans, c'est si long ! Peut-être qu'une des jeunes laitières qu'il doit embaucher chaque jour pour nourrir Igo tombera amoureuse de mes deux hommes ? Pourquoi n'ai-je pas le courage de leur dire de m'oublier et de partir au plus vite se mettre en sécurité ? Je crois que j'ai encore au fond de moi comme une minuscule intuition que ma vie ne doit pas s'arrêter là et qu'on se retrouvera.

Une jeune femme demande à me parler avant mon transfert. La gardienne ne peut me donner aucune précision sur son identité ni sur la raison de sa visite. Je décide d'accepter, même si je me jure de rester sur mes gardes.

C'est une femme d'au moins vingt ans, avec de longs cheveux bruns attachés. Elle est assez jolie, malgré une balafre sur la joue. De la bienveillance émane de sa personne. Ce n'est pas une envoyée de Dimitr. Je m'assois et la salue d'un mouvement de tête.

– Bonsoir, commence-t-elle, je m'appelle Yolanda. Je suis la gouvernante de Ludmilla. Je viens de parler avec votre ami Lucen qui m'a transmis un message pour vous.

Mon amour

Je te promets que nous serons bientôt réunis.

Tiens bon. Je parlerai à Igo de toi chaque jour.

Je t'aime au-delà de tout.

Lucen.

Je suis complètement bouleversée par cette lettre et je m'en veux d'avoir douté, ne serait-ce qu'une seconde, de mon amoureux. Il a raison, je dois y croire pour lui et pour Igo, parce que je suis toujours vivante et que je compte bien le rester. Après plus d'une minute de silence, elle reprend :

– Je suis aussi venue vous parler de ce qui vous attend. Là où vous allez, dans les institutions disciplinaires, vous devrez affronter d'autres épreuves, et il est bon que vous soyez informée. À votre arrivée à Grandville, des trieuses vous orienteront vers un domaine d'activité pour les deux années de votre peine. Le critère qui détermine leur choix est essentiellement la beauté. Vous avez un beau visage, Firmie, et des formes avantageuses, vous risquez d'être expédiée directement dans une des maisons closes pour soldats des frontières. C'est le pire endroit de la planète. Afin d'éviter cela, vous devez, au moment de la sélection et pour le reste de votre peine, vous enlaidir. Vous serez ainsi cantonnée à des tâches de ménage ou de soins dans les hôpitaux. Ce sera éprouvant physiquement et vous serez traitée comme une esclave, mais vous survivrez.

– Comment vais-je faire pour changer d'apparence ?

– Je vous ai apporté des accessoires : une bande de tissu pour vous comprimer les seins et surtout cette lentille blanche que vous poserez sur votre œil. Elle donnera l'illusion que vous n'avez pas d'iris. C'est très spectaculaire. Vous garderez la paupière fermée le plus longtemps possible pour que les trieuses soient particulièrement surprises et choquées en découvrant votre infirmité. Pour parfaire votre personnage, essayez peut-être de relâcher les épaules et d'adopter une claudication, même légère. Effectuez votre transformation dans le fourgon qui vous conduira de la prison à l'embarcadère du dirigeable. Les gardes de la prison vous enfermeront et vous enchaîneront au départ, et ce sont des policiers qui vous récupéreront à l'arrivée. Entraînez-vous sans attendre à mettre la lentille.

– Merci pour tout.

Yolanda se lève pour partir. Je lui saisis la main car j'aimerais la retenir un instant. Elle me sourit doucement et se rassoit. Je sens les larmes qui montent malgré moi. Je parviens difficilement à articuler :

– Comment vont mes hommes ?

– Igo se porte à merveille. Lucen a vite appris à s'en occuper. Vous pouvez être fière d'eux.

– Où vont-ils aller maintenant ?

– Lucen ne l'a dit à personne, mais je sais qu'il a un plan viable car il ne tenterait rien qui puisse mettre son fils en danger.

Je lui tiens encore la main. J'ai le sentiment que, lorsqu'elle sera partie, je serai vraiment seule et abandonnée de tous. J'ai envie qu'elle reste encore un peu, alors je lui demande avec insistance :

– Parlez-moi de vous, s'il vous plaît. Vous êtes sans doute le dernier visage ami que je croiserai avant longtemps.

– Je n'aime pas me livrer ainsi.

– S'il vous plaît! Je ne vous jugerai pas. Nos destins se ressemblent. Vous avez été à ma place autrefois, c'est ça? Vous savez de quoi vous parlez? Cette cicatrice sur la joue, c'était pour éviter les bordels à soldats?

– Non, c'est un souvenir que j'ai rapporté de là-bas.

– Racontez-moi.

Elle dégage sa main que je tenais encore et la rapproche de l'autre comme pour mimer un geste de prière. Elle ferme les yeux quelques secondes avant de se lancer:

– J'ai été condamnée à plusieurs années de punition dans les maisons de la frontière et j'y ai découvert une des versions de l'enfer. Deux jours après mon arrivée, un soldat pris de boisson a voulu me corriger parce que je refusais de lui sourire. La lame de son couteau m'a déchiré la joue. Je suis heureusement parvenue à me dégager de son emprise et à l'assommer.

– Et ensuite?

– Le lendemain, il est revenu avec des camarades pour me faire payer mon audace. Comme je les ai entendus arriver de loin, c'est moi qui ai créé l'effet de surprise. Habituée depuis des années à manier l'arme blanche, je n'ai eu aucun mal à mettre les quatre gars hors d'état de nuire. L'un d'entre eux est décédé des suites de ses blessures et j'ai été condamnée à la peine capitale. C'est là que certaines personnes ont eu vent de «mes exploits» et ont compris que mes capacités physiques et intellectuelles, ainsi que mes bonnes manières acquises dans la ville haute, pouvaient être utiles si j'étais bien dirigée. Alors on m'a proposé un marché. Si je servais les forces de l'ordre dans des missions non officielles, en échange, j'échappais au gibet. Et si je donnais entière satisfaction, d'ici quelques années je pourrais récupérer mon enfant et démarrer une vie nouvelle.

– Vous avez un enfant vous aussi? Il s'appelle comment?

– Romo, comme son père.

– C'est un homme de la ville basse? Comment l'avez-vous rencontré?

– J'ai vécu une enfance sans problèmes jusqu'à mes dix-huit ans au sein d'une famille aisée. Je fréquentais surtout des garçons dont j'aimais partager les activités physiques, comme les sports de combat ou l'escalade de façade la nuit. Pourquoi me regardez-vous ainsi?

– Cela me paraît tellement étrange d'avoir besoin de se dépenser physiquement sans y être contraint. Nous, dans la ville basse, pendant nos temps de repos, nous sommes trop fatigués. On a seulement la force d'aller au cinéma ou de faire des câlins. Excusez-moi, je ne voulais pas vous interrompre.

– Mes amis, reprend-elle, aimaient prendre des risques et j'étais toujours partante pour les suivre dans leurs équipées. Un soir, nous avons rencontré Romo sur un toit. Il revenait d'un cambriolage. Complètement inconscients et surtout devenus accros au danger, nous avons décidé de le suivre et de l'aider à commettre d'autres délits. Cette expérience s'est terminée une nuit où une partie de la bande a été arrêtée. Pour ma part, j'ai réussi à échapper à la police et à me réfugier dans la ville basse avec Romo. Mes autres camarades sont parvenus à éviter la prison grâce au soutien financier de leur famille et parce qu'ils avaient collaboré avec la police. En clair, ils nous avaient dénoncés. J'ai fait le choix de ne pas me rendre et de rester avec mon gangster dont j'étais éperdument amoureuse.

– Et vous l'avez regretté?

– Non, nous avons été très heureux, du moins au début, et puis il m'a donné un fils. C'est la plus belle chose qui me soit arrivée.

– Que s'est-il passé ensuite quand vous viviez dans la ville basse?

– Je suis devenue une hors-la-loi recherchée et, pendant plusieurs mois, avec Romo, nous avons continué nos cambriolages sans jamais nous faire prendre par la police. Lorsque je suis tombée enceinte, nous avons décidé de partir à Grandville. Nous voulions obtenir de nouvelles identités et nous insérer dans un quotidien plus normal. Il fallait penser à l'avenir de notre enfant. Dans les premiers temps, tout semblait se passer selon nos espérances, mais bientôt Romo a subi des pressions de ses anciens complices qui le poussaient à reprendre des activités criminelles. Comme il a décidé de résister, un jour il a été balancé par un «ami». J'ai été arrêtée en même temps que lui. J'ai accouché en détention et, six mois plus tard, on m'envoyait à la frontière. La suite, vous la connaissez. Mais là, dit-elle en consultant sa montre, il faut vraiment que j'y aille.

– Je comprends.

Elle se lève et me touche la joue amicalement. Je la regarde s'éloigner. Voilà une personne dont on aimerait être l'amie.

Peu de temps après, on vient me chercher pour mon transfert. J'ai déjà bandé mes seins. Tout se passe exactement comme Yolanda me l'a expliqué, sauf que la lentille m'irrite et me fait pleurer. J'ai tendance à fermer la paupière. J'ai lu la notice explicative contenue dans la boîte et je sais qu'il faudra que je laisse mon œil se reposer la nuit et dès que je serai seule et en sécurité. On me mène près d'un hangar où une centaine de personnes font la queue pour pénétrer dans un dirigeable. Les policiers m'entravent les poignets et les chevilles à l'aide de deux paires de menottes reliées entre elles par une chaîne. Je suis contente d'être comme déguisée car j'ai un peu moins honte quand les gens se retournent sur moi et pincent leurs lèvres en signe de dégoût. Je fais beaucoup de bruit en me déplaçant. Les gars de mon escorte trouvent trois places à l'écart et je peux enfin m'asseoir.

Lorsque le véhicule aérien s'ébranle, je suis prise de panique et me mets à trembler. Mon cerbère m'assène une claque sur la tête pour me calmer.

— Sale bête! Tu vas arrêter, oui?

— C'est vrai qu'elle est bien moche avec son œil crevé. Parfois, quand elles sont plus mignonnes, ça donne envie de s'amuser pendant le trajet.

Je respire profondément en essayant de penser à mon fils. Son image m'apaise. Je crois que je m'endors un peu. Les cris d'un bébé me font sursauter. Une dame assez âgée s'est assise près de nous et ne parvient pas à endiguer les pleurs de l'enfant qui s'agite sur ses genoux. Elle l'a emmailloté chaudement et a couvert son petit crâne. Ses cris ressemblent tellement à ceux d'Igo que, si je gardais les yeux fermés, j'arriverais à me persuader que c'est bien lui. Le bébé se tourne brusquement vers moi et me tend les bras en hurlant. C'est mon fils, là, à quelques mètres de moi. Où est Lucen? Pourquoi n'est-il pas avec lui? Pourquoi Igo se trouve-t-il dans les bras de cette inconnue ? Cette vieille femme a-t-elle volé mon bébé ?

– Son père me l'a confié pour le temps du voyage, déclare-t-elle d'une voix douce, et je n'ai pas de chance car il ne m'apprécie pas beaucoup. Vous, par contre, vous avez la cote, on dirait !

– Ça m'étonnerait, elle ferait peur à des chiens, lâche mon voisin, goguenard.

– Monsieur, dit la dame d'un ton ferme, je ne sais pas au juste quel crime a pu commettre cette jeune fille, mais vous lui devez le respect !

L'autre ne se départit pas de son sourire idiot mais ne réplique rien. Je me suis affolée trop vite. Bien entendu, Lucen, qui est recherché par toutes les polices, ne peut pas monter avec les passagers dans un dirigeable. Il doit s'être caché quelque part. Je décide de fredonner une comptine à mon fils, celle que j'ai inventée pour lui, celle qui dit qu'il est le plus beau et qu'un jour la vie sera belle pour de vrai. Igo se calme immédiatement et me gratifie même d'un joli sourire. Je voudrais qu'elle me laisse le toucher, lui embrasser le front, sentir son cou. Mais ce n'est pas possible.

Nous sommes arrivés à destination et les passagers se lèvent pour se diriger vers les sorties. La dame se penche vers moi et me touche amicalement l'épaule en guise d'au revoir. L'odeur d'Igo me chatouille les narines. Il me saisit une mèche de cheveux au passage. La femme s'en aperçoit et écarte doucement ses petits doigts. Igo se remet à pleurer. J'entends ses cris de détresse longtemps après l'avoir perdu de vue. Visiblement, mes gardes attendent que le dirigeable soit vide pour me faire sortir. Ils me font marcher rapidement, au risque que je me prenne les pieds dans les chaînes. En franchissant la dernière porte, je sens un regard insistant posé sur moi. J'essaie de voir à qui il appartient. C'est celui de la fille qui m'a volontairement bousculée dans les couloirs du tribunal. Elle se tient debout, les bras croisés au milieu du débarcadère, un sourire méchant accroché aux lèvres.

CHAPITRE
31

Nous sommes dans le noir complet. Je suis allongé tout au fond du container et j'ai couché Igo sur moi. Nous avons survécu aux deux rondes. Durant la première, il dormait à poings fermés. C'était de loin la plus effrayante et je me demande encore comment il a fait pour ne pas se réveiller. Les chiens, au moins trois, étaient déchaînés. Ils aboyaient et se jetaient sur les parois des containers. Leurs griffes rayaient le métal. Les deux gars de la patrouille parlaient très fort, gueulant presque, comme le font les gens ivres ou ceux qui ont peur et cherchent à remplir le silence. Notre abri a été matraqué à plusieurs reprises et la cloison a vibré tout près de mon oreille. La deuxième ronde, pourtant effectuée par les mêmes personnes dont j'ai reconnu les voix, était plus calme. Ils ont tout de même ouvert un container très proche du nôtre et y ont trouvé des vêtements et un jerrican abandonné, preuve du séjour passé d'un clandestin. Nous attendons d'être libérés d'une seconde à l'autre. Il faudra que je change Igo qui commence à s'agiter. Des pas se rapprochent mais je ne bronche pas. C'est un parfum de fleurs que je sens quand on actionne la porte.

– C'est bon, Lucen, vous pouvez sortir.

Je me dégage des caisses et émerge du fond de mon abri. Je suis surpris de me retrouver face à une femme élégante, coiffée d'un chapeau avec une plume d'oiseau. Elle doit avoir au moins cinquante ans car son visage est usé comme celui d'une femme de trente chez nous.

– Bonjour, je m'appelle Yvonne, annonce-t-elle d'une voix enjouée.

– Bonjour madame, dis-je. Il faut que je nourrisse et change mon fils. Ensuite, nous serons prêts.

Elle m'accompagne et me demande si j'accepte qu'elle m'aide. Elle m'explique qu'elle doit se familiariser au plus vite avec Igo car c'est elle qui se fera passer pour une parente du petit au milieu des voyageurs.

– Vous, vous voyagerez à l'intérieur d'une malle dans la soute, avec le fret.

Malheureusement pour elle, mon fils ne semble pas trop l'apprécier. Je pense que c'est peut-être à cause de son parfum un peu fort. Il pleure carrément quand elle veut le prendre dans ses bras. J'explique longuement à Igo ce qui va se passer durant les prochaines heures avant de le laisser avec Yvonne. Lui qui jusqu'à maintenant acceptait volontiers les personnes nouvelles semble aujourd'hui plus réticent. Le regard triste, presque implorant qu'il m'envoie en s'éloignant me bouleverse complètement. Mais nous n'avons pas le choix.

Comme prévu, je suis enfermé dans une large caisse de bois au milieu de quelques vêtements. Monsieur Jean me souhaite bon voyage et me demande instamment de ne pas vomir sur les habits qui appartiennent à Yvonne, sa femme. Heureusement pour tous, je m'endors assez vite et récupère de ma nuit de terreur. À l'arrivée, monsieur Jean attend que le dirigeable soit complètement vide pour me libérer. Il m'indique un hangar à quelques centaines de mètres, où je suis attendu. Yvonne est soulagée de me revoir et de se débarrasser de mon fils.

– Il est adorable mais, visiblement, je ne suis pas du tout à son goût, il n'a pratiquement pas arrêté de pleurer. La seule qui ait réussi à le calmer, c'était une prisonnière près de laquelle nous nous sommes assis vers la fin du voyage. Je ne sais pas ce qu'elle avait fait, la pauvre, mais être enchaînée ainsi devant tout le monde, c'est vraiment dégradant. Elle était assez effrayante car elle avait un œil blanc sans pupille et se tenait courbée comme une bossue. Pourtant le petit Igo a été très sensible à la voix de cette jeune femme qui lui a susurré quelques paroles de réconfort.

Un gamin prévenu par monsieur Jean m'attend à l'angle d'un entrepôt désert. Il est chargé de me conduire dans la ville basse. Je remercie le couple pour son aide. Igo, de retour dans mes bras, est si content qu'il gratifie même Yvonne d'un large sourire. Le gamin transporte un ballot plein de vêtements sales. Je vais bientôt me retrouver dans mon élément d'origine.

La ville haute de Grandville est entièrement construite sur un très large plateau. Ses pentes sont tellement abruptes qu'on ne peut accéder à la vallée où se trouve la ville basse qu'en empruntant des ascenseurs. Dans le sens de la descente, les contrôles sont quasi inexistants. À la différence de l'endroit d'où je viens, les frontières entre les deux villes ne sont pas complètement étanches et, chaque jour, m'explique mon jeune guide, quelques centaines de pauvres d'en bas viennent travailler dans les hauteurs. Ils appartiennent à des familles dites «sûres» et, sauf manquement aux règles, leur descendance continuera à bénéficier de ce privilège. Ils sont tous munis d'un bracelet qu'ils ne peuvent retirer eux-mêmes. Frack me montre le sien. Lui travaille pour la blanchisserie familiale. Arrivés en bas, nous nous trouvons immédiatement plongés au plus profond de la nox car ici tous les pauvres logent à la même altitude. Les gens les plus aisés habitent le quartier des ascenseurs. J'aide Frack à décharger d'énormes paniers de linge sale puis je m'engouffre dans les rues. Je connais ma destination. J'ai appris par cœur une longue série d'indications, comme « à droite vingt pas, à gauche quatre-vingt-deux pas, encore seize pas à gauche... » Après sept ou huit virages, je m'arrête pour vérifier que je ne suis pas suivi. Précaution utile, je suis maintenant certain de l'être par deux individus. Je ne veux pas leur faire face, car la sécurité d'Igo est ma priorité. Je me glisse derrière une poubelle et les regarde passer sous un réverbère. Je connais ces silhouettes et elles sont rassurantes. Il s'agit de Maurce et de Jea. Je suis tellement heureux de ces présences amies dans cette ville étrangère! Je m'empresse de les rattraper.

– Alors, on espionne son vieux copain? dis-je, d'une voix qui tremble un peu.

– Nous étions censés t'escorter en vérifiant que tu n'étais pas filé par les flics ou les miliciens locaux.

– Eh bien, vous n'êtes pas très discrets, les gars. Je ne m'attendais pas à vous revoir. Cela me fait un immense plaisir.

– Reprenons le dispositif de sécurité, suggère Maurce fermement, on aura le temps de discuter quand on sera à l'abri.

Mon parcours s'achève dans une courette où un homme m'attend. En pénétrant dans son atelier, je retrouve l'odeur qui régnait dans celui de mon père.

— Je m'appelle Franis. Je te cacherai dans ma cave le temps qu'il faudra. En attendant, tu me fileras un coup de main pour le boulot.

— Avec plaisir.

Je serre mes camarades l'un après l'autre dans mes bras et me laisse gagner par l'émotion. En me détachant de Maurce, je grimace un sourire pour masquer mes larmes de joie. Je constate que ces derniers mois n'ont pas seulement été difficiles pour moi. Le visage de Maurce est marqué par les cernes, et ses cheveux se sont teintés de gris au niveau des tempes. Mon fils contemple mes anciens compagnons avec curiosité.

— Hormis ta barbe naissante qui cache des joues amaigries, tu n'as pas trop changé, commente Jea. C'est Taf qui nous a avertis de ton arrivée ce...

— Taf est dans les parages?

— Oui, il passera te voir plus tard.

Décidément, c'est un morceau de mon passé qui se reconstitue ici. Je mets mes copains au courant de la situation de Firmie.

— Si nous pouvons faire quelque chose pour toi, annonce Maurce, sache que nous serons toujours là.

– Bien sûr, approuve Jea.

– Merci les gars, je n'ai jamais douté de votre fidélité.

Je regarde Maurce. La vision de sa femme errant seule dans notre quartier m'a bouleversé et je ne comprends pas comment mon ami a pu ainsi l'abandonner avec leur enfant. Je ne sais pas de quelle façon aborder le sujet. Nous nous observons en silence avant que Jea demande :

– Qui as-tu revu durant ton passage dans notre ville basse ?

– Ma sœur, Syvain, son fiancé, avec lequel j'ai traqué les rats autrefois. J'ai croisé Sionne aussi.

– Vous vous êtes parlé ? interroge Maurce d'une voix blanche.

– Oui, elle m'a abordé alors que j'essayais de retrouver Firmie. Elle m'a donné rendez-vous chez elle, mais j'ai préféré ne pas y aller, je l'ai sentie changée.

– Tu as bien fait. Elle t'aurait sans doute mis en danger. Elle fréquente souvent les bureaux de la milice, et des tas d'histoires circulent à son propos. Ce n'est plus la Sionne que tu as connue. Celle-là est morte à jamais après son passage dans les geôles de ces salauds de Caspistes.

– Qu'est-il arrivé ?

– Après l'attentat qui a coûté la vie à la mère de Gerges, explique Maurce, celui que la milice t'a mis sur le dos, leurs gars ont adopté une nouvelle stratégie qui consistait à cibler principalement les familles des activistes ou des sympathisants. Il leur arrivait même d'arrêter des gens carrément au hasard et de «les presser pour voir ce qui pouvait en sortir». Ils les terrorisaient, les brutalisaient, leur promettaient les pires malheurs. Sionne a été ramassée un matin et séquestrée plusieurs jours alors qu'elle était enceinte de six mois. Je ne sais pas au juste ce qu'ils lui ont fait, elle n'a jamais voulu me le raconter, mais elle a fini par craquer et leur a indiqué la planque de mon groupe. Par le plus grand des hasards, je n'étais pas sur place lorsque tous mes copains ont été arrêtés. Depuis, les groupes d'action coivistes sont persuadés que je suis une balance. Je suis venu me cacher ici juste après et j'ai adopté une nouvelle identité. Dès que j'ai pu, je suis retourné clandestinement voir ma femme. Mais elle n'était plus elle-même. Elle sursautait au moindre bruit, hurlait la nuit en dormant, refusait que je la touche. Je voulais qu'elle me suive dans mon exil mais elle s'y est refusée. Je suis revenu à la charge à chacun de mes passages éclairs, sans pouvoir la faire céder. J'ai espéré que la naissance de notre enfant arrangerait les choses et, dans les premiers temps, sa joie de vivre retrouvée a semblé me donner raison. Mais j'ai vite déchanté. Ses crises ont repris. Elle disait craindre particulièrement ma présence, qui allait attirer le malheur sur elle et sur notre fille Adrenne. Elle répétait qu'un jour ou l'autre elle me livrerait à la milice.

Il s'interrompt un moment pour cacher son visage dans ses mains, avant de reprendre d'une voix à peine audible :

— Ses parents m'ont expliqué un soir qu'elle dilapidait tout l'argent que je lui rapportais pour acheter des médicaments et des drogues, qu'elle en était rendue à faire les poubelles pour trouver sa nourriture. Elle refusait que quiconque approche Adrenne, à qui elle infligeait des traitements pour des maladies qu'elle n'avait pas. La petite dépérissait. J'avais peur de la perdre. Alors... alors, une nuit, je suis venu, j'ai emporté ma fille et j'ai... abandonné... Sionne, la seule femme que j'aie aimée dans toute mon existence.

Il s'effondre en larmes, ce qui effraie Igo qui vient se pelotonner contre moi. Je passe mon bras autour du cou de mon camarade. Nous restons ainsi pendant de longues minutes, chacun méditant sur ses malheurs et ceux de l'autre. Lui, comme moi, ne tient que parce qu'il a son enfant à élever. Jea est resté en retrait, je l'interroge :

— Et toi, qu'est-ce qui t'a amené ici ?

Je le vois hésiter. Maurce l'encourage d'un léger coup de coude :

— Allez, Jea, raconte-lui. Pour une fois que quelqu'un est comblé de bonheur, ça vaut le coup de partager.

— C'est vrai que j'ai presque honte de le dire devant vous qui traversez tant d'épreuves, mais je suis venu par amour et je suis très heureux. Tu te souviens de Drine, la petite Moincent de mes rêves dont je vous rebattais les oreilles avant ton arrestation? Eh bien, je l'ai épousée et nous avons un fils. Nous avons emménagé ici parce que mes parents ont refusé notre union pour des raisons sociales, comme la loi les y autorise. Nous nous sommes donc enfuis et nous avons obtenu des faux papiers, c'est la mode dans le coin, comme tu vois. Tu vas bientôt avoir les tiens, si tu veux t'installer.

– Je ne compte pas rester longtemps dans les parages. Il y a trop de gens à ma recherche. En plus de la milice et de la police, les gardes de la forêt pourrissante, ceux qu'on appelle les chiens de Rihard, sont également à mes trousses.

– Et tu vas aller où?

– Il faut que je quitte cet endroit, mais je ne sais pas pour quelle destination. Avant la condamnation de Firmie, j'avais imaginé que nous pourrions nous installer pour toujours dans un isola lointain. Mais sans elle, je ne me sens pas capable de partir.

Taf débarque un peu plus tard. Il me caresse la tête comme le ferait un père. Je le trouve moins impressionnant qu'avant. Il semble fatigué, usé et respire bruyamment. Mais il a gardé son regard vif et rassurant. Je le remercie de l'aide qu'il m'a apportée jusque-là et lui fais part de mes problèmes. Il m'écoute sans m'interrompre puis déclare, sûr de lui :

— Ne change rien à tes plans. Pars pour ton isola dès que tu peux. Ici et même dans une autre ville, tu ne tiendras jamais deux ans. Un jour, tu te feras repérer ou quelqu'un te dénoncera. Ne t'inquiète pas pour Firmie, je m'occuperai d'elle à sa sortie et l'accompagnerai près de toi et ton fils dans ton coin paumé.

— Ce sera un voyage sans retour, tu le sais?

— Et qui te dit que je n'ai pas envie de finir ma vie dans un isola perdu loin des tumultes du monde?

CHAPITRE 32

Sur le trottoir, en sortant de chez Ludmilla, mon père m'interroge :

— Alors Gerges, tu penses qu'elle nous a tout dit ?

— Non. Elle nous cache des choses. Et, malgré ses grands airs, elle a la trouille.

— C'est aussi mon avis. La confrontation avec le père ne donnera rien, c'est certain. De ton côté, continue à fouiner, à surveiller ses fréquentations. Je suis sûr que notre Lucen est planqué dans le quartier chez une de ses connaissances. Moi je vais rencontrer Rihard pour qu'on coordonne nos efforts. Il faudrait faire surveiller l'embarcadère des dirigeables au plus vite. Tôt ou tard, il va essayer de quitter la ville.

– J'ai déjà mis des hommes à moi sur place, explique Quentin qui nous a rejoints. Repassons au bureau pour voir s'il y a des nouvelles. Tu pourrais aussi en profiter pour appeler chez toi.

– Non, ce n'est pas nécessaire, Horense, ma compagne, n'est pas du genre à s'inquiéter.

Nous apprenons que Firmie a été condamnée à deux ans de travail dans les institutions, ce qui signifie sans doute qu'elle sera envoyée dans les bordels de la frontière. Si elle était restée dans la ville basse, elle aurait moins souffert ou, du moins, son supplice aurait été plus court. Le planton fait part à mon père d'un appel de la milice qualifié d'urgent. Mon père s'installe pour rappeler. À peine a-t-il obtenu sa communication que je le vois s'effondrer sur le bureau de Quentin, la tête entre les mains. Je me précipite vers lui. Son corps reste inerte un long moment avant qu'il ne se redresse et se lève. Son visage est blême et sa démarche peu assurée. Il s'appuie sur moi et déclare d'une voix à peine audible :

– Horense a été retrouvée étranglée dans notre maison. Un papier chiffonné était placé dans sa bouche. Ils ont écrit : *Le prochain, c'est ton fils et cette fois-ci on ne le ratera pas*. Gerges, tu vas continuer l'enquête ici et moi je redescends. Je te dirai quand tu pourras revenir.

Les furtifs ne lâcheront jamais mon père et ce n'est pas en brûlant une dizaine de maisons et en éliminant quelques membres de leur clan qu'il éloignera la menace. Il devrait chercher à les rencontrer pour s'excuser et signer la paix. Mais je sais que ce genre de compromis est au-dessus de ses forces. Je vais rester sur mes gardes car, même au sein de la ville haute, ces assassins ont des complices. Je n'aurai pas croisé Horense plus de trois ou quatre fois. C'était une personne très réservée dont je ne sais presque rien.

Quentin me fournit les renseignements que la police possède sur Ludmilla et quelques personnalités de son lycée. Elle fréquente des gens appartenant à la mouvance coiviste, mais aussi la petite amie d'un extrémiste caspiste. C'est peut-être une ruse de sa part. Il évoque ensuite les sœurs Broons, dont le frère militant coiviste est mort durant une manifestation. Elles sont plus ou moins suspectées de regrouper des sympathisants autour d'elles. Leur cellule a une activité très limitée et n'est pas prise au sérieux pour l'instant. Je contemple un long moment les photos réalisées par les policiers pour être capable de reconnaître ces jeunes et de les filer le lendemain. Quentin me propose des vêtements civils pour que je me fasse moins remarquer.

Pendant la nuit, je ne peux m'empêcher de penser à Snia. Je veux me persuader qu'elle ne risque rien parce qu'elle est issue de la famille des furtifs et que je suis le seul cité dans leur lettre de menace. Je l'ai quittée depuis quelques jours et elle me manque déjà terriblement. J'espère que mon père passera la voir pour lui expliquer pourquoi je ne rentrerai pas de sitôt.

Durant la journée, mes suspects sont en cours et je vais traîner autour de leur domicile. Après quelques heures d'observation inutiles, je décide de sonner à toutes les portes. Je me fais passer auprès des mères de famille restées à la maison pour un camarade de lycée de leur fils ou de leur fille, qui n'a pas classe ce jour-là. Je prétends que leur enfant m'a chargé de venir porter discrètement et en main propre un message au «visiteur». Je sais que c'est un peu gros comme ruse et je ne m'attends pas à ce qu'on me conduise droit à Lucen, mais j'espère pouvoir sentir un malaise sur le visage de quelqu'un. Cela me mettrait sur une piste.

Je dois vite me rendre à l'évidence : ma manière de procéder ne débouche sur rien. Chez les Broons, il n'y a personne dans la journée. La mère de Gonzague me bombarde de questions et me menace de téléphoner à la police si je ne cesse pas de l'importuner. Chez un autre, nommé François, une vieille dame me propose un thé et me raconte sa vie depuis sa petite enfance sans m'en laisser placer une. Je me rends compte que tous ces gens habitent de grandes demeures avec des dépendances et que Lucen peut très bien se cacher quelque part sans que les parents soient au courant. Je traîne plus particulièrement autour de la maison de Gonzague, dont j'ai trouvé la mère un peu agressive. Je me renseignerai à son sujet en rentrant. Au-dessus de leur garage, il y a une fenêtre avec des rideaux. Je me cache derrière une haie et je reste en observation près d'une heure. Pendant un court instant, il m'a semblé que le tissu avait bougé.

Depuis le lycée, je file les sœurs Broons qui ne musardent pas pour rentrer chez elles. Je regrette d'avoir abandonné mon poste de surveillance devant chez Gonzague, je suis sûr que la chance aurait fini par me sourire. Je rentre faire mon rapport à Quentin qui, après consultation de ses dossiers, m'affirme que les parents de mon suspect sont des membres actifs d'un parti conservateur antiréunificateur. Je lui parle du rideau que je pense avoir vu s'écarter un peu. Sans davantage de preuve, il me dit être dans l'incapacité de demander une perquisition.

– Par chez nous, les règles sont strictes. On a moins de liberté pour harceler les gens. Parfois je le regrette.

– Je pourrais y faire un tour pendant la nuit. Ainsi j'en aurais le cœur net.

– Je te l'interdis. Je ne veux pas que tu te fasses embarquer par une patrouille et que tu sois renvoyé illico dans la ville basse. Je te rappelle que ton père veut te préserver en te maintenant ici. Tiens, appelle-le pour prendre de ses nouvelles. Cela lui fera plaisir.

J'obtempère aussitôt mais je ne parviens pas à le joindre chez lui. Je compose le numéro de la milice. Les gars ne l'ont pas vu depuis la fin de l'après-midi. Il a quitté les locaux en disant qu'il voulait être seul pour la soirée. Clude l'a trouvé «complètement dévasté».

– Je ne l'ai jamais vu dans cet état, explique-t-il. S'il n'est pas là demain à la première heure, je passerai chez lui, d'accord?

– Tu crois qu'il pourrait faire une connerie, c'est ça?

– Franchement, j'y ai pensé. Mais je ne vois pas Grégire, notre chef, capable d'une telle faiblesse.

Toute la soirée, je repasse dans ma tête les derniers mots de Clude et je revois le visage blême de mon père quand il est parti. Même quand la fatigue me gagne, l'angoisse ne faiblit pas. Vers deux heures, je revêts mon uniforme de policier et je descends vers la ville basse. Je traverse le poste-frontière sans même adresser un mot aux gardes. À mesure que j'approche, mon malaise grandit. Je m'arrête un instant chez moi, car c'est sur le chemin. J'embrasse Snia qui se réveille et insiste pour m'accompagner. Nous courons presque en arrivant chez lui. Tout est fermé et je tambourine sur la porte pendant plusieurs minutes. Snia essaie de me calmer :

– Laisse-lui le temps de réagir. Il y a des phases de sommeil dont il est difficile d'émerger.

J'entends à peine ce qu'elle dit et je frappe de plus en plus fort. Des voisins sortent de chez eux, mais, voyant mon uniforme, hésitent à s'approcher. Je n'y tiens plus et prends de l'élan pour défoncer la porte. J'y mets toute ma détresse, et la serrure n'y résiste pas. Snia s'engouffre derrière moi. Nous cherchons de la lumière et avançons à tâtons. Ici, chez Horense, je n'ai aucun repère. Je me cogne contre mon père et le serre dans mes bras. Pendant une fraction de seconde, je veux croire que tout est normal et que je me suis inquiété pour rien. Je... je n'enlace pas ses épaules mais sa taille, comme s'il avait grandi ou... était suspendu en hauteur. Snia a trouvé des bougies et la pièce est soudain éclairée. J'essaie de soulever le corps de Grégire le plus possible pour atténuer la pression sur son cou.

– Coupe la corde, Snia. Grimpe sur la table et coupe la corde. Il est peut-être encore vivant.

Je ne vois pas ce qu'elle fait, je me contente de tenir bon. Mes larmes mouillent le haut de son pantalon. Tout à coup, mes jambes se dérobent et je m'affale avec mon père. J'étouffe sous son poids et je parviens difficilement à me dégager. Snia a posé son index et son majeur sur la carotide de Grégire. Elle me prend dans ses bras et me berce doucement pendant de longues minutes. Je chuchote à son oreille :

– Je suis arrivé trop tard... Si j'avais envoyé Claude tout de suite... Si j'avais su, j'aurais...

– Chut chut, mon chéri, rien n'est ta faute. Ne t'en veux pas.

Ma femme m'aide à m'asseoir sur une chaise et part seule dans la nuit pour prévenir les autres. Je suis prostré dans le noir. Pourquoi m'a-t-il fait ça ? Je l'avais rejoint sur tout. Je lui étais fidèle comme son ombre. J'avais abdiqué pour lui tout esprit de contradiction. J'étais enfin ce qu'il voulait que je sois. Je sais qu'il commençait à m'aimer et pas seulement parce que j'étais son fils. J'avais gagné sa confiance et il m'avait pardonné mes errances d'adolescent, mes amitiés mauvaises. Qu'ai-je fait pour qu'il m'abandonne ainsi ?

Les gars de la milice débarquent un peu plus tard. Ils déposent mon père sur son lit et le recouvrent d'un drap. Claude fouille ses poches à la recherche d'un mot et il trouve un papier qui m'est adressé. Il me le tend mais je ne réagis pas.

– Tu veux que je le lise devant tout le monde ou...
– Lis-le, dis-je dans un souffle.

Claude s'éclaircit la gorge :

Gerges, c'est moi qu'ils veulent. Tu le sais bien. Pour que tu sois épargné, je dois me sacrifier. C'est toujours ce que doit faire un père pour son fils. Il faut respecter les lois de la nature. Les fils ne doivent pas mourir avant les pères.

Je le fais parce que je t'aime, mon fils, et que comme ça ta vie sera longue et heureuse.

Ton père

<u>*S'il te plaît, trouve Lucen et fais-le pendre.*</u>

Les gars s'installent autour de la table.

– C'est quoi, cette histoire ? Qu'est-ce qu'on est censés comprendre ? Qui en voulait à notre chef ?

– Il ne vous a pas parlé du testament de Smon ?

– Non, répond Marcl, incrédule. Il nous a même dit qu'il ne comprenait pas du tout pourquoi on s'en était pris à Horense, mais qu'en attendant il préférait que tu restes là-haut.

Je leur raconte toute l'histoire en détail.

– Je me doutais bien de quelque chose, déclare Clude. Maintenant, c'est clair que personne ne doit savoir qu'il s'est pendu. Un chef de la milice ne se pend pas. Il meurt au combat. Gerges, ce serait peut-être mieux que tu rentres chez toi et que tu nous laisses faire. Je passerai te voir après, d'accord ?

– D'accord.

Au matin, Clude vient me dire que tout est réglé, mais sans préciser davantage. J'insiste. Je le vois grimacer avant de commencer son récit. Ils ont enlevé Dimitr, qui est le plus gros bonnet connu de la pègre des furtifs de la ville basse, et l'ont amené chez Horense. Là, ils l'ont forcé à bien imprimer ses empreintes sur un pistolet et l'ont aidé à tirer sur le cadavre de mon père. Ils l'ont ensuite exécuté. Juste après, ils ont convoqué un journaliste pour le mettre au courant et s'en sont allés brûler quelques pâtés de maisons. Il colle son front contre le mien. Je ne sais pas pourquoi ce mot sort de ma bouche, mais je m'entends dire :

– Merci.

J'ai enterré mon père ce matin, et Clude a été désigné pour lui succéder, ce qui est un bon choix. La cérémonie s'est éternisée. Des tas d'inconnus ont tenu à me saluer en répétant tous quasiment les mêmes paroles que sans doute ils ne pensaient pas. J'aurais voulu que seuls ceux de la milice soient là pour honorer sa mémoire.

J'éprouve depuis quelques jours un sentiment bizarre dont je n'ose parler aux autres car j'en conçois de la culpabilité. Je suis triste encore, bien sûr, mais je ressens une forme de soulagement, comme si soudain des liens qui m'entravaient avaient été rompus, comme si j'étais déchargé d'un fardeau trop lourd à porter. Je suis libre désormais, dangereusement libre. Autour de moi, des opinions s'affrontent. Snia me pousse à tourner le dos à ce passé violent au service de la police et de la milice :

— Tu dois penser à notre bébé qui aura besoin d'un père attentionné. Tu ne dois plus risquer de disparaître à tout moment dans une fusillade.

Les autres m'encouragent à rester fidèle à la tradition familiale et à ce que je suis devenu :

— Tu ne sais rien faire d'autre, petit, souligne Marcl. Tu n'as pas vraiment le choix.

Après une longue discussion avec Clude et pour respecter les dernières volontés de mon père, je décide de remonter dans la ville haute afin d'achever la « mission Lucen ».

— Après, on verra, dis-je en le quittant.

Je le vois sourire. Il ne pense pas un instant que je puisse changer de vie. Lui en serait totalement incapable.

J'apprends quelques heures plus tard par Quentin que Lucen a été aperçu dans la ville basse de Grandville. Sans perdre une minute, je me rends à l'embarcadère pour prendre un dirigeable. C'est pour moi une première. J'essaie de ne pas le montrer, mais je n'en mène pas large. Quand l'engin s'ébranle, je m'accroche à un cordage. Ses mouvements sont lents et bientôt j'oublie presque le danger pour me concentrer sur la beauté du spectacle. Cette mer de fumées, dont je connais pourtant l'odeur et les dangers, est si belle vue d'ici. Le soleil qui perce par moments les nuages illumine le ciel. Ces gens autour de moi ont-ils conscience du bonheur auquel ils ont droit chaque jour? Pourquoi Snia en est-elle privée? Le «c'est comme ça» de mon père me paraît soudain bien fragile.

Je replongerai pourtant dans les miasmes de la ville basse d'ici quelques jours et sans doute jusqu'à la fin de mon existence.

CHAPITRE 33

— De quoi te plains-tu, Ludmilla ? demande mon père, visiblement ravi, elles ont bien mordu à l'hameçon. C'est ce que nous voulions.

— C'est ce que *tu* voulais. Moi je vais devoir participer à un meurtre et toi tu trouves ça bien.

— C'est un véritable salaud, tu le sais comme moi. Tu vas faire œuvre de salubrité publique, ma fille, et tu vas débarrasser ta meilleure amie de cette relation toxique qui lui empoisonne la vie. Dis-toi que tu n'as pas le choix et que tu exécutes un ordre. Tu n'es qu'un outil, tu n'es pas responsable. Allez, va te coucher, demain tu y verras plus clair. Bonsoir Ludmilla.

— Et tu n'as pas un peu peur pour moi ?

– C'est un groupe très bien organisé. Et Yolanda sera dans les parages.

Je garde un long moment l'écouteur à l'oreille alors qu'il a raccroché. Je suis coincée de toutes parts. Je dois m'acquitter de la dette contractée pour sauver la famille de Lucen. J'espère au moins qu'il va bien, qu'Igo, là où il est, peut grandir en paix et que l'épreuve que je vais traverser pourra apporter indirectement un peu de bonheur à quelqu'un.

Grisella est revenue au lycée et déborde d'enthousiasme car le terrible Eugène est passé la voir la veille les bras chargés de cadeaux. Il s'est même excusé de ses écarts récents. Elle lui a pardonné et semble maintenant vivre sur un petit nuage. Tout ce qu'elle me raconte ce matin m'accable et, comme d'habitude, cela se lit certainement sur mon visage. Elle doit interpréter mon attitude au mieux comme de l'inquiétude à son sujet, au pire comme de la jalousie. Je ne trouve rien à dire pour la rassurer. Alors elle se tait et ne me parle presque plus durant la journée. J'en viens à espérer qu'elle veuille carrément rompre notre amitié. Ce serait plus simple si on se détestait. Sinon, comment ferai-je après le meurtre pour oser la regarder dans les yeux?

De retour à la maison, je tourne en rond sans parvenir à me mettre au travail ni même à entreprendre la moindre activité. Je m'en veux de m'être laissé entraîner dans une aventure pareille. Comment dire aux sœurs Broons puis à mon père que je ne suis pas faite pour ce genre d'actions ? J'appelle François, qui me propose de venir.

Quelques minutes plus tard, nous sommes tous les deux dans ma chambre. Je n'ai pas besoin de lui expliquer la raison de mes angoisses.

– Tu penses à notre prochaine mission, c'est ça ?
– Tu l'as déjà fait, toi... de tuer quelqu'un ?
– Non. Mais ça devait arriver un jour ou l'autre. Si ça peut te rassurer, je viens juste d'apprendre que je ferai partie du commando. Je peux te dire que Léna et Fiona seront présentes aussi. Allez, n'y pense pas trop et viens dans mes bras, je vais essayer de te déstresser un peu.

Je suis officiellement réinvitée au club d'échecs. Léna et moi nous isolons durant toute la séance pour qu'elle m'expose les détails du plan. Je pourrai ensuite poser toutes les questions qui me passeront par la tête.

Comme Eugène est prudent, elle suppose qu'il sera accompagné au minimum de deux gardes du corps et qu'il ne croira jamais à une rencontre due au hasard. Je dois donc prendre le prétexte de m'inquiéter au sujet de Grisella qui traverse des phases de profonde dépression puis de totale euphorie, tout en lui laissant entendre que je suis aussi attirée par lui, même si cela me gêne vis-à-vis de ma copine. Eugène étant très direct, la chef de notre groupe est certaine qu'il m'invitera pour discuter dans une de ses planques et que, une fois sur place, il donnera congé à ses deux protecteurs. Là, je me débrouille pour que la porte d'entrée ne soit pas verrouillée et, quelques secondes plus tard, mes complices entrent en jeu et finissent le travail.

Je lui demande comment elle peut connaître la planque qu'il va choisir. Elle me rassure en m'affirmant que toutes ses caches du secteur seront surveillées en même temps et qu'il n'y a aucun risque qu'il s'en sorte. Il y a quand même un élément qui me chiffonne :

– Après son exécution, quand la police enquêtera, ils s'intéresseront au seul témoin rencontré ce soir-là, c'est-à-dire moi, car ses gardes du corps m'auront vue.

– Il est prévu qu'un autre commando les exécute durant la nuit, quand ils rejoindront leur leader.

– Et si vous ratez Eugène ? Je veux dire, s'il survit ou s'il a le temps de parler juste avant de rendre l'âme ?

– Fais-nous confiance, nous sommes entraînés. Nous ne le laisserons que quand nous serons absolument certains qu'il est mort.

– Tu as une idée du temps que je vais passer seule dans la chambre avec lui?

– Trois ou quatre minutes, cinq tout au plus.

Je raconte tout à mon père le soir même. Je l'entends se frotter les mains à l'autre bout du fil.

– Trois extrémistes de moins sans lever le petit doigt, plus des preuves à glaner sur le lieu du crime pour incriminer le moment venu des membres du commando. C'est parfait.

– Tu veux dire que tu arrêteras des gens du groupe après, afin de les faire condamner à la pendaison? Papa, tu ne peux pas faire ça?! Ce sont des amis. Et qui vas-tu choisir? Pas François? Jure-le-moi!

– Je ne le sais pas encore mais, de toute façon, il me faudra des coupables. Je ne peux pas laisser croire que la police est incompétente en permettant à des assassins de cavaler dans la nature.

Je trouve que le prix que me fait payer mon père pour effacer mes mensonges et le remercier de ce qu'il a fait pour mes amis de la ville basse est vraiment trop élevé. Je refuserai après cette action de continuer ce double jeu et je l'implorerai de m'éloigner de lui. Si je me laisse aller toujours plus loin dans ces compromissions, je vais y perdre mon âme.

Comme si elle pressentait quelque chose, Grisella ne me lâche plus depuis plusieurs jours et me comble de preuves d'amitié. Elle me fait des petits cadeaux, me flatte sur mes tenues, me confie des secrets vraiment très intimes sur sa relation avec Eugène. Elle me reparle aussi de ma promesse de virée dans les boutiques à la mode. Je me sens contrainte d'accepter.

L'après-midi que nous passons ensemble est comme une merveilleuse parenthèse d'insouciance et de rigolade. Durant plus de deux heures, j'en arrive à oublier que, trois jours plus tard, je serai la cause de son désespoir. Elle me quitte en me disant qu'elle n'a jamais connu une amie plus fidèle et plus sincère que moi :

– Au moins, toi, tu ne te sens pas obligée de toujours m'approuver. Parfois, tu me fais la gueule quand tu t'inquiètes pour moi et que tu n'es pas d'accord. J'ai de la chance qu'on se soit trouvées.

– Moi aussi, dis-je d'une voix émue.

Il est vingt heures et le temps est doux. Je porte un pantalon serré et un chemisier blanc. Avant de me laisser marcher seule dans la rue, Léna a défait deux boutons supplémentaires de mon corsage pour ouvrir davantage mon décolleté. Ce détail accroît d'un cran mon malaise déjà intense. Je fais des grimaces pour essayer de sourire. J'ai le sentiment que ce qu'on m'impose est au-dessus de mes forces et que je vais tout faire capoter. Pourtant j'avance d'un pas décidé. Je me prends à rêver que je pourrais pour une raison inconnue ne pas croiser Eugène. Comme cela, tout serait remis en cause au moins pour quelques jours.

Il est là, à moins de cinquante mètres. Il s'est arrêté pour me contempler. Il se tourne en souriant vers ses deux acolytes qui hochent bientôt la tête en prenant de la distance.

– Un ange dans la nuit! Enfin, Ludmilla, tu viens à moi, lance-t-il en fixant le haut de mon chemisier.

– Bonsoir. Je suis venue... pour te parler de Grisella.

– Bien entendu, de ta copine, celle qui te vénère et me rebat les oreilles de votre amitié exemplaire. Elle serait peut-être un peu étonnée de te voir seule avec moi à une heure pareille.

– Eugène, s'il te plaît, ne complique pas les choses. C'est déjà dur pour moi de venir comme ça...

– Excuse-moi. Ne restons pas là. Tu sais que, malheureusement, je vis une existence un peu dangereuse et qu'il m'est conseillé de ne pas traîner dans les rues désertes le soir. Suis-moi.

Il me saisit la main d'autorité et m'entraîne dans une succession de ruelles mal éclairées. Les gars suivent à distance. Je ne sais comment les autres sauront où je vais. J'ai peur et j'essaie de me libérer de son emprise.

Il s'arrête pour me considérer un instant. Il me sourit et me passe fermement le bras autour du cou en me chuchotant à l'oreille :

– Ne t'inquiète pas. Je n'ai jamais été violent avec une jolie fille. Je ne ferai rien sans ton consentement.

Je me sens soudain sans force, prête à flancher. Des bourdonnements me vrillent les oreilles. J'ai chaud. Je suis incapable de résister. Nous reprenons notre marche. Nous stoppons bientôt devant un immeuble. Un des gars franchit le portail et disparaît. Il revient quelques minutes plus tard et glisse à Eugène en passant :

– Pas de problème. Tout est correct.

– Revenez dans une heure environ. Nous ramènerons ensemble cette jeune fille chez elle.

Il m'invite à le précéder dans l'escalier en précisant qu'il habite au second. Je monte les marches très lentement pour gagner du temps. J'essaie de me calmer en respirant profondément. Il tourne la poignée et me pousse doucement à l'intérieur. Nous pénétrons dans une petite entrée. Il ferme le verrou à double tour.

– Voilà une de mes piaules. C'est la plus chic. Il y a une salle de bains avec des toilettes, une minuscule cuisine et, le principal, une pièce avec un grand lit aux draps bien propres.

Il m'entraîne sur le lit et entreprend de me déshabiller. Il retire mes chaussures puis déboutonne mon chemisier.

J'inspire une grande goulée d'air avant de réussir à articuler :

– Je voudrais aller aux toilettes.

– Vas-y, mais dépêche-toi. Je n'aime pas attendre.

En repassant par l'entrée, je déverrouille la porte qui donne sur le palier et m'enferme dans la salle d'eau. Face au miroir, je compte lentement cent quatre-vingts secondes. Ils devraient être là, ils me l'ont promis... La porte s'ouvre et Eugène me fait face. Il est entièrement nu.

– De quoi as-tu peur, fillette ?

Je suis paralysée. Il s'approche et m'attire contre lui. Il pose ses lèvres sur les miennes tout en s'employant à me dévêtir avec des gestes secs. Un énorme bruit retentit dans l'entrée. Je sens son étreinte se relâcher. Je m'accroupis contre un mur et ramasse mes affaires pour les plaquer sur ma peau. François se baisse pour me caresser le visage.

– Ça va aller, ma chérie, on est là. Je vais t'aider à te...

– Non, laisse-moi. Je peux le faire toute seule.

Je reprends doucement le dessus en enfilant mes vêtements. Je perçois des bruits de bagarre à côté, comme s'ils avaient du mal à maîtriser Eugène. Je me passe de l'eau sur le visage. Il était moins une, mais j'ai échappé au pire. L'agitation a cessé de l'autre côté de la cloison. Ils doivent avoir fini. Je rentre dans la chambre.

La victime est plaquée sur le sol par trois garçons. Fiona me demande d'approcher et me tend un couteau. Elle relève ensuite la chemise de l'ami de Grisella jusqu'à sa poitrine.

– Nous voudrions que tu portes le coup de grâce. Vois ça comme un examen de passage ou un baptême du feu. Après, tu seras vraiment des nôtres.

CHAPITRE
34

Dans le fourgon qui s'enfonce dans la ville, je me laisse un peu aller et les larmes m'inondent le visage. Je ne suis pas certaine de revoir un jour Igo et Lucen, et cela me désespère. Vais-je éviter le pire au moment du triage? Dimitr renoncera-t-il à sa vengeance? On me sort violemment du véhicule pour m'entraîner dans un couloir gris et sale. Je suis pratiquement jetée sur un banc de bois et ma tête vient cogner contre le mur. Les gardes semblent fiers de leur exploit puisqu'ils se tapent dans les mains. Je crois comprendre qu'ils essaient à chaque transfert d'améliorer le temps de parcours. L'un des deux exhibe sa montre pour la planter sous le nez de l'autre. L'attente qui suit me paraît interminable. Au bout d'une heure, d'autres filles font irruption dans la pièce. Quelques-uns des gardes qui les accompagnent participent à ce qu'on pourrait appeler un concours. Une prisonnière a eu moins de chance que moi et saigne de l'arcade sourcilière, ce qui embarrasse les deux gars qui l'ont amenée jusqu'ici :

— Putain, du sang! On va encore avoir droit à un avertissement! T'aurais pas pu faire attention? hurle l'un d'eux à la fille qui baisse la tête pour pleurer.

La salle se remplit progressivement. Je suis appelée la première. On m'introduit dans une petite pièce où deux femmes ont pris place derrière un bureau. À peine entrée, j'entends l'une d'elles s'exclamer :

— Oh la vilaine! Approche qu'on t'admire de plus près. Pourquoi ton œil est fermé? Ouvre-le! Quelle horreur! Une borgne! Tu es là parce que tu as «accidentellement» tué une mère de famille?

— Oui.

— T'étais jalouse? Toi, tu sais que personne ne voudra jamais de toi, c'est ça?

— Si, peut-être un aveugle! lance l'autre en rigolant.

— T'as raison! Ne dit-on pas qu'au royaume des aveugles les borgnes sont rois? Bon, on arrête de déconner. On l'affecte au ménage de l'hôpital général. La crasse, ça doit la connaître!

J'ai réussi mon examen de passage. Je devrais m'en réjouir. Mais je me sens complètement vide. Je contemple ce qui m'arrive avec distance, comme si ce n'était plus vraiment ma vie. On me parque dans une autre salle et je vais devoir attendre encore. Je garde les yeux mi-clos et j'essaie de ne penser à rien. Une fille s'assoit près de moi. Je sens son odeur de fille d'en bas. Je n'ai plus la notion du temps et, quand on nous hurle de nous lever, j'ai l'impression de me réveiller d'un long sommeil.

Je découvre dans la soirée ce qui sera mon environnement pour les deux prochaines années : un établissement immense et sombre, des surveillantes violentes et sèches, sanglées dans des uniformes noirs, des horaires d'esclave, aucune relation avec quiconque car le silence est imposé en tous lieux et à tout moment. Je commence immédiatement mon service, car je serai employée la nuit «pour éviter que j'effraie les malades». On m'ouvre la porte d'un débarras qui sent les produits désinfectants. On me montre mon matériel de travail. La fille m'informe que c'est là également que je dormirai. Elle me montre un tas de chiffons sales qui me tiendra lieu de matelas. Ma guide m'explique ensuite ce que sera ma tâche quotidienne en numérotant sur un plan mon itinéraire de travail. Elle estime le temps à y consacrer à environ quinze heures.

– Tu n'as pas le loisir de rêvasser. Essaie d'avoir des repères. Par exemple, si tu n'as pas fini la salle numéro 7 avant deux heures du matin, c'est que tu as pris du retard.

Elle m'indique aussi que des contrôles fréquents seront effectués pour évaluer mon travail. Elle me prévient que je pourrai être punie si je ne donne pas entière satisfaction : privation de nourriture ou même coups de bâton donnés devant les autres prisonnières.

J'enfile la combinaison jaune fluo. Je garderai des entraves aux chevilles durant les trois premiers mois. Je n'en serai dispensée que si je me comporte bien. Ma gardienne s'éloigne et je me retrouve enfin seule. Je peux retirer la lentille blanche qui me brûle la rétine. Je la glisse dans ma poche et commence mon travail. Comme prévu, il est épuisant et c'est ce qu'il me faut. Au fond, ce que je veux, c'est limiter au maximum les moments où les souvenirs pourraient envahir mon esprit et rouvrir mes blessures. Si je m'abrutis bien la nuit, le jour je ne ferai que dormir. Le début de mon parcours est totalement solitaire. Je nettoie le sol de réserves de matériel, de réfectoires déserts. Plus tard dans la nuit, je passe la serpillière dans les chambres des malades endormis. J'entends leur respiration bruyante. Certains parlent dans leur sommeil. Je m'attarde un peu à admirer les bébés. Je termine ma tournée vers neuf heures. J'ai du mal à me redresser tellement mon dos est douloureux. Je me traîne ainsi voûtée jusqu'à mon débarras. Je m'écroule sur ma couche nauséabonde et m'endors dans la seconde. Je me réveille quelques heures plus tard avec la faim qui me tenaille le ventre. J'ai d'énormes courbatures et je peine à me tenir droite. Je pars à la recherche de nourriture. J'interroge poliment une des gardiennes que je croise au bout de cinq minutes d'errance.

– On t'avait oubliée, c'est dommage, dit-elle en me souriant.

Je sens plutôt que ça lui fait plaisir. Je garde la tête baissée en attendant qu'elle poursuive :

– Il y a deux repas par jour à heures fixes. Toi, du fait de tes horaires nocturnes, tu ne pourras pas les prendre en même temps que les autres. Passe à la cuisine et vois avec le chef comment tu peux t'organiser. Mais ne rêve pas trop, ce n'est pas ici que tu vas grossir.

Dans les cuisines de l'hôpital, toutes les employées semblent débordées et personne ne remarque ma présence. Beaucoup portent la même combinaison que la mienne. Un homme les rudoie et les insulte. Quand il m'aperçoit plantée au milieu de l'agitation, il vocifère :

– Qu'est-ce que tu fous là, toi ?

– Je suis au travail de nuit. Je n'ai rien mangé depuis vingt-quatre heures.

– Émlie, occupe-toi d'elle.

Une fille très jeune, placée juste devant lui, interrompt son découpage de carottes et me fait un signe de tête pour que je la suive dans une petite pièce attenante.

– Dans chaque casier, il y a une ration. Tiens, voilà la clef pour ouvrir le tien. Il est rempli une fois par jour. Il n'y a pas grand-chose. La nuit, si tu peux récupérer des restes sur les plateaux des malades, n'hésite pas. Mais ne te fais pas choper ! Pourquoi t'as un œil crevé ?

– J'ai été blessée dans une bagarre.

– Et l'autre, qu'est-ce qu'elle a eu ?

– Elle est morte.

– Faut pas te chercher, alors ?

J'affiche un sourire gêné et je repars vers mon trou. Je dispose d'à peine une heure avant la reprise du boulot. J'en profite pour libérer mon torse de la bande qui me cisaille la peau. Sans trop comprendre ce qui m'arrive soudain, je m'accroupis pour pleurer longtemps.

Durant ma deuxième nuit, je suis très en retard. Je m'arrête à plusieurs reprises parce que j'ai du mal à respirer. Pendant que je fais une pause dans un renfoncement du couloir principal pour reprendre mon souffle, je suis surprise par l'intrusion discrète d'une surveillante dans une salle que je viens de laver. Sur le coup, je ne sais si je dois me signaler ou me cacher. Les couloirs ne sont éclairés que par des veilleuses mais je reconnais celle qui s'est occupée de moi le premier soir. Je reste immobile dans mon coin. Je n'ai pas intérêt à me faire remarquer car, à cette heure de la nuit, je réalise que je devrais avoir quitté cette zone depuis longtemps. Je l'entends fouiller dans des tiroirs, puis elle ressort les bras chargés de boîtes en carton. J'attends qu'elle soit repartie pour continuer mon travail. J'accélère pour rattraper le temps perdu. J'espère que personne ne remarquera que j'ai un peu bâclé mon nettoyage sur la fin.

Le lendemain dans l'après-midi, j'entends frapper violemment à ma porte. J'enfile ma combinaison et replace ma lentille blanche. Je sens que je ne vais pas assez vite au goût de mes visiteuses.

– Tu n'as pas à te barricader ainsi! hurle une gardienne, excédée.

Quand je sors, elle me gratifie d'une claque sur la nuque. Je dois les suivre jusqu'à un bureau qui semble être celui de leur responsable. Je suis la quatrième que l'on aligne contre le mur. D'une voix calme, étonnamment douce, leur supérieure nous informe que des médicaments ont disparu d'une des réserves. Nous ne sommes que quatre à fréquenter cet endroit durant la nuit ou la journée. Nous sommes donc suspectées. Elle explique que si l'une d'entre nous se dénonce dans les minutes qui suivent, elle ne sera pas renvoyée devant le tribunal pour une prolongation de peine, mais sera simplement châtiée comme il se doit de vingt coups de bâton. Dans le cas contraire, une fouille précise de nos «chambres» ainsi qu'une fouille à corps seront infligées à toutes. Et quand la coupable sera découverte, elle sera immédiatement expédiée en prison afin d'attendre un nouveau jugement. Les autres filles me regardent intensément, comme si elles m'avaient vu commettre le forfait.

— Personne n'a rien à dire? Vous êtes bien certaines? Eh bien, vous l'aurez voulu.

Je suis ramenée devant mon débarras pour assister à sa mise à sac. Puis deux gardiennes se saisissent de moi. Elles me déshabillent entièrement et me manipulent avec rudesse. Quand elles ont terminé, elles me laissent au milieu du chaos. Je n'ai que peu de temps pour tout ranger et aller me chercher à manger avant de reprendre le travail.

J'apprends une heure plus tard lors de mon passage par les cuisines qu'aucune des trois autres n'a pu être mise en cause. Je sais que, si j'avais raconté ce que j'ai surpris la nuit précédente, je me serais attiré des ennuis.

Ce soir, j'essaie de respecter les horaires pour ne pas être le témoin d'une autre scène embarrassante. J'ai l'occasion en frottant le carrelage de la réserve de revenir sur le lieu du crime. Toutes les portes des armoires sont fermées à clef. Même chose pour les tiroirs. Aucune étiquette n'indique où se trouvent les produits. Vers six heures, j'ai droit à ma première inspection. Je tombe de fatigue et j'éprouve quelques difficultés à garder les yeux ouverts quand la gardienne fait la liste de ses remontrances. Elle conclut quand même par un «On a vu pire» qui se veut encourageant.

Presque une semaine se passe avant que j'apprenne que la surveillante que j'avais aperçue une nuit dans la réserve a disparu pour des raisons de santé. Tandis que je vide mon casier à nourriture dans la cuisine, je saisis des bribes de la conversation de deux filles qui épluchent une montagne de pommes de terre. Il en ressort que la gardienne écartée de l'hôpital était suspectée depuis quelques mois de voler des doses de morphine pour se droguer et peut-être même en revendre à l'extérieur.

La nuit suivante, je sursaute quand une malade qui semblait profondément endormie me touche le dos avec insistance. Je prends quelques inspirations avant de lui demander :

— Vous avez besoin que j'aille chercher quelqu'un ?

— Non, chuchote-t-elle, c'est vous que je voulais voir. On m'a dit que vous étiez nouvelle. J'aurais un service à vous demander. Les pauvres de la ville basse ont besoin de médicaments pour leurs enfants malades et ils ne peuvent en disposer. Je voudrais savoir où on les stocke. Je ne vous demande pas de voler quoi que ce soit, juste de me dire où ça se trouve.

Une patiente gémit soudain derrière moi. L'autre attend quelques secondes avant de reprendre :

– Préparez-moi un plan pour la nuit prochaine. Tenez, un crayon et du papier. C'est vraiment important.

– C'est que je ne m'occupe que du ménage et que je viens de commencer. Je ne sais pas où se...

– S'il vous plaît, c'est pour des bébés qui sont entre la vie et la mort, des petits êtres innocents qui souffrent terriblement.

Comme je m'éloigne rapidement pour quitter la pièce, elle se relève et déclare d'une voix plus autoritaire :

– Vous aussi un jour vous aurez un bébé. Et peut-être que, dans le malheur, vous trouverez quelqu'un pour vous tendre la main. Pensez-y.

CHAPITRE
35

J'habite dans la cave de Franis. C'est propre et bien aménagé. On me nourrit et j'arrive même à travailler. Igo est très sage et toujours souriant. C'est vrai qu'il se retrouve souvent dans les bras de la femme de mon patron ou de leur fille. Une jeune laitière passe deux fois par jour pour l'abreuver et, en parallèle, j'essaie de lui faire manger quelques céréales pilées avec des légumes blancs. Pour l'instant, il refuse catégoriquement. Pendant la journée, je tiens bien le coup et donne à tous l'impression d'être heureux mais, la nuit, le souvenir de Firmie me hante. Je fais toujours le même rêve. Mon amoureuse est en danger, elle m'appelle et moi je suis comme paralysé dans mon lit, incapable de bouger et de lui répondre. Le matin, les caresses malhabiles de mon fils m'obligent à ouvrir les yeux. Son regard confiant me pousse à me lever et à tenir jusqu'à la nuit suivante.

Une question ne cesse de tourner dans ma tête. Comment le vieux, qui a tant de relations et semble-t-il de pouvoir sur les gens, peut-il être encore emprisonné dans la forêt pourrissante? Franis m'explique que le vieil homme n'a jamais voulu risquer la vie de ses proches et de ses amis dans une opération hasardeuse pour le libérer.

– Ceux qui l'ont croisé lors de leur passage là-bas, me dit-il, racontent que, ces dernières années, il vivait comme un ermite, indifférent aux problèmes des autres et résigné à mourir. Il n'y a que pour toi qu'il s'est investi à ce point. C'est aussi pour ça que tous ses amis ont tenu à t'aider et le feront tant que tu en auras besoin. Tu nous l'as un peu ressuscité.

Je n'ose gâcher la joie de Franis et des siens en lui faisant part des dernières paroles du vieux.

Mon hôte a décidé que je ne sortirais jamais et que les autres viendraient me voir en utilisant les diverses issues de la maison. La première personne qui me rend visite est un spécialiste des isolas. Il ressemble physiquement à Taf. Il ne me dit pas son nom et garde durant toute la conversation l'air supérieur de celui qui en sait plus que les autres. Il tient ses renseignements de sources policières et de messagers issus des rangs des opposants. J'ai déjà choisi l'endroit où je me rendrai, mais je préfère le garder secret, c'est plus prudent. Je n'ai pas dévoilé non plus ma destination à Jea ni à Maurice : ce n'est pas que je n'aie pas confiance en eux mais, sous la menace qu'on s'en prenne à leurs proches, ils pourraient parler. Moi, si la vie d'Igo était dans la balance, je suis certain que je ne tiendrais pas longtemps. J'interroge mon interlocuteur sur l'état des divers chemins terrestres ou fluviaux qui permettent de rejoindre les isolas. Y en a-t-il qui sont fermés ou déconseillés ? Dans quelles zones les forces de l'ordre sont-elles particulièrement actives en ce moment ?

– Je vois que tu es un gars réfléchi et que le vieux t'a bien formé, déclare-t-il avant d'étaler une carte pour faire un point sur la situation.

Je prends des notes que j'apprendrai par cœur avant de les brûler. Je rencontre aussi le passeur qui me fera quitter la ville. Ce qui me plaît et me rassure avec lui, c'est qu'il a une grande habitude de la circulation dans les égouts, où la police hésite toujours à se risquer. J'écris de mémoire la liste du matériel indispensable à la vie là-bas, que m'a élaborée le vieux. Je la transmets à Franis qui me demande quelques jours pour réunir le tout. Au moment de partir, je lui ferai don de tout mon argent, car là où j'irai je n'en aurai plus l'utilité.

Élane, qui vient nourrir Igo, aime s'attarder un peu après son service. Elle me regarde travailler et me pose des questions. Elle m'explique qu'elle préfère l'atmosphère apaisée de notre cave à l'ambiance terrible qui règne chez elle. J'ai l'impression d'entendre parler Firmie quand elle décrit la résignation de sa mère et les crises de violence de son père rentrant ivre la nuit. Pourtant, elle sait au fond d'elle-même que, sans cette addiction à l'alcool, son père serait resté l'homme bon et calme qu'elle a connu dans ses premières années. À mesure qu'elle se familiarise avec nous, elle m'en dit chaque fois un peu plus sur sa triste vie. Même si parfois son malheur me pèse, je la laisse raconter car je pense qu'elle se sent mieux après. Elle a déjà vendu deux enfants, mais elle affirme ne pas le regretter car ils sont partis en haut pour une existence meilleure, et les gars avec qui elle les avait conçus n'auraient pas fait de bons pères. Lors de sa cinquième visite, elle m'avoue candidement que si je cherche une femme en attendant que la vraie revienne – «si elle revient un jour», ajoute-t-elle –, elle aimerait bien que je la choisisse elle. Elle sait que je veux partir et se dit prête à me suivre n'importe où pour échapper à sa vie ici. Elle déclare qu'elle n'a jamais rencontré un homme aussi doux et attentionné envers son bébé, un homme qui ne boit pas et qui aime travailler. Pour l'instant, elle ne se sent pas physiquement attirée par moi mais pense que ça viendra avec le temps. Elle espère que de mon côté je la trouve agréable et propre. Elle me fixe longuement, attendant à l'évidence une réponse de ma part. Comme souvent quand elle parle, je l'écoute distraitement et mes pensées m'entraînent ailleurs. Là, je me rends soudain compte de la teneur de son discours et je me reproche de l'avoir laissée ainsi se dévoiler. J'aurais dû couper court tout de suite. Je n'ai pas su réagir. Son visage est douloureux. Je la sens prête à exploser en sanglots. Je me tourne vers elle et me force à ne pas être trop brutal :

– Élane, je ne me sens pas capable d'aimer une autre femme que Firmie...

– Je ne te demande pas de m'aimer, affirme-t-elle en essayant de se maîtriser, je te demande juste de me garder avec vous deux, de me permettre de quitter cet endroit. L'amour, moi, je n'y crois pas. Ce n'est pas un truc qui peut arriver à tout le monde. Promets-moi d'y réfléchir. De toute façon, tu auras besoin d'une laitière.

Le soir, quand elle repasse, Igo, qui a pleuré une partie de l'après-midi, refuse de téter son lait. Il se met carrément en colère quand elle lui enfonce sans succès son téton dans la bouche. Elle me regarde durement :

– Pourquoi ne veut-il plus ? Lui aussi me trouve trop misérable ?

– Élane, qu'est-ce que tu racontes ? Igo n'est pas très en forme depuis ce midi...

Elle se lève et me tend mon enfant.

– Si c'est comme ça, dit-elle sur un ton que je ne lui connais pas, je n'ai plus rien à faire ici.

Elle remet sa chemise et quitte la pièce en claquant la porte. Mon bébé a visiblement besoin de dormir. J'espère qu'il ne couve pas une maladie.

Jea me rapporte, dans la soirée, une rumeur selon laquelle un policier de notre ville natale enquêterait dans le quartier. Il ferait filer les laitières et passerait au peigne fin tous les ateliers des rafistoleurs. D'après la description, ce pourrait être Gerges. Mes amis décident donc de ne plus me rendre visite durant les prochains jours car, si notre ancien copain les repère, il risque de ne plus les lâcher jusqu'à ce qu'il mette la main sur moi. C'est une sage décision. J'apprends aussi que des maîtres-chiens venus de la forêt pourrissante inspectent les unes après les autres toutes les maisons de la ville en faisant renifler un de mes vêtements à leurs bêtes. Le secteur où ils se trouvent actuellement est heureusement encore très éloigné du nôtre, mais tôt ou tard il faudra songer à me déplacer.

Franis me réveille vers deux heures du matin et me demande de réunir au plus vite mes affaires. Un message a été glissé sous sa porte. On doit me changer de cachette avant le matin, car une descente a été programmée à son domicile. Je prends Igo endormi dans mes bras et mon logeur ramasse mes paquets. Il nous entraîne chez un voisin avec lequel il partage une courette. Ce dernier m'installe dans la petite chambre de ses enfants, déjà très encombrée. Franis essaie d'être rassurant :

– Tu reviendras dans la journée, quand ils seront passés.

– Comment ont-ils su ?

– Je ne sais pas. On s'en occupera plus tard. Tous les quartiers sont infestés d'indicateurs qui surveillent les allées et venues. Je pense que le mouchard a dû trouver bizarre que je fasse appel à une laitière. Il va falloir prendre encore plus de précautions dans les jours qui viennent.

– Je vais surtout essayer d'avancer mon départ pour que vous ne soyez plus inquiétés.

Les habitants des alentours sont tous réveillés en sursaut par un bruit d'explosion, suivi de grands cris. La mère de famille entre pour rassurer ses enfants. Elle prend soin avant de ressortir de me placer une couverture au-dessus de la tête. Igo est réveillé et se blottit contre moi comme s'il sentait ma peur. Je n'entends plus rien, mais j'imagine Franis traîné hors de sa maison avec sa femme et sa fille, peut-être même frappé devant ses voisins. Tout ça à cause de moi et de mon fils. Il fait chaud sous l'épais tissu et le petit commence à s'agiter.

Peut-être sent-il la faim le tenailler? Comme chaque fois, je lui chuchote à l'oreille ce qu'il y a à comprendre. Ce matin, il ne semble pas convaincu et pleurniche sans arrêt. La porte de la chambre s'ouvre et une torche balaie le grand lit où nous dormons avec les deux enfants de la famille. L'un d'eux se redresse en hurlant de terreur. Igo, surpris, s'immobilise. Le garde renonce. Visiblement, il ne supporte pas les cris et n'est pas très rigoureux.

Nous pouvons émerger une demi-heure plus tard et je m'empresse d'aller préparer un biberon en puisant dans ma précieuse réserve de poudre de lait. Igo comme la veille se détourne de la nourriture. J'arrive après une demi-heure d'efforts à lui faire ingérer un tiers de la dose recommandée. Franis vient nous récupérer vers midi. Il m'assure que rien de fâcheux ne lui est arrivé pendant l'intervention policière, mais je remarque qu'à plusieurs reprises il ne peut s'empêcher de se tenir les côtes en grimaçant. Igo a vomi et je suis maintenant réellement inquiet. Par réflexe, je lui donne un médicament antitussif, mais cela n'arrange rien. Mon hôte fait venir un médecin qui examine mon fils les yeux bandés. Il diagnostique une grave infection.

– Je peux seulement faire baisser sa fièvre. Il parviendra ensuite à se réalimenter un peu, mais l'issue fatale n'en sera que retardée. Je ne peux rien faire d'autre. Ici, dans la ville basse, il n'y a aucun remède efficace contre ça.

On en a eu parfois par l'intermédiaire d'activistes d'en haut, mais ça fait un moment qu'on n'a rien reçu. Les enfants de la ville basse n'ont droit officiellement à aucun traitement. C'est comme ça que les autorités régulent la population des pauvres gens.

– Je sais, c'est pareil dans la ville d'où je viens, mais il est hors de question que je m'y résigne s'agissant de mon bébé.

– Je suis désolé.

– Écrivez-moi le nom du médicament, je trouverai peut-être un moyen.

– Si vous voulez, mais ça m'étonnerait. À moins d'aller dévaliser la réserve de l'hôpital de la ville haute.

Je serre dans mes bras mon fils qui parvient à peine à ouvrir les yeux. Je donnerais ma vie pour qu'il guérisse. La mort d'un enfant est une injustice, une erreur de la nature. Je ne peux pas l'admettre.

Après le départ du médecin, Franis me glisse à l'oreille :

– Je ne veux pas te donner de faux espoirs, mais depuis quelques semaines un groupe de Coivistes de la ville haute essaie d'organiser un cambriolage de cette réserve pour approvisionner nos médecins. Le personnel de l'hôpital n'est constitué que d'infirmières surveillantes de prison et de condamnées. Une militante, qui joue les malades sur place depuis deux jours, essaie d'approcher une nouvelle arrivante pour la convaincre de nous aider. Évidemment, il est peu probable qu'elle accepte de prendre un tel risque, il faudrait vraiment tomber sur quelqu'un de suicidaire...

CHAPITRE 36

Un policier de Grandville, nommé Damen, m'attend à l'arrivée du dirigeable. En chemin vers la ville basse, il me présente ses condoléances pour la mort de Grégire et me fait un compte rendu de l'enquête. Lucen a été aperçu dans l'ascenseur des pauvres avec un jeune employé de blanchisserie qui lui a servi de guide. Ils ont retrouvé le gamin qui n'a pas pu leur en apprendre plus. D'après ce qu'il leur a expliqué, il a été payé par un inconnu pour le faire sortir discrètement de l'embarcadère et l'accompagner dans sa descente sous la nox.

– Ce qu'il faut que tu saches, c'est que nous ne sommes pas les seuls sur le coup. Les maîtres-chiens de Rihard sont sur les lieux. Ils ratissent de manière systématique chaque ruelle en faisant respirer à leurs molosses des fringues abandonnées par Lucen dans votre forêt pourrissante. Ils mettront le temps mais ils le trouveront. Leur chef les a menacés de mille brimades s'ils revenaient bredouilles. Il en fait une question d'honneur. Dans le passé, ceux qui ont réussi à franchir les grilles qui délimitent la forêt ont été repris dans les heures qui ont suivi. Une aussi longue cavale, pour lui, c'est une première. Si tu veux qu'il soit pendu dans les formes et non dévoré par leurs bêtes, il faut qu'on se montre plus intelligents qu'eux.

Je patiente devant deux portes ouvertes avec une vingtaine d'autres personnes. Nous attendons le signal lumineux pour pénétrer dans cette grande boîte métallique qui nous emmènera vers les profondeurs. Je remarque que tous les autres passagers portent un bracelet à leur poignet. Au poste de police, deux autres gars nous attendent. Damen me laisse mener la discussion :

– Il faut surveiller tous les rafistoleurs de la ville. Connaissant Lucen, je pense qu'il essaiera de travailler pour gagner un peu d'argent et financer sa fuite prochaine. On sait qu'il envisage de rejoindre un isola. Si vous connaissez des bars où se réunissent des spécialistes de ces contrées, pensez à y placer des hommes car il doit être en quête de renseignements récents. Enfin, il a un bébé sur les bras qui n'est pas sevré. Il est obligé d'avoir recours à une laitière au moins deux fois par jour.

Les gars prennent des notes en hochant la tête. Ils me tendent ensuite leur feuille où sont inscrits plusieurs noms et adresses. Ils semblent être plus efficaces que ceux de chez moi. Damen répartit ses hommes en plusieurs équipes et leur assigne les différentes missions.

Dans la partie basse de Grandville, il n'y a aucun dénivelé et nous pouvons nous déplacer sans trop d'efforts. Cette ville est beaucoup plus étendue que la mienne, mais elle est organisée différemment. Les corps de métiers sont regroupés par quartiers. Chez nous, ce sont surtout les différences sociales qui régissent l'implantation des familles. Nous furetons dans la zone des rafistoleurs. La ville en compte près d'une vingtaine. Damen, qui connaît bien le terrain, élimine d'emblée plusieurs noms.

– Ce sont des Caspistes convaincus. S'ils repèrent quoi que ce soit, ils viendront nous le signaler. Ils savent que révolte et profit ne font jamais bon ménage.

Nous frappons à une première porte où je perçois une grande hostilité à notre égard, mais pas la nervosité caractéristique de ceux qui ont quelque chose ou quelqu'un à cacher. J'abrège cette visite et Damen s'en étonne.

– Je me fie à mon instinct. Je n'ai rien senti dans leurs regards.

– Comme tu voudras. C'est ton enquête, déclare-t-il, sceptique.

Nous enchaînons avec sept autres boutiques sans plus de résultats. Damen me propose de m'attabler dans un bistrot très fréquenté par ceux de la profession afin de nous reposer un peu tout en tendant l'oreille. Je reçois un gros choc quelques minutes plus tard en apercevant Jea dans le halo lumineux qui éclaire chichement le bar. Il vient livrer un paquet et ne s'attarde pas. J'ai juste le temps de le désigner à Damen qui m'interroge :

– Tu le connais ?

– Il a quitté notre ville il y a six mois pour filer le parfait amour avec une fille d'une classe très inférieure. Je ne savais pas qu'il avait atterri ici. Il pourrait peut-être nous conduire à Lucen. Tu sais où il crèche ?

– Non, mais ça ne sera pas difficile d'obtenir l'information.

La filature de Jea s'avère vite payante, car c'est à un autre fuyard qu'il me mène : Maurice. Nous abandonnons les autres pistes pour nous concentrer sur ces deux-là. Je suis certain qu'ils me conduiront directement à ma cible. Mes deux ex-copains ne sont pas répertoriés ici comme activistes et Damen me certifie qu'ils n'ont participé à aucun rendez-vous coiviste depuis leur arrivée. Il entretient un réseau d'informateurs très fiables et est donc sûr de ce qu'il avance.

– Maurce se serait rangé pour ne s'occuper que de sa fille ? J'ai du mal à le croire.

– La paternité, ça change les perspectives. Tu dois commencer à le sentir, pas vrai ? Tu m'as bien dit que ta femme était enceinte ?

Dans la soirée débarquent au poste des représentants de la milice locale qui se plaignent que je ne sois pas venu les saluer. Je leur assure que j'avais prévu de le faire, mais j'explique que je suis très accaparé par le travail avec Damen. Ils insistent lourdement pour que je vienne boire un verre avec eux et visiter leurs locaux. Je ne suis pas censé refuser. Pourtant ces hommes-là m'apparaissent comme de complets étrangers pour qui je n'éprouve aucune sympathie. Tout ce que j'excuse chez mes amis miliciens me choque ici au plus haut point. Tandis que nous nous promenons dans leurs caves cradingues, ils me racontent leurs pires exploits jusqu'à m'en donner la nausée. Comment pourraient-ils comprendre que j'aie toujours laissé aux autres les séances de torture parce qu'elles sont à mes yeux dégradantes autant pour le bourreau que pour la victime ? Je suis en outre persuadé de leur inefficacité, opinion d'ailleurs partagée par Clude qui m'a dit un jour que, sous la menace, il pouvait faire avouer n'importe quoi à n'importe qui. J'invente un rendez-vous très matinal avec Damen et je réussis à les abandonner vers une heure du matin. Avant de me quitter, ils me proposent de «me rendre tout service qui pourrait m'être utile et que les règlements de police seraient susceptibles de condamner». Je les en remercie avant de regagner le poste où l'on m'a aménagé un coin pour dormir. Visiblement, mon manque d'enthousiasme les a déçus. Ils le mettront sans doute sur le compte du deuil que je traverse.

La journée suivante est très décevante. Jea et Maurce vaquent à leurs activités quotidiennes sans en dévier d'un pouce. Ils travaillent chez des patrons dans des activités similaires à celles qu'ils pratiquaient chez nous, fabrication et livraison de pâtés à l'odeur douteuse pour Jea, torréfaction et broyage d'insectes afin d'élaborer de la poudre brune pour Maurce. J'aperçois aussi leur progéniture et la femme de Jea, la fameuse Drine. En les regardant vivre, je ne peux m'empêcher de songer à Snia et à son ventre qui grossit. Quel père serai-je bientôt? Je crois que je dirai tout de suite à mon enfant, avant même qu'il ne le comprenne, que je l'aime. Je n'attendrai pas comme le mien le jour de ma mort pour l'inscrire sur mon testament. Plusieurs fois au cours de la journée, ces pensées me font oublier la raison de ma présence ici. Heureusement, Damen est là pour me la rappeler. Je suis venu pour faire payer Lucen.

Vers dix-huit heures, une jeune informatrice du quartier des rafistoleurs vient signaler à Damen la présence de Lucen et de son fils dans la cave d'un certain Franis. Je crois qu'on touche bientôt au but.

Damen réunit ses troupes pour organiser l'intervention. Il sort un plan du quartier et place des sentinelles à chaque coin de rue. Il explique qu'il faudra inspecter tout le pâté de maisons, car il existe parfois des passages reliant les habitations entre elles. Pour bénéficier de l'effet de surprise, il propose une attaque vers la fin de la nuit, quand tout le quartier dormira. Cela nous évitera les regroupements de badauds auxquels se mêlent souvent des provocateurs. D'ici là, il autorise ses hommes à repasser chez eux pour prendre un peu de repos.

– Tu n'as pas peur que certains aillent perdre leur temps dans les bars et en viennent à évoquer l'opération?

– Ce n'est pas le genre de la maison. Est-ce que tu veux rencontrer notre informatrice pour en savoir davantage sur les lieux?

– Bien sûr.

Une fille d'à peine quatorze ans est introduite dans notre bureau. Elle est en larmes. J'interroge du regard mon collègue qui m'éclaire sur l'attitude de notre cliente:

– Elle s'en veut d'avoir cafté, pourtant elle n'a fait que son devoir. N'est-ce pas, Élane?

Elle garde la tête obstinément baissée et renifle bruyamment. Elle finit par lâcher :

– C'est un papa tellement gentil. J'étais en colère contre lui, mais je n'aurais pas dû venir. Et puis, qu'allez-vous faire du bébé ?

Je lui explique calmement :

– Je connais par cœur ce Lucen et, crois-moi, il a du sang sur les mains. Dans la ville d'où je viens, il a fabriqué des bombes meurtrières pour qu'on tue des enfants et leurs mamans. Ce sera mieux pour toi et ta famille qu'il soit mis hors d'état de nuire. Tu comprends ça ?

– Je ne vous crois pas, lance-t-elle en recommençant à pleurer.

– Tu sous-entends que je mens, c'est ça ?

J'ai presque hurlé et je me suis senti à deux doigts de la frapper. Je respire lentement pour recouvrer mon calme. Je me lève.

– Je n'en tirerai rien, je vous laisse faire, dis-je en quittant la pièce.

J'ai terriblement envie de rentrer chez moi et de retrouver Snia. Cette chasse à l'homme me lasse. De toute façon, mon père ne sera plus là pour me féliciter en cas de victoire. Je ne peux pas l'avouer devant Damen ou ses hommes, mais je leur abandonnerais bien le soin de terminer le boulot. Face à l'attitude butée de la jeune laitière, je n'ai fait que répéter une version à laquelle je ne crois plus. Au vu des éléments qui sont maintenant en ma possession, il est évident que Lucen n'a joué qu'un rôle secondaire dans la mort de ma mère. Les furtifs auraient trouvé tôt ou tard un moyen d'atteindre mon père en faisant porter le chapeau à quelqu'un d'autre. Pourquoi ne pas carrément laisser tomber les poursuites? Lucen a payé par plus d'un an de travaux forcés dans l'enfer de la forêt pourrissante. Pourquoi ne pas lui permettre de vivre enfin tranquillement avec son bébé? Snia m'a ouvert les yeux sur ce qui compte vraiment. Mes collègues de la milice diraient avec dégoût qu'elle m'a attendri, amolli et que je ne suis plus un homme, du moins comme eux se l'imaginent. Il serait temps que je vive pour nous trois et pas en fonction du regard que les autres portent sur ma personne.

Damen me rejoint dans les couloirs. Il me tape amicalement dans le dos.

– En insistant un peu, on a réussi à lui faire dire comment on accède à la cave. C'est ce qu'on voulait. Tu n'as pas l'air de sauter au plafond... T'en as marre? Après tout ce temps, on peut le comprendre. Mais je crois qu'on touche au but. Cette nuit, tu seras libéré d'un grand poids.

Comment oser lui dire que c'est tout le contraire?

Je dors presque cinq heures avant de rejoindre les hommes. Nous marchons dans un silence impressionnant. Lorsque les gars sont en place, un artificier vient déposer une charge devant la porte. Quelques secondes plus tard, cette dernière vole en éclats. Nous faisons sortir les habitants dans la cour. La planque est vide. Damen se montre très déçu et s'acharne sur le chef de famille à coups de crosse de fusil dans le ventre. J'interviens pour le raisonner :

— Arrête. Faisons fouiller le voisinage, comme tu l'avais prévu.

Sur un signe de Damen, ses troupes envahissent les maisons en hurlant. Ils tirent de leur sommeil tous les occupants et font pleurer les enfants. Le reste du quartier s'anime soudain et une petite foule se regroupe autour de la boutique. Certains font montre d'agressivité. Les gars sont nerveux et pourraient tirer dans le tas. Damen, la mort dans l'âme, appelle ses troupes à se replier.

— Comment ont-ils pu savoir ? Je vais interroger mes hommes. Si je découvre que l'un d'entre eux a parlé, je le brise en deux. Excuse-moi, Lucen, nous ne nous sommes pas montrés à la hauteur de ta douleur. Je voulais tellement t'aider à venger ta mère.

— On finira bien par le choper, dis-je.

— Tu as raison, ce n'est que partie remise.

CHAPITRE 37

— Vous semblez aller mieux ce matin, fait remarquer ma gouvernante. Je vous ai récupérée dans un piteux état hier soir, complètement hébétée, incapable même de vous coucher toute seule. J'ai été obligée de brûler vos vêtements qui étaient tachés de sang. C'était plus prudent.

– Merci. Vous avez bien fait. J'espère ne jamais revivre une épreuve comme celle-là.

– Vous n'êtes pas faite pour l'action violente. Je l'ai dit à votre père. Sachez aussi que vos amis ont encore beaucoup à apprendre, Ludmilla. Il a été nécessaire que je passe derrière eux pour finir le travail. Sans mon intervention, un des gardes du corps aurait survécu. À se demander s'ils n'avaient pas bâclé exprès son exécution.

– Pourquoi l'auraient-ils fait ?

– Votre père pense que certaines personnes de leur organisation voulaient sans doute que vous soyez mise en cause directement.

Je me fais porter pâle au lycée et j'attends toute la journée que Grisella m'appelle. Je n'ose imaginer l'état dans lequel elle se trouve. Quand je décroche enfin le combiné vers dix-huit heures, c'est sa mère que j'ai au bout du fil. Elle m'apprend que sa fille est à l'hôpital après une tentative de suicide. Grisella lui a dit qu'elle voulait dormir un peu après l'annonce du drame et a ingurgité une boîte entière de somnifères. Heureusement qu'ils ont découvert à temps l'acte désespéré de leur fille. Elle ajoute qu'elle se doutait depuis un moment que sa relation passionnelle voire hystérique avec Eugène n'annonçait rien de bon.

– Maintenant, conclut-elle, elle a besoin de vous pour remonter la pente.

– Je comprends. J'arrive tout de suite.

– Merci Ludmilla, ajoute-t-elle, la voix soudain étranglée par les sanglots. Je ne veux pas perdre ma petite fille...

Je passe voir mon amie dans la soirée, accompagnée de Yolanda, mais son état de faiblesse lui permet juste d'entrouvrir les yeux et de grimacer un vague sourire. J'y retourne le lendemain en fin d'après-midi. Elle va mieux, même si ses yeux rougis témoignent qu'elle a beaucoup pleuré.

– Merci d'être là. Tu sais, il m'avait mise en garde, il y a à peine une semaine, en me déclarant que ses jours étaient comptés et qu'il ne fallait pas que je m'attache trop à lui. J'espère que la police va mettre la main sur ces barbares qui me l'ont pris. Et qu'ils mourront à leur tour.

– Je l'espère aussi.

– J'ai réussi à me procurer un journal grâce à une infirmière. Les policiers dépêchés sur place ont décrit ce qu'ils ont nommé une «boucherie». Pour eux, les coups de couteau portés sur Eugène visaient à faire durer son agonie.

Je la prends dans mes bras et la laisse pleurer de longues minutes. Moi aussi je suis inondée de larmes, mais c'est sur moi que je pleure. Comment mon père a-t-il pu m'encourager à participer à un acte aussi immonde?

Le soir, à table, je me refuse à lui adresser le moindre mot. Lui, en revanche, m'abreuve de théories pour justifier qu'on puisse tuer des hommes de sang-froid. Il cite des personnalités célèbres qui, au cours de l'histoire, ont déclenché des catastrophes, comme Hitler ou Staline. Selon lui, si quelqu'un les avait supprimés à l'âge où

Eugène est mort, des milliers de vies auraient été sauvées. Qui nous dit qu'Eugène n'était pas de la trempe de ces monstres? Je l'écoute à peine. À cet instant, je le déteste.

– Tu ne retourneras plus dans ce lycée. Je t'avais parlé d'un possible déménagement pour Grandville, nous allons accélérer le mouvement. Les sœurs Broons ont été arrêtées dans la matinée. Elles n'ont pas été longues à demander à négocier pour sauver leur peau. Elles t'ont citée en premier, mais ça tu t'en doutais, ainsi que ton ami François, un certain Gonzague et d'autres dont les noms m'échappent. Toi, tu es protégée parce que j'avais prévenu mes services que tu jouais les infiltrées. Et je leur ai juré que tu n'étais pas sur place physiquement le soir du meurtre. Je les ai même autorisés, s'ils voulaient s'en convaincre par eux-mêmes, à venir inspecter ta garde-robe à la recherche du sang de la victime. Ils sont passés pendant que tu étais à l'hôpital. Yolanda ayant aussi nettoyé tes empreintes sur le lieu du crime, ils n'ont absolument rien trouvé pouvant te mettre en cause. Ce n'est malheureusement pas le cas pour ton ami qui sera accusé de complicité. Avec un bon avocat, il ne prendra qu'une année ou deux de prison ferme. Quant aux sœurs Broons, on ne pend plus de femmes dans la ville haute depuis quelques années, mais elles auront du mal à éviter la prison à vie. Tu comprends mieux pourquoi je veux que tu quittes au plus vite cet environnement. De tout le commando, il n'y a que toi qui t'en sortes intacte, et ça risque de t'attirer des ennuis.

— Tu ne peux rien faire de plus pour François?

— Non, désolé. Je sais que c'est dommage car c'est un type bien. Il n'a dénoncé personne durant son interrogatoire. Tu ne risques rien de ce côté-là.

Tourner la page, voilà ce que je dois me répéter. Tourner la page, comme si c'était facile. Comme si je pouvais oublier si vite le mal que j'ai causé, les catastrophes que je n'ai pas su éviter. Je fais mes bagages. Je remplis aussi des cartons avec des objets de mon enfance dont je veux me débarrasser. J'ai du mal à m'imaginer vivre ailleurs, dans une maison plus normale. Celle-ci cache tout de même un miroir sans tain, une pièce secrète, un poste d'observation avec vue plongeante sur le bureau de mon père et sans doute d'autres mystères dont je n'ai pas connaissance. Avant de partir, j'aimerais essayer de savoir ce qu'il y a derrière cette porte au fond du couloir dérobé. Ma vie est devenue si compliquée soudain que je l'avais presque oubliée. J'espère que le coup de main appris jadis au club d'échecs pour forcer les serrures se montrera efficace. Je n'ai aucune appréhension ni aucune montée d'adrénaline en gravissant les escaliers, armée de mes outils et de ma lampe torche. Je n'ai plus de secret depuis un moment pour Yolanda et je ne me sens plus d'obligations envers mon père après ce qu'il m'a fait vivre. La serrure ne résiste pas longtemps.

C'est comme un grand débarras, avec quelques caisses recouvertes de tissu, sans doute pour les protéger de la poussière. Ce sont des affaires de ma mère, des cahiers, quelques photos et des lettres attachées en paquets par des ficelles. Je rapporte le tout dans ma chambre. Je me plonge ainsi pendant plus de deux heures dans l'intimité de celle que j'ai si peu connue et suis enfin à même de reconstituer son parcours et le rôle que mon père a joué dans sa vie. Ce que je découvre m'émeut et m'affecte aussi physiquement. Je me sens tour à tour frissonnante ou en surchauffe. Des maux de ventre me tenaillent puis s'estompent. J'ai conscience de fouiller dans les secrets de personnes qui ne m'en ont pas donné l'autorisation, mais le désir de savoir est trop fort.

Mon père a rencontré pour la première fois ma mère sous la nox alors que, avec des amis étudiants, il était parti s'encanailler dans le quartier du port. Un peu après le *no man's land*, dans ce qui était déjà une sorte de «cour des miracles», ils sont intervenus pour empêcher l'agression d'une famille de commerçants à laquelle ma future mère appartenait. Ils ont peu échangé ce jour-là mais, si j'en crois leurs lettres, un véritable coup de foudre a eu lieu. Mon père n'a eu ensuite de cesse qu'il n'ait trouvé un moyen de la faire venir près de lui dans les hauteurs. Il a sacrifié ses aspirations pour la recherche scientifique au profit d'une école de policiers. Cela lui a permis en récompense de ses bons et loyaux services de concrétiser son idylle. Ma mère a changé d'identité. On lui a inventé un passé dans une autre ville lointaine et ils se sont mariés. Malheureusement, maman avait contracté dans sa petite enfance le virus de la toux des pauvres qui, malgré les traitements modernes dont elle a bénéficié, a fini par avoir le dessus.

Je passe l'après-midi allongée sur mon lit, à repenser à ce que je viens d'apprendre, à me souvenir de certaines allusions qui auraient dû me faire comprendre avant d'où venait ma mère. J'aurais envie que mon père me raconte tout lui-même mais, comme par un fait exprès, il ne rentre pas ce soir-là.

Pour la première fois, je prends seule le dirigeable. J'emporte juste quelques affaires. Yolanda termine d'organiser le déménagement et me rejoindra à la fin de la semaine. Je quitte ma ville sans doute pour toujours. Mon père m'a promis qu'après le procès je pourrai, si François est d'accord, lui rendre visite à la prison de Grandville. J'ai abandonné Grisella qui se remet difficilement de son épreuve. Elle m'a assuré qu'elle viendrait passer les prochaines vacances dans mon nouveau domicile.

Mon père m'attend au débarcadère pour me conduire chez nous. Nous habiterons dans un immeuble cossu du centre. Ma chambre dispose d'un balcon agrémenté de plantes vertes. Nous mangeons au restaurant où je peux enfin évoquer devant mon père les secrets que j'ai découverts dans la pièce interdite. Un sourire gêné se dessine sur son visage fatigué.

— Il fallait bien que tu le saches un jour. Je reconnais que j'aurais dû te révéler l'histoire de ta mère depuis longtemps. Mais je n'aime pas l'idée que tu aies lu des lettres qui ne t'étaient pas destinées.

— Je suis désolée d'avoir fouillé dans tes affaires, mais je me sens mieux maintenant que je sais. Je me pose tout de même une question. Pourquoi, une fois maman à l'abri, tu n'as pas quitté cette police qui est au service des Caspistes ? Pourquoi n'as-tu pas essayé de bousculer l'ordre établi ? Tu vivais avec une fille de la ville basse qui te prouvait chaque jour qu'elle n'était pas différente de toi et que cette ségrégation était injuste !

— Bien sûr, j'aurais pu, mais j'avais peur de la perdre en m'exposant. Tu verras que même les meilleures personnes sont forcées à des compromis. On vit tous avec une part de lâcheté.

— Et Martha ?

— Quoi, Martha ?

– Pourquoi ne pas l'avoir laissée finir tranquillement ses jours ici?

– Martha n'était qu'une employée et, à l'époque, je n'avais pas conscience que vous étiez si étroitement liées. Je ne me doutais pas que pour elle tu serais capable de te mettre en danger. Avec le recul, je ne regrette rien. Ces expériences t'ont permis de grandir.

Dans ce nouveau lieu, je peine à dormir. J'essaie d'interpréter le moindre craquement. Certains bruits émanent de la tuyauterie de l'immeuble et des voisins qui se déplacent sur un vieux parquet qui grince, d'autres de la rue, des véhicules et des passants. Mon père est reparti après le repas. J'essaie de lire, mais ma concentration est sans cesse perturbée par des pensées qui m'obsèdent. C'est surtout l'image de François qui ne me quitte pas. Je l'imagine dans sa cellule. Regrette-t-il les choix qui l'ont entraîné jusqu'ici? Se projette-t-il dans le futur? Essaie-t-il de m'oublier? J'ai entrepris de lui écrire tous les jours dans un cahier. Je le lui ferai passer quand j'y serai autorisée. S'il m'aime encore un peu, peut-être appréciera-t-il de me lire et de comprendre ce que je ressens.

Au milieu de la nuit, j'entends tambouriner à ma porte. Je me lève et plaque mon œil sur le judas. Ce sont deux jeunes femmes en panique qui cherchent un abri.

Elles ont dû sentir ma présence car elles chuchotent contre la porte.

– S'il vous plaît, nous sommes poursuivies par la police.

Je ferme les yeux pour réfléchir. Pourquoi les ferais-je entrer? Pourquoi moi et pas quelqu'un d'autre? Tous les gens de l'immeuble sont sans doute réveillés maintenant. Ne me suis-je pas fait le serment de ne plus m'impliquer dans la vie des autres? Pourquoi encore m'attirer des ennuis et en causer autour de moi? Une des deux femmes est en larmes, au comble du désespoir. Je les fais entrer et referme derrière elles. Je les entraîne dans le salon. On entend une cavalcade dans les escaliers. Je place mon index devant ma bouche et les invite d'un geste à s'asseoir. La jeune femme qui pleurait s'est recroquevillée dans son fauteuil.

– Police! Ouvrez! Police!

Je me rends à pas lents jusqu'à l'entrée et entrebâille la porte.

– Mademoiselle? Pouvons-nous entrer? Nous recherchons deux fuyardes particulièrement dangereuses. L'une d'elles est une meurtrière.

– Je suis toute seule chez moi, dis-je d'une voix timide, et je vous assure n'avoir ouvert mon appartement à personne. Je suis soulagée de vous voir car j'étais terrorisée par les bruits dans l'escalier. Je suis la fille de monsieur...

— Oh pardon! s'excuse un des gars qui vient de lire la plaque. On vous laisse dormir.

Je retourne dans le salon où les fugitives sont restées figées dans leur position. Nous attendons un long moment que les gardes soient redescendus dans la rue pour nous parler. C'est la plus âgée qui prend la parole :

— Ne croyez pas ce qu'ils ont dit! Nous n'avons rien fait de mal!

— Ne vous inquiétez pas. Ce n'est pas maintenant que je vais vous dénoncer.

— Pourrions-nous rester un peu chez vous?

— Si vous voulez. Je vais vous chercher des couvertures. Je viens à peine de m'installer, je n'ai malheureusement pas grand-chose à vous offrir. Je m'appelle Ludmilla. Et vous?

La plus jeune, qui s'est un peu détendue, s'apprête à me répondre, mais l'autre lui pose la main sur le bras pour la retenir.

— Ce n'est pas grave, je comprends, dis-je.

Au matin, je m'aperçois qu'elles ont disparu. Elles ont au préalable plié soigneusement les couvertures et replacé les fauteuils. Cet épisode est-il le signe qu'il me sera à jamais impossible de rester à l'écart des turbulences du monde?

CHAPITRE
38

Je ne dirai pas où se trouvent les médicaments. Je vais aller dormir et demain j'aurai oublié. Je suis sûre que c'est une provocation pour tester les nouvelles arrivées. Je sais que les surveillantes recrutent des mouchardes parmi les patientes. Cette femme veut juste m'attirer des ennuis, que je prolonge ma peine ou que je sois frappée en public.

Et même si elle est sincère, qui me dit qu'une malade de la chambre n'a pas entendu notre conversation et qu'elle n'ira pas baver auprès des gardiennes ? Pourquoi accepterais-je, moi, au risque de ne plus jamais revoir mon bébé ?

Quand je regagne mon débarras, je me sens en colère mais je ne sais pas contre qui. Je n'arrive à me soulager les nerfs qu'en m'enfonçant les ongles dans la peau des avant-bras jusqu'au sang. Je réalise que je m'en veux à moi-même, de ma lâcheté, de mon indifférence aux malheurs des autres.

Et si ce bébé c'était mon Igo et qu'à cause de moi il mourait? Ne devrais-je pas me sacrifier? Pour lui ou pour un autre, est-ce que cela n'en vaut pas la peine? Qu'est-ce que des coups de bâton en regard de la mort d'un enfant?

Le sommeil a balayé mes hésitations et, avant même d'aller manger, je dessine un plan de l'étage. Dans les couloirs, en circulant vers la cuisine, je vérifie mentalement ce que j'ai tracé. En retournant dans mon coin, je modifie quelques distances. J'introduis la feuille dans ma chaussure et je m'allonge un peu avant d'aller travailler. Je suis plus rapide ce soir car j'ai hâte de transmettre mon plan. Quand je pénètre dans la pièce, la malade semble dormir. Elle n'a pas dû croire que j'en serais capable. Mais lorsque je glisse doucement le papier sous son oreiller, je sens sa main qui vient à la rencontre de la mienne. Sa voisine, qui a à peu près l'âge de ma mère, s'est assise sur son lit et je réalise trop tard que l'autre se savait surveillée.

– Alors, la borgne, qu'est-ce qu'on traficote? lance-t-elle, visiblement fière de son effet de surprise.

Je la regarde sans rien répondre et je reprends mon travail. Elle continue de plus belle :

– J'en parlerai aux surveillantes demain. Compte sur moi. Et l'autre qui fait semblant de dormir alors qu'elle est habillée pour sortir, crois-moi que je ne l'oublierai pas non plus.

La fausse malade réagit brutalement en sautant au pied de son lit et en jetant son drap sur la figure de la moucharde. Elle lui saisit ensuite la tête ainsi recouverte et la cogne contre le mur. La vieille, assommée, s'écroule sur son lit.

– J'étais sûre que tu serais là. Les gars doivent nous attendre. Toi, tu ne peux plus rester dans cet hosto maintenant que l'autre sait. Elle est juste groggy et donnera l'alerte d'ici une heure ou deux. Allez, viens.

Je reste clouée au sol, les bras ballants, incapable de me décider. Que veut-elle que je fasse? Que je perde toute chance de revoir un jour mes amours? Elle s'impatiente et se précipite dans le couloir. Machinalement, je ramasse mon balai et me remets à travailler. Cinq minutes plus tard, alors que j'ai changé de chambre, elle est de retour.

– Mais qu'est-ce que tu fous? T'es bête ou quoi? Ils sont en train de dévaliser la réserve. Ta complicité sera avérée et ils te mettront tout sur le dos. Fais-moi confiance. Suis-moi. Je connais des gens qui pourront t'aider. Commence par te changer.

Elle ouvre le placard d'une jeune fille et me déballe des vêtements.

– C'est ta taille ou à peu près. Dépêche-toi.

– J'ai des chaînes aux pieds.

– Attends. Je vais voir ce que je peux faire.

Elle défait deux épingles de ses cheveux et les introduit dans la serrure du cadenas qui cède presque aussitôt.

Je m'habille en hâte et la suis en courant dans les couloirs. Elle consulte sa montre avant de pousser une porte de secours. Nous nous retrouvons à l'extérieur, dans une sorte de jardin. Nous nous faufilons par un trou aménagé dans le grillage. Nous sommes dans une rue déserte où nous ralentissons notre allure. J'en profite pour retirer ma lentille. Quand la femme s'en aperçoit, elle ouvre de grands yeux stupéfaits. Après une centaine de mètres, nous entendons une sirène de police et distinguons au loin les lumières des gyrophares qui clignotent et grossissent à vue d'œil. Nous empruntons une petite rue et recommençons à courir. Les pneus d'un véhicule crissent sur le macadam. Nous sommes repérées. Nous entrons au hasard dans un immeuble et gravissons les marches jusqu'au premier. Ma compagne tape sur les portes d'entrée. Elle s'énerve et semble au bord de la crise de nerfs. Moi j'ai l'impression d'être un boulet qu'on traîne. La voiture de police freine juste devant le porche. Ils seront bientôt là. Une porte s'ouvre. Une jeune fille nous fait entrer et nous installe dans des fauteuils. Ma complice retient son souffle et murmure une prière pendant que notre hôtesse va ouvrir aux policiers. Elle revient et se présente. Elle s'appelle Ludmilla, comme l'autre que je n'ai jamais vue et qui a tant perturbé notre vie. Ce doit être un prénom très courant dans les villes hautes. Son corps est très fin et élégant. Elle est vraiment gentille car elle nous offre l'hospitalité jusqu'au matin.

Je ne dors pas. Je suis debout face à la fenêtre. Je réalise doucement dans quelle situation je viens de me mettre. Je ne sais pas du tout de quoi demain sera fait. Je suis condamnée à vivre une existence clandestine et dangereuse. En aurai-je la force, l'envie?

Un peu avant le lever du jour, Sylvia, qui s'est enfin présentée, se lève et m'explique à l'oreille la suite des événements. Elle va me conduire jusqu'à l'ascenseur qui descend dans la ville basse, où des amis à elle s'occuperont de moi. Elle sort de sa poche un bracelet qu'elle me demande d'enfiler. Il n'est pas à ma taille, alors elle l'enduit d'eau savonneuse et le force à passer.

– Normalement, tu ne seras pas contrôlée, mais on ne sait jamais.

Nous rangeons un peu la pièce avant de sortir. Dans la rue, je l'interroge:

– C'est quoi, un ascenseur? Chez nous, il n'y en a pas.
– Ici, à Grandville, m'explique-t-elle, il n'a pas été possible d'aménager des chemins pour relier les villes

haute et basse. Des machines ont donc été installées pour faire monter et descendre les gens. Elles ne fonctionnent pas la nuit. Tu vas prendre le premier ascenseur de la journée. Il sera rempli de travailleurs qui rentrent chez eux. Tu passeras totalement inaperçue. Le trajet dure à peine une minute.

À mesure que nous progressons, le nombre de passants augmente. Ils convergent tous vers deux grandes portes. Nous accélérons pour que je sois du premier voyage. Une queue s'organise. Les gens sont calmes et n'essaient pas de doubler. Une affiche indique que l'ascenseur ne prend que quatre-vingts personnes à la fois. Sylvia me montre un homme qui a rabattu une capuche grise sur sa tête. C'est de lui que je dois me rapprocher au moment de l'embarquement. Sylvia me serre contre elle et me glisse à l'oreille :

— Ne regrette rien. Tu vas t'en sortir, ma grande.

Les portes s'ouvrent et je me dirige vers la paroi où l'homme qui doit m'aider s'est adossé. Tandis que je le frôle, mes narines se remplissent de son odeur. Ma vue se trouble et j'ai du mal à respirer. Je me sens partir. Des bras me saisissent énergiquement pour me maintenir debout. C'est mon Lucen, qui pose ses lèvres sur les miennes alors que la machine vibre et que le sol semble s'échapper sous nos pieds. Un sentiment de bonheur immense irradie dans tout mon corps pendant quelques secondes. Lucen reprend son souffle et me chuchote :

– Firmie, il risque d'y avoir un contrôle à la sortie. Il serait plus prudent de nous séparer. En quittant l'ascenseur, prends la ruelle de droite sur trois cents mètres et attends-moi sur la petite place. Si je ne t'ai pas rejointe dans une demi-heure, demande à un gamin de te conduire chez un rafistoleur du nom de Franis. Et donne-lui ces boîtes. Il comprendra.

L'ascenseur a stoppé brutalement et la foule se presse vers la sortie. Je me colle à un groupe de femmes qui portent des ballots. Je propose même à l'une d'elles de l'aider et m'empare d'autorité de son sac. Deux policiers encadrent les portes de l'ascenseur. À ma grande stupeur, je reconnais celui de droite. C'est Gerges. Je baisse la tête et passe devant son collègue. Après une vingtaine de mètres, je rends le sac à la dame qui me regarde de travers. Je me retourne pour m'inquiéter de mon amoureux. L'endroit est bien éclairé et je repère Lucen qui n'a pas encore franchi l'obstacle. Il est l'un des derniers. Il fait face à Gerges. Mes yeux se ferment malgré moi. Ils refusent de voir mon bonheur voler en éclats. Je ne veux pas que ça arrive. Je ne veux pas... pas maintenant.

CHAPITRE 39

— Je veux y aller cette nuit. Après, il sera trop tard. Fais-moi rencontrer ces gens. Je les aiderai. Je sais forcer des serrures si on me prête du matériel. Je ne veux pas qu'Igo meure sans que j'aie tout tenté.

– Après tout, c'est toi qui prends les risques, déclare Franis.

Une heure plus tard, je marche dans les égouts en direction du grand ascenseur. Mon hôte m'a dégoté un bracelet de travailleur. Je suis en compagnie d'une équipe de techniciens qui vont régulièrement curer les égouts de la ville haute. Comme nous puons l'odeur des profondeurs, le garde censé filtrer les entrées ne jette qu'un rapide coup d'œil sur l'avant-bras que nous brandissons en passant devant lui. Une fois là-haut, je les suis dans les rues durant presque un kilomètre avant d'être pris en charge par un jeune type encapuchonné qui se nomme Yann. Il m'emmène chez lui pour que j'enfile des vêtements propres qui ressemblent aux siens. Il émet des doutes sur l'opération prévue pour la nuit :

— Je sais que tu es pressé mais rien ne nous garantit que, dès ce soir, notre amie aura réussi à convaincre la prisonnière de l'aider.

— J'en suis conscient, mais je dois essayer. Je te remercie pour ce que tu fais.

Comme nous avons quelques heures à tuer, il me propose de dormir et règle son réveil sur trois heures du matin. Je suis trop énervé pour songer à m'allonger et je fais les cent pas dans son petit appartement en regardant les aiguilles qui semblent engourdies. Vers deux heures, je m'assois sur une chaise et pose ma tête dans mes mains.

Yann me secoue énergiquement. C'est l'heure. Je me réveille tout à fait en me donnant des claques sur les joues.

L'hôpital général n'est qu'à une centaine de mètres de chez lui. Il court doucement sans s'occuper de savoir si je le suis. Nous nous glissons à travers un grillage éventré et progressons ensuite par étapes. Nous attendons à couvert parfois de longues minutes. Nous finissons accroupis devant une porte. Il colle sa bouche à mon oreille :

– Nous attendrons ici au maximum une demi-heure. Si c'est bon, quelqu'un viendra nous ouvrir. Dans le cas contraire, nous reviendrons demain.

Je ne lui réponds pas. Je sais que, même si personne ne vient, je pénétrerai tout de même dans l'établissement sans lui. Pour l'instant, je ne veux pas le contrarier ni le faire paniquer pour rien. Je scrute les aiguilles phosphorescentes de sa montre et, cette fois-ci, j'ai le sentiment que les minutes défilent à grande vitesse. Yann m'envoie un regard désolé en penchant la tête pour m'indiquer qu'on doit partir. Je lui pose la main sur l'épaule :

– Passe-moi du matériel et rentre chez toi.

– Hors de question. Tu n'as pas le droit de gâcher la mission. Le stock de médocs qu'on veut voler, ce n'est pas seulement pour ton fils. Cela sauvera la vie de dizaines d'enfants si ça réussit. Allez, viens, nous retenterons demain.

– Non, dis-je fermement. Laisse-moi ton sac.

Il se dégage énergiquement :

– Merde, ça suffit !

– Chut ! Chut ! fait une femme en ouvrant la porte.

Elle tend un plan à Yann et vient lui chuchoter à l'oreille un long message que je ne perçois pas. Yann me donne des chaussettes à enfiler par-dessus mes chaussures et nous nous déplaçons sans bruit dans les couloirs déserts qui sentent le désinfectant. Nous pénétrons dans une petite pièce dont les murs sont tapissés d'armoires blanches. Yann déballe le matériel et déplie une liste de médicaments à récupérer. Nous nous partageons le travail. Deux fines tiges de fer me permettent de venir à bout de presque toutes les serrures. Je suis beaucoup plus rapide que lui. C'est vrai que mon père m'y a entraîné les yeux fermés. À l'époque, il n'y avait là rien d'illégal. Nous dépannions des gens qui avaient égaré leurs clefs. Nous cochons sur la liste ce que nous trouvons. C'est Yann qui met la main sur le remède qui sauvera peut-être la vie d'Igo si nous n'arrivons pas trop tard. Par chance, au bout de vingt minutes, nous avons toutes les références recherchées, avant même d'avoir exploré les dernières armoires. Nous quittons l'hôpital par le même chemin. Juste avant de franchir le grillage, nous entendons retentir une sirène. Nous nous aplatissons dans l'herbe. Des voitures de police freinent à une cinquantaine de mètres de nous, sauf une qui semble prendre en chasse des fuyards. Nous attendons plusieurs minutes que les policiers aient tous quitté leurs voitures pour sortir de notre cachette et courir jusqu'à l'appartement de Yann. Mon cœur bat à tout rompre, et mon complice est surexcité. Il n'allume pas les lumières car il ne veut pas éveiller les soupçons. Le quartier risque d'être ratissé. Nous mangeons du pan et des cornihons dans sa cuisine. Il m'explique que je serai abordé pendant ma descente en ascenseur par la prisonnière en fuite qui a fourni le plan. Je devrai ensuite la confier à Franis.

– Comment la reconnaîtrai-je?

– Je n'en sais rien. Ma copine te désignera à elle dans la queue des travailleurs qui redescendent. Tu ne dois pas rater le premier trajet.

Nous trions les médicaments et je prends quelques boîtes pour mon fils. Le reste sera acheminé petit à petit dans les ballots de la blanchisserie. Les Coivistes doivent chercher à minimiser les risques de saisie de la cargaison.

Yann sort de l'alcool pour fêter notre succès, mais je décline son offre. Il boit seul et s'endort assez vite.

Je quitte son appartement et vais me cacher aux abords de l'ascenseur. J'attends que les premiers usagers arrivent pour me ranger derrière eux. Les travailleurs ne se parlent pas. Certains s'assoupissent debout par fractions de quelques secondes. Les portes s'ouvrent devant moi et je vais me caler dans le fond de la nacelle. Une main s'accroche à mon vêtement. Je me tourne pour découvrir Firmie sur le point de s'évanouir à mes pieds. Je la rattrape et la maintiens contre moi. Elle est dans mes bras. Cela me paraît tout naturel, alors que j'ai tant pleuré son absence.

L'ascenseur s'ébranle avant de s'enfoncer vers la nox. Il me rappelle brutalement à la réalité. Je glisse le médicament dans la poche de Firmie et lui demande de s'écarter de moi parce que, au moment de la sortie, la police effectue parfois des contrôles. Les gens m'entraînent vers les portes de l'ascenseur, où je reconnais tout de suite Gerges. Il m'a repéré. Il a plissé ses lèvres comme s'il allait sourire. Je baisse la tête telle une bête qui courbe l'échine en attendant le coup de poignard du boucher. Je me déplace lentement et me retrouve dans les derniers. Firmie est passée. Igo est sauvé au moins provisoirement. Je relève les yeux vers celui dont j'ai été si proche. Je veux croire qu'au fond de lui il a gardé cette soif de justice et d'humanité qui lui a longtemps permis de résister à la pression de sa famille. Je sais ce qu'il a fait depuis. J'ai reçu en pleine figure le crachat de sa haine...

Il a détourné le regard et m'a laissé passer. Je me force à ne pas courir et retrouve Firmie pétrifiée au milieu de la rue.

– Viens, chérie, ne traînons pas.

Arrivés chez Franis, nous découvrons notre fils endormi. Il respire difficilement. D'après l'épouse du rafistoleur, il n'a plus la force de pleurer. Durant mon absence, elle a réussi à lui faire avaler un petit peu d'eau à l'aide d'un compte-gouttes. Firmie sort les médicaments. Il faut lui injecter un liquide en piquant directement dans un ganglion situé à la base du cou. Mes mains tremblent quand je défais la seringue prête à l'usage de son emballage. J'ai peur de lui faire mal, mais je sais aussi que, si nous attendons le médecin, Igo risque de mourir avant son arrivée. Ça y est, je l'ai fait. Mon fils n'a eu aucune réaction. C'est sans doute trop tard. Firmie se couche avec le bébé dans les bras. Elle le couvre de baisers et de larmes pendant près d'une heure avant de succomber au sommeil. Moi, je suis incapable de dormir et j'insiste auprès de mon patron pour qu'il me donne du travail.

Quelques heures plus tard, alors que je démonte une pendule à l'aveugle, j'entends mon enfant qui s'énerve dans le lit. Il est vivant. Il s'est réveillé. Je me précipite près de lui et le surprends en train de tirer sur le tee-shirt de sa mère. Firmie ouvre un œil et soulève le tissu pour libérer un sein. Igo se jette dessus avec voracité. Il grimace. Je vois le visage de Firmie qui se décompose.

– Je n'ai plus de lait, dit-elle. Je n'en ai plus depuis des jours, depuis des sem...

Igo ne renonce pas et s'acharne de plus belle. Il s'apaise soudain alors que sa mère se détend et s'installe plus confortablement. C'est le plus beau spectacle auquel j'aie jamais assisté. La femme de ma vie et mon bébé réunis et heureux, enfin. Je viens m'allonger près d'eux pour partager ce moment. Firmie me sourit pour la première fois depuis si longtemps.

Franis nous trouve une nouvelle planque dans une zone que les hommes de Rihard ont déjà ratissée avec leurs chiens.

Deux jours plus tard, alors que le bébé a retrouvé toute son énergie, je me consacre aux derniers préparatifs. Maurce et sa fille, Jea, sa femme et leur fils Lonard passent pour nous dire adieu. J'apprends à cette occasion que Gerges est reparti chez lui, mais aussi que Grégire et Dimitr se sont entretués au cours d'une altercation.

Lonard dort dans les bras de sa mère et les deux autres bébés sont côte à côte sur le lit. Adrenne, d'abord timide, entreprend de chatouiller Igo qui crie de plaisir. En dégustant une infusion de pelures de pomms, nous profitons ensemble de ce moment de bonheur.

— Lucen, propose Firmie, si nos ennemis disparaissent les uns après les autres, ne pourrions-nous pas rester ici en adoptant une autre identité, comme l'ont fait nos amis? Est-il toujours nécessaire de partir pour un isola, sans perspective de retour?

Mes camarades semblent tous de son avis et guettent ma réponse. Je suis bien conscient de les décevoir, mais je suis sûr de mon choix:

— Depuis que je sais qu'une autre vie est possible ailleurs, je n'ai plus d'hésitation. Et si je n'étais pas persuadé que cette aventure sera profitable aux deux personnes que j'aime le plus au monde, jamais je ne les entraînerais là-bas.

— Tu ne peux pas te contenter de me répondre que je dois te faire confiance, déclare Firmie d'une voix ferme. Je veux décider de ma vie en connaissance de cause.

— Elle a raison, ajoute Maurce. Et nous aussi, on a besoin d'être rassurés.

— D'accord. Si vous avez quelques heures devant vous, je veux bien vous expliquer.

CHAPITRE
40

Dans la matinée, je retrouve Damen qui a visiblement peu dormi. Il veut absolument me parler avant d'aller se reposer.

— J'ai trouvé d'où est venue la fuite. Ce ne sont pas mes hommes, mais la petite laitière qui avait des remords. En fouillant chez Franis, on a trouvé un mot et elle l'avait signé, cette idiote ! Je la ferai coffrer dans la journée. Elle va comprendre comment je m'appelle.

— Laisse tranquille cette gamine qui en a déjà assez bavé. Essayons de raisonner autrement. Est-ce qu'elle t'a dit hier pourquoi elle était en colère après Lucen ?

— Parce que le bébé pleurait et refusait son lait.

— Et elle en voulait à son père ? Quel rapport ?

— D'après ce que j'ai pu comprendre, elle était persuadée que c'était lui qui avait influencé le petit pour qu'il se méfie d'elle.

— C'est complètement absurde et, dans «sa logique», pourquoi aurait-il fait ça?

— Parce que, le matin même, elle lui avait fait des avances dans l'espoir de devenir sa nouvelle femme et qu'il l'avait jetée. En fait, si tu veux mon avis, elle devait chercher un prétexte pour s'engueuler avec lui.

— Mais si le bébé n'a pas voulu son sein, c'est peut-être tout simplement qu'il était malade?

— Possible.

— Il faudrait faire surveiller les médecins car, si c'est le cas, Lucen va en avoir besoin.

— Excellente idée. Tu es vraiment doué, toi. Cela va être facile, il n'y en a que trois pour toute la ville basse. Peu de gens font appel à eux. C'est vrai que, sans médicaments, ils n'ont pas beaucoup de chances de guérir quelqu'un.

Je m'en veux presque d'avoir déniché cette nouvelle piste, mais ça a été plus fort que moi. Alors que je suis à la limite de renoncer à ma traque, je ne peux réfréner mes réflexes d'enquêteur. C'est mon boulot, même si, dans ce cas précis, le cœur n'y est plus vraiment. J'aime chercher des indices, élaborer des hypothèses, déduire des vérités. Et là, j'ai senti que, dans l'interrogatoire de la jeune Élane, quelque chose leur avait échappé. Et puis j'avais envie de rendre service à Damen qui prend cette affaire très à cœur. Maintenant je regrette de l'avoir fait. Je m'imagine en train d'arracher son gamin malade des mains de mon ancien copain pour lui passer les menottes et ça me dégoûte. Il est temps que tout cela se termine.

En fin d'après-midi, les gars ont identifié le docteur qui a ausculté le bébé de Lucen. Il leur a expliqué qu'on lui avait bandé les yeux pour l'emmener dans une cave et qu'il n'avait pas été autorisé à retirer le tissu durant tout l'examen. Le petit qui se nomme Igo n'a plus que quelques heures à vivre. Il ne s'alimente plus depuis plus d'une journée. Je demande à Damen la transcription de l'interrogatoire pour voir s'ils ont bien su en tirer tous les renseignements possibles. Je décode à haute voix :

— Lucen a demandé le nom du médicament qui pourrait sauver son petit et s'est renseigné sur l'endroit où on pouvait s'en procurer. Le connaissant, je sais qu'il tentera tout pour y parvenir, quitte à y laisser lui-même sa peau. Cette réserve d'hôpital est-elle bien gardée ? A-t-elle déjà été cambriolée dans le passé ?

— En effet, c'est arrivé il y a quelques années. Depuis, des systèmes d'alarme ont été installés, l'inventaire des médicaments est vérifié chaque semaine, l'accès de la réserve a été restreint. Je vais quand même appeler mes collègues de là-haut pour les mettre au courant de la menace. À la moindre intrusion, nous serons prévenus.

Snia m'appelle depuis le poste de police pour prendre de mes nouvelles. Je lui raconte où nous en sommes de l'enquête. Elle me laisse parler, mais ses soupirs marqués m'indiquent qu'elle désapprouve mon acharnement à coincer Lucen. Lorsqu'elle est certaine que j'ai fini mon explication, elle me demande :

– Tu rentres quand ?

– Bientôt.

– Demain ?

– Oui, demain, je crois que ce sera fini.

– Fini ou pas, il est temps que nous passions à autre chose. Il fallait aussi que je te dise que Clude a ouvert le coffre du bureau de Grégire à la milice et qu'il y a trouvé une enveloppe pour toi.

Il est cinq heures du matin et Damen vient me secouer. À son visage ravi, je devine qu'il a du nouveau.

– La réserve de l'hôpital général a été dévalisée cette nuit par deux gars particulièrement rapides pour forcer des serrures. C'est typiquement une compétence de rafistoleur, ça, ou je n'y connais rien... Le médicament recherché par Lucen fait partie de ceux qui ont été ciblés. On sait qu'ils avaient deux complices à l'intérieur, une malade enregistrée sous un faux nom et une prisonnière affectée au ménage, une certaine Firmie. Si je me souviens bien de ce que j'ai lu dans le dossier, c'est le nom de la femme de Lucen. On a de grandes chances que le couple se mêle aux travailleurs de nuit regagnant la ville basse par le grand ascenseur.

— Ils ne pourront pas vous échapper, alors, dis-je en me forçant à sourire.

— Comment ça *vous*? *Nous*, tu veux dire. On ne peut pas y aller sans toi.

— C'est que j'avais envisagé de repartir aujourd'hui. J'ai reçu un coup de fil hier soir. Les hommes me réclament et j'ai promis à ma femme de...

— Pas de discussion, Gerges. Si nous touchons au but, c'est grâce à toi. Et je ne veux pas te voler le succès de cette arrestation. De plus, tu t'avères absolument irremplaçable car tu connais leurs visages mieux que quiconque ici. La photo de Lucen dont nous disposons date d'avant sa période de travaux forcés dans la forêt pourrissante et ce genre d'expérience vous transforme physiquement, sans compter qu'ils seront peut-être déguisés.

Je m'habille à la hâte et nous nous postons dans le petit matin de part et d'autre des portes de l'ascenseur. Les gens vont défiler deux par deux devant nous. Je ne vois pas comment je pourrais les manquer. Nous sommes en avance. Des gars en civil sont placés aux alentours. Ils m'ont tous en ligne de mire et n'attendent qu'un signe pour intervenir. Damen s'en frotte les mains. J'essaie de tempérer son enthousiasme :

– Et s'ils restaient planqués quelque temps là-haut ?

– Franchement, ça m'étonnerait. Le bébé a un besoin vraiment urgent du médicament. Il ne survivra pas à cette journée.

– Ils pourraient le faire passer par un complice.

– C'est possible.

Je perçois le bruit sourd des moteurs qui se mettent en marche. L'ascenseur utilise un système de contrepoids très astucieux. Damen semble retenir son souffle. Moi je n'ai encore pris aucune décision. La vie de mes anciens amis est entre mes mains. Pour l'instant, je ne visualise pas l'intérieur de la nacelle, mais j'ai la certitude qu'ils s'y trouvent. J'ignore d'où me vient cette intuition. L'ascenseur s'immobilise. Je les vois, elle qui se mêle à un groupe de femmes et lui qui avance tête baissée. Damen m'adresse un regard interrogateur que je fais mine d'ignorer. Je reste concentré sur le visage des gens. Firmie est passée en frôlant mon collègue. L'habitacle est pratiquement vide maintenant. Lucen est à moins d'un mètre de moi. Il relève la tête et me fixe dans les yeux. Veut-il que je retrouve dans son regard le souvenir de notre amitié passée ? Cherche-t-il ma pitié ?

Juste avant qu'il ne me dépasse, je l'ai vu esquisser un sourire. Comme s'il voulait croire que je lui ai pardonné...

Damen s'est rapproché de moi et me secoue :

– Tu es sûr qu'il n'y était pas ? Le gars avec la capuche, il ressemblait à la photo, non ? Celui que tu ne quittais pas des yeux...

– Quel gars ?

ÉPILOGUE

(1)

Cela fait presque dix ans que notre premier enfant est né et que j'ai déménagé avec Snia dans la ville haute. Ce nouveau départ, c'était ce que mon père appelait dans sa lettre-testament mon héritage. En récompense d'une vie de bons et loyaux services, les autorités lui avaient octroyé le droit à une existence meilleure pour sa descendance. J'ai appris que cela n'avait pas été facile à obtenir et qu'il avait dû arroser quantité d'intermédiaires administratifs et de gens en vue pour que sa demande soit acceptée.

Au début, j'ai été troublé, presque gêné d'avoir le droit de m'extirper de mon milieu en abandonnant tous ceux qui m'avaient accompagné jusque-là. Mon bonheur avait tout d'une injustice. Pendant quelques semaines, Snia et moi avons gardé le secret, comme s'il s'agissait d'une nouvelle honteuse. Comment l'avouer aux autres et plus particulièrement à mes vieux amis de la milice dont les familles n'avaient pas été moins exemplaires que la mienne? Curieusement, lorsque je me suis enfin décidé à parler, je n'ai pas senti de jalousie ni de haine à mon égard. Les gars étaient franchement heureux pour moi. Ils savaient que c'était théoriquement possible, mais ne l'avaient jamais imaginé sérieusement pour eux.

– Dans les loteries, m'a déclaré le vieux Marcl, y a toujours qu'un gagnant et tant mieux que ce soit toi. Au moins je te connais.

Aujourd'hui, je m'appelle Georges et j'ai trois enfants. Snia, devenue Sonia, a ouvert une pâtisserie et moi je suis détective privé, spécialisé dans la recherche de personnes disparues. Mes contacts passés avec les différentes forces de l'ordre m'aident beaucoup dans mon travail et me permettent de maintenir des liens avec mes anciens amis. Nous n'avons rien caché de nos origines à nos enfants et, parfois, Sonia descend avec eux apporter de la nourriture et de l'argent à ses parents. Simplement, ils savent qu'ils doivent garder le secret pour éviter d'être rejetés par les autres enfants.

Je n'ai jamais eu de nouvelles de Lucen et je veux croire que c'est bon signe. Cela signifie qu'il a réussi à disparaître et qu'il a trouvé un endroit tranquille pour lui et les siens. Je pense à lui parfois quand je vois rentrer mes aînés de leurs jeux dans la rue ou dans les friches du *no man's land*. Ils arborent les mêmes airs de conspirateurs que nous à l'époque de notre bande, avec Maurce et Jea. J'espère que la vie de mes petits sera moins dure que la mienne et qu'ils pourront conserver ces amitiés d'enfants et d'adolescents. Ces relations construiront ce qu'ils deviendront plus tard. Et moi je me rends compte de tout ce que je dois à mes anciens copains.

Parfois, je me l'avoue, Lucen me manque. J'aurais tellement voulu qu'il voie que je me suis apaisé, que je suis devenu capable de faire confiance aux autres, capable d'aimer.

(2)

Je n'ai jamais regretté d'être parti si loin sans espoir de retour. Même si la vie jusqu'à aujourd'hui n'a pas toujours été facile.

Le voyage d'abord a été éprouvant pour les nerfs car nous avons cru notre dernière heure arrivée à plusieurs reprises. Mais même dans les pires moments, j'essayais de ne rien laisser transparaître de mes angoisses. Je ne voulais pas que Firmie en vienne à douter de notre choix.

Les communautés dont nous traversions les territoires n'étaient pas composées d'êtres méchants et foncièrement hostiles à tout étranger, mais elles vivaient toutes dans la peur. Et ce sentiment justifie parfois les pires horreurs. Nous avons donc appris la patience, le silence jusqu'à en devenir transparents. La marche a été longue. Heureusement, ma mémoire ne m'a pas fait défaut et nous ne nous sommes jamais égarés. Si cela avait été le cas, je suis persuadé que nous serions morts. Notre destination finale se trouvait au-delà des grands marécages. Il a fallu se diriger grâce à la boussole au milieu des eaux puantes et grouillantes de poissons difformes et aveugles, se frayer un chemin dans les roseaux, construire un radeau. Après quatre jours d'incertitude, nous sommes enfin arrivés au cours d'eau. Là, il suffisait de s'en remettre au courant et de se laisser dériver. Attachés avec des cordes aux bois flottants pour ne pas être éjectés, nous avons passé près de vingt heures serrés ensemble en priant le ciel de nous mener entiers à bon port. Plusieurs fois, dans les torrents tumultueux, nous avons cru que notre histoire s'arrêterait là, engloutie par les flots ou fracassée contre les rochers.

Au petit matin, j'ai repéré à l'oreille l'endroit où nous devions accoster grâce au bruit mécanique d'un moulin à eau installé sur la berge. Ensuite, une ficelle traînant au sol nous a guidés le long d'un sentier mal dessiné jusqu'à une plate-forme située à six cents mètres d'altitude. Là, après des heures d'attente, des hommes sont venus nous chercher. Ils ont d'abord procédé à quelques vérifications avant de nous adopter. Le vieux de la forêt pourrissante semblait avoir connu le monde entier au cours de son existence car tous disaient lui devoir un service. Ce soir-là, nous avons fait la promesse de ne jamais livrer à quiconque la localisation de cet isola qui, ils nous l'ont assuré, était à ce jour inconnu des autorités.

«Il n'y a rien au-delà du grand marécage, c'est une barrière infranchissable», voilà la thèse qui devait perdurer.

Au cours des semaines qui ont suivi, nous avons creusé nous-mêmes notre maison dans la falaise de calcaire, puis nous avons été progressivement initiés aux métiers utiles à la survie de la communauté. Ici, il y a toutes sortes de gens : des marginaux utopistes des villes hautes, des bannis des villes basses, des gens fuyant d'autres villages à la suite d'offensives armées déclenchées par les autorités. Nous ne vivons pas toujours dans l'harmonie, mais les conflits ne durent jamais. La solidarité est dictée par la nécessité. Personne ne peut vivre en marge car nous dépendons tous les uns des autres.

Nous sommes situés à la limite du nuage toxique, et des terres se dévoilent plus ou moins en fonction des vents. Nous pouvons voir le ciel et les vraies couleurs des paysages en moyenne un jour sur trois. Des guetteurs scrutent l'horizon en permanence pour prévenir l'arrivée de dirigeables espions. Nous ne faisons du feu qu'à l'abri, au cœur de la falaise.

Je suis donc devenu chasseur, éleveur, cueilleur et même cultivateur, comme les premiers hommes de l'humanité quand ils ont décidé de se sédentariser. Mes trois enfants sont ma fierté. Ils vivent à l'air libre, au plus proche des animaux et à l'écoute de la nature. Ici, loin de tout, j'ai le sentiment qu'il ne peut rien leur arriver. Nous avons trouvé notre refuge.

(3)

Quand j'essaie de me souvenir de cette époque, je me revois comme une rescapée, presque une ressuscitée. En retrouvant miraculeusement Lucen et Igo, je n'avais plus qu'une idée en tête : profiter de l'instant présent. Les sentir près de moi, entendre le son de leurs voix, respirer leur odeur, les regarder bouger ou manger, ça suffisait à mon bonheur. Je voulais m'enivrer de leur présence avant qu'il ne soit trop tard et que la vie ne me les arrache à nouveau.

« Au moins, nous mourrons ensemble » était une phrase que je me répétais sans cesse. Combien de temps ai-je vécu dans cet état? Plusieurs mois sans doute, avant de me décider à vivre vraiment, avant de me rendre compte que je pouvais penser à un après, que demain existerait... que demain existera.

Je ne me souviens plus du long voyage que nous avons fait pour arriver jusqu'ici. Nous étions tous les trois. Lucen savait où il allait. Igo me tétait avec appétit et me souriait quand je l'embrassais dans le cou. Le reste, et même la terreur que je percevais dans la voix de Lucen lorsqu'il pensait que tout était foutu, me paraissait bien secondaire. «Au moins, nous mourrons ensemble.»

Le plus difficile à accepter pour moi dans les premiers temps de notre installation, c'était de me séparer même momentanément de Lucen. Une boule d'angoisse montait. J'avais peur qu'il ne revienne pas quand il partait à la chasse ou à la recherche d'animaux égarés. Progressivement, j'ai guéri de cette crainte et je me suis ouverte aux membres de la communauté. Igo m'y a aidée. C'est un formidable ambassadeur et son sourire enjôleur m'a servi de laissez-passer. J'ai petit à petit trouvé ma place. Au départ, on m'avait affectée au filage de la laine de chèvre et au tricotage de pulls, mais bientôt je me suis découvert une passion pour les aliments et la manière de les préparer. Ici, la nature nous offre peu, mais ce qu'elle nous offre a un goût stupéfiant pour nous qui avions l'habitude de consommer des mets fades et lourds. J'ai appris que manger pouvait être un plaisir physique qui allait bien au-delà du sentiment de satiété.

Nous avons eu deux autres enfants et cela a été un immense bonheur de les attendre et de les élever dans un environnement sûr. Je regarde mes petits si beaux et si sereins jouer près de moi. J'aime les entendre rire de leurs bêtises. Parfois, en été, nous montons dormir tous les cinq sur la falaise et nous passons la nuit la tête dans les étoiles à guetter les comètes ou à construire des images en joignant les astres. Dans ces moments-là, je pense à mes petits frères qui ne connaîtront jamais la vie hors de la nox autrement qu'en allant au cinéma. C'est injuste, et moi, planquée dans mon refuge à l'autre bout du monde, je ne peux rien pour eux.

(4)

Mon existence a basculé durant ces deux années qui ont précédé mon installation à Grandville. J'ai l'impression d'avoir vécu à ce moment-là un concentré de vie. C'est une période à laquelle je pense souvent, même si, en dehors de François, je n'ai jamais eu l'occasion d'en recroiser les protagonistes. Que sont devenus Lucen, Igo, Firmie, Grisella et les sœurs Broons?

Yolanda a été libérée par mon père une année plus tard et est partie vivre avec son fils dans une ville plus au nord. François est sorti de prison au bout de six mois grâce à mon père qui a aidé ses parents à engager les meilleurs avocats. J'ai demandé à le voir dès son incarcération, mais il n'y a pas consenti tout de suite. J'ai même craint qu'il ne me rejette à jamais, ce que j'aurais compris, la mort dans l'âme. Il était en prison par ma faute, parce que j'avais mis en cause les sœurs Broons qui avaient ensuite donné les membres du réseau.

Après notre examen de fin de lycée, nous sommes entrés tous les deux à l'université des sciences de Grandville, avec le projet commun de travailler sur les moyens de disperser la nox. En avançant dans nos études, nous avons découvert avec surprise que les savants qui avaient entrepris des recherches sur le sujet avaient vu leurs crédits supprimés. «Ce n'est pas une priorité», leur avaient affirmé les autorités. En fait, nous étions bien naïfs de ne pas avoir pris conscience plus tôt que la situation actuelle arrangeait ceux qui détenaient le pouvoir.

– Un équilibre semble avoir été trouvé, nous a expliqué mon père un soir. Les changements qu'entraînerait la disparition de la nox alimentent tous les fantasmes. Que se passerait-il si des pauvres pouvaient s'élever dans la société et revendiquer leur juste place? Les autorités soutiennent officiellement les partis caspistes dans les villes basses, excusent leurs dérives violentes au nom de l'ordre social établi. Dans les villes hautes, les mouvements coivistes sont systématiquement noyautés par des agents provocateurs qui décrédibilisent leurs actions. À moins d'un miracle, ma fille, crois-moi, cette situation n'est pas près d'évoluer.

Malgré les obstacles, nous nous sommes accrochés plus ou moins ouvertement à notre projet. Nous prélevons régulièrement des échantillons de gaz lors d'expéditions en dirigeable. Nous avons élaboré des hypothèses et pratiqué des essais encourageants en laboratoire.

Ce soir, nous sommes à bord d'un engin prêté par un sympathisant coiviste qui nous a initiés au pilotage durant quelques mois. Nous survolons, toutes lumières éteintes, des zones déclarées désertes. Nous avons décidé d'y disperser une poudre ultrafine dont les grains aimantent les molécules des principaux gaz en suspension avant de les attirer vers le sol. Les conditions météorologiques nous obligent à descendre au plus près du nuage. François est aux commandes et c'est moi qui actionnerai l'épandeur le moment venu. Nous surplombons une falaise dont le sommet affleure juste au-dessus de la nox. La lune éclaire soudain une famille qui dort à la belle étoile. Ils sont tous blottis les uns contre les autres. Une vraie image du bonheur.

L'auteur

Yves Grevet est né en 1961 à Paris. Il est marié et père de trois enfants. Il habite dans la banlieue est de Paris, où il enseigne en classe de CM2.

Il est l'auteur de romans ancrés dans la réalité sociale et historique. Les thèmes qui traversent ses ouvrages sont les liens familiaux, la solidarité, la résistance à l'oppression, l'apprentissage de la liberté et de l'autonomie.

Tout en restant fidèle à ses sujets de prédilection, il s'essaie à tous les genres : récits de vie, romans d'enquête ou de politique-fiction. *Nox* marque son retour au grand roman d'aventure, genre qu'il avait déjà exploré avec *Méto*, une uchronie en trois tomes. Il nous emmène cette fois-ci explorer de bien sombres temps futurs.

Du même auteur

Aux éditions Syros :

C'était mon oncle!, coll. «Tempo», 2006

Jacquot et le grand-père indigne, coll. «Tempo», 2007

Méto, tome 1 : «La Maison», 2008
  Prix des Collégiens du Doubs 2008
  Prix Tam-Tam Je Bouquine 2008
  Prix jeunesse de la ville d'Orly 2009
  Prix Enfantaisie 2009 (Suisse)
  Prix Ruralivres en Pas-de-Calais 2008/2009
  Le Roseau d'or 2009 (44)
  Prix Gragnotte 2009 de la ville de Narbonne
  Prix Chasseurs d'histoires 2009 de la ville de Bagneux
  Prix des Dévoreurs de livres 2010 (27)
  Prix Frissons du Vercors 2010
  Prix Bouqu'en Stock 2010 (académie de Rouen)
  Prix des lecteurs ados de Concarneau et Quimperlé 2010
  Prix Adolises Montélimar 2011

Méto, tome 2 : «L'Île», 2009

Méto, tome 3 : «Le Monde», 2010

Seuls dans la ville entre 9h et 10h30, 2011
  Prix littéraire des collégiens du Bessin Bocage 2012
  Prix AdoLire 2012
  Prix Latulu 2012 (Maine-et-Loire)
  Prix Gragnotte 2012 (Narbonne)
  Prix des collégiens d'Issoire 2012
  Prix Passez la 5e 2012 (Val-d'Oise)

L'École est finie, «Mini Syros», 2012

Nox, tome 1: «Ici-bas», 2012

Chez d'autres éditeurs:

Mon premier rôle, Nathan, 2004

Comme les cinq doigts du pied, Nathan, 2005

DU MÊME AUTEUR :

MÉTO

Prix TAM TAM JE BOUQUINE 2008

« Découvre vite l'univers de ce roman de SF riche en suspense. »
Jessica Jeffries-Britten – *Okapi*

« Du début à la fin de ce livre, tu seras aspiré dans un univers étrange, inventé de plume de maître par Yves Grevet. »
F. M. – *DLire*

« Découvre "MÉTO", une saga mystérieuse et inquiétante ! »
R. Botte – *Mon Quotidien*

Le premier tome de la trilogie événement enfin en poche !

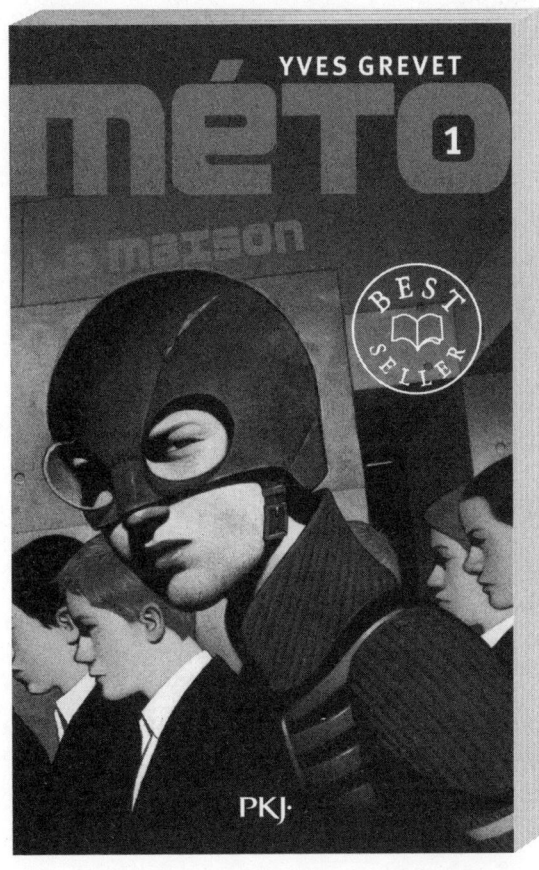

Méto et une soixantaine d'autres enfants vivent enfermés dans une grande maison aux règles très strictes sans rien savoir de leur passé ni de leur avenir. Tous craignent de grandir trop vite, car lorsqu'un enfant dépasse la taille réglementaire, il sort de la Maison et on ne le revoit plus jamais...

240 pages - 6,10 € env.
À paraître le 18 avril

Qu'y a-t-il après la Maison ?

Mis en pages par DV Arts Graphiques à La Rochelle
Achevé d'imprimer en France par Normandie Roto s.a.s.

N° d'impression : 130819
Dépôt légal : mars 2013
Loi n°49.956 du 16 juillet 1949
sur les publications destinées à la jeunesse
N° d'éditeur : 10191499